偵探冰室

DETECTIVE CAFE

靈

陳浩基、譚劍、莫理斯、黑貓C、望日、冒業——著

偵探冰室・靈

目錄

《偵探冰室．靈》導讀

那些線索全都指向你：靈異、推理與今日香港

文學評論家　楊勝博

繼《偵探冰室》之後，香港推理作家再次集結，完成短篇推理小說集《偵探冰室．靈》。成員組成雖略有不同，卻一樣充滿道地香港風味。無論是經常出現的粵語方言、香港地景，或和現今香港的緊密連結，都保有原本《偵探冰室》的篇章調性。

值得一提的是，這次的作品或多或少都涉及靈異事件（或疑似靈異事件），藉由靈異事件所帶來的「異質性」打破原先視而不見的盲點。靈異事件的存在，在每篇作品裡，都成爲了推動故事前進的重要關鍵。

靈異事件：異質與跨界的可能

英國推理作家諾克斯（Ronald Knox）曾在「推理十誡」（1928）中提到：「故事中不可存有超自然力量。」此一誡律自然早已過時，但我們可以將其理解爲角色「對

現實的認知」這件事的差異。人類之所以對外在現實的認知有所差異，關鍵往往在於：「我們所接受到的外在資訊，究竟是以何種樣貌反映外在世界？」

時間最接近的例子，就是香港的「反送中運動」（反對逃犯條例修訂草案運動）。不但直接影響了香港人的日常，也間接影響著台灣人的生活。

對於反送中運動，台灣內部出現截然不同的兩種論調：一邊始終相信所有反送中運動的參加者與受害者都是暴民，即使因此死亡也不過是他們咎由自取，同時一心期盼回到中國，免除戰爭的危險；一邊始終相信著香港所發生的一切，在中國統一台灣之後同樣會發生在自己身上，因此不斷聲援，並提供各種所需物資給香港，同時以「今日香港，明日台灣」作為精神號召，期盼台灣能具備拒戰而不懼戰的能力，遏阻戰爭發生。

導致台灣內部產生兩種不同聲音的關鍵，自然在於閱聽眾所接觸的訊息有所不同。如果只將立場相同的社群媒體、聊天群組作為接受資訊的平台，所有錯誤訊息都將成為鞏固既定立場的磚石，同時也讓訊息接受者不再願意進行查證，導致他們無法認知到在香港所發生的事實究竟是什麼，甚至懷疑一切不過都只是民進黨和美國聯手進行的選戰陰謀。

或許讀者會懷疑，反送中運動和推理小說能有什麼關係？自然有所關聯，或者說與《偵探冰室·靈》確實密切相關。

在本書收錄的篇章裡，有些是對於訊息理解錯誤導致的悲劇，有些是對於迷信毫無懷疑導致的災禍，有些是藉由靈異事件瓦解人的誤會，有些則是藉由鬼的存在打破事件的盲點……因此，鬼，或者靈異事件的存在，非但不如諾克斯所想，會打破推理小說的合理性與公平性，相反，正是因爲靈異事件的存在，才讓整篇故事得以往前推進，通往最後的結局。

無論是陳浩基〈陰陽盲〉裡除了少數人之外所有人都能看到鬼、與鬼溝通，殺人案更因爲死者能直接指證的緣故大幅減少的世界；或冒業〈女兒之死（外傳）〉裡唯有作爲鬼才能理解事件全貌的愛恨情仇；或是譚劍〈禮義邨的黑貓〉在主角成爲鬼之後，才終於理解自己被殺害的理由，和整個禮義邨恩怨情仇的黑幫物語，都是如此。

鬼或靈異事件，成爲打破既定立場與認知的「異質性」的存在，讓角色有了重新理解已發生的事實的機會，作者也得以透過不同方式，帶出香港本地的文化特色、街景地貌與香港人的此時此刻。

偵探冰室：連結現實可能的線索

望日在《偵探冰室．靈》台灣版序言中提及：「我們希望透過這個象徵香港的推理小說合集系列，把香港文化及華文推理傳承和推廣開去，同時從側面記錄著這個世代香港的人和事。」讀者或許疑惑，藉由靈異事件去拓展推理小說的邊界還能理解，但爲何要用來側面記錄香港的人和事？非得要憑藉靈異設定來達成目標？

關於這點，我們或許要重返靈異小說的書寫脈絡來看。

李欣穎教授〈欲知蒼生問鬼神：十九世紀後期的美國靈異小說〉認爲，靈異體驗是某些人的日常體驗，我們無法否認，也不該將之排除在寫實之外。她也認爲，無論是運用什麼理念、題材或表現技法的作品，都該表達出對社會議題的關切，或者說關切某種形而上的「邪惡」。

她以哈里特・斯托的《湯姆叔叔的小屋》爲例，蓄奴主人的大型莊園盛傳鬧鬼，最後白人主人誤認黑人女奴假扮的女鬼是母親的亡靈，而女奴也靠著主人的誤會和愧疚，成功逃離莊園，不再是原先地位低下的奴隸。李欣穎認爲，斯托藉由靈異事件的描寫，點出的是當時美國社會種族、階級乃至於性別壓迫等議題。

因此，十九世紀後期的靈異書寫，不但能迎合市場喜好，又能探索禁忌話題，同時避免了禮教束縛，是作家試圖緊扣社會議題創作時的另一種選擇。

回到《偵探冰室・靈》，莫理斯〈萬米高空亡者分身事件〉的身分之謎關鍵，以及冒業〈女兒之死（外傳）〉的眞相、望日〈那陣揚起黃色斗篷的陰風〉裡故事背後的故事，都和反送中密切相關。又或者是譚劍〈禮義邨的黑貓〉裡自掃門前雪的公宅街坊、莫理斯〈萬米高空亡者分身事件〉裡擅自以「死因無可疑」結案的警方，黑貓C〈幽靈耳語〉和陳浩基〈陰陽盲〉裡因資訊不對等造成的悲劇或盲點，又怎能說和台灣對於反送中運動的相反立場毫無關聯？

可以說，這些小說之所以出現，正是源自於反送中對香港造成的實質影響，同時也能透過具有娛樂性的手法完成故事之餘，將思慮的線索導引至香港的時代背景、歷史文化與現實事件。因此，在享受推理小說所帶來的解謎樂趣、靈異故事帶來的懸疑氛圍之外，或許我們也該思索在這些故事背後的故事，以及身為所有故事線索與眞相最終指向的那座城市——香港。

序
好好活著，一同見證屬於我們的未來

望日

二〇一九年七月十七日，《偵探冰室》在香港書展上正式推出；翌日，出版社就收到一封讀者電郵，說他購買了該書，打算躲進推理小說的虛構世界，避開當時紛紛擾擾的政治局面，沒料到一打開序，就看到筆者（即本人）長篇大論地談政治，頓感意興闌珊。

老實說，我也討厭政治。回想十多年前仍在就讀大學的我，當時雖然已經是成年人，即將投身社會，但仍對時事提不起半點興趣，除了應付求職面試前會臨急抱佛腳外，其餘時間幾乎不會看新聞。看到今時今日的學生，年紀輕輕已經對社會上發生的事瞭如指掌，甚至積極發表意見、參與政治活動，我實在感到很慚愧。我猜除了是因爲通識教育科令他們提早覺醒之外，也是基於動物的本能——他們察覺到危機早已逼近。

「生活即政治，政治即生活」、「你不找政治，政治也會找上你」等說法經常可以在網路上看到。無論是毒奶粉、黑心食品、全球暖化，以至最近肆虐全球的肺炎，其實都是生活和政治互相影響的結果。世界各國受肺炎的影響不一，正是因爲各國政府所採取的防疫措施不同，以及市民對政府的信任或不信任的結果。我想，除了從事跟政治直接有關職業的人之外，大部分人都希望能過簡單的生活，盡量遠離政治；炎炎夏日，誰都想躲在家中享受冷氣，沒有人會無緣無故走到街上遊行示威。然而當你穿黑衣外出會被搜查、乘坐鐵路回家途中可能突然受襲、拒收不明來歷的包裹仍會被拘捕，更多更多荒謬的事每日在身邊發生之時，大家都應該明白，政治已經找上了我們，誰都不能倖免，無法再當「港豬」掩耳盜鈴了。

由二〇一九年中至今，我經常在想，身爲香港出版社負責人及小說作家，到底有什麼事情可以做，去多出一份力，去守護我們的家。小說作家未必有體能和膽識走上前線支援，也沒有政治家的識見去提供意見和行動建議，但我們還是有可以做的事情。不少文化工作者在這一年來，以自己的專業去發聲和記錄社會當下的狀況，不容歷史遭到篡改，同時對外解釋和宣揚理念；單是出版物，類型和數量已多不勝數，文學作品也有韓麗珠《黑日》、黑貓C《崩堤之夏》等。而在《偵探冰室》出版一年後，五位原班人馬及一新加入的香港作家再次匯聚，交出了新作《偵探冰室·靈》作爲我們的答案。

《偵探冰室·靈》包含了「偵探冰室」及「靈」兩個部分。「偵探」暗示文種屬推理小說；「冰室」是五、六十年代在香港興起的餐廳，最初以售賣跟英式下午茶相關的小食和飲品爲主，其後逐漸演變成中西方美食皆有售，包羅萬有，一直存在至今，成爲香港的象徵之一；「靈」則代表靈異，是本書的主題。《偵探冰室．靈》這部推理合集正好結合上述元素，書中的六部短篇推理小說背景皆爲香港，但謎團五花八門，靈異元素千奇百怪，相信無論是初次接觸推理小說，還是推理小說愛好者，都能享受到故事和解謎的樂趣。

《偵探冰室．靈》是「偵探冰室」系列的第二部，我們希望透過這個象徵香港的推理小說合集系列，把香港文化及華文推理傳承和推廣開去，同時從側面記錄著這個世代香港的人和事。推理小說雖屬流行讀物，但除了其娛樂的特性外，故事的核心就是追求眞相，故事中的偵探藉著各種線索和邏輯分析，找出謎團的因，讓犯罪者承受應得的果。無獨有偶，在《偵探冰室．靈》中的部分小說都跟因果、報應等元素扯上關係。我不知道這是因爲千百年來中外歷史所給予世人的啓示，是我們的內心渴望天道得以彰顯，還是只是純粹的巧合，但我相信推理小說作家和讀者都期望能爲死者和蒙冤者平反，也是我們爲何熱衷於推廣華文推理的原因之一——只有在平等、法治的社會，公義得以彰顯的地區，推理小說才能茁壯成長；而推理小說市場持續擴張，就能產生正面反饋，提升人民對理性分析、邏輯思維、公義等的追求。

我特別藉此機會，感謝蓋亞文化於二〇二〇年初把《偵探冰室》帶到台灣，其續作、即本書《偵探冰室．靈》將繼續於港台兩地出版。兩地人民的生活文化和閱讀習慣或許會有差異，但對追求自由、民主等普世價値的心相信並無二致，非常適合推理小說落地生根。疫情過後，未來的經濟和生活或許未必如之前般順遂，政治形勢看來也會變得更波濤洶湧，但無論之後發生什麼事情，我們好好活著，一同見證屬於我們的未來。期待我們下年能夠繼續在「偵探冰室」內相聚。

二〇二〇年六月一日

作者介紹

陳浩基

香港中文大學計算機科學系畢業，台灣推理作家協會海外成員。二〇〇八年以童話推理作品〈傑克魔豆殺人事件〉入圍第六屆「台灣推理作家協會徵文獎」決選，翌年又以續作〈藍鬍子的密室〉及犯罪推理作品〈窺伺藍色的藍〉同時入圍第七屆「台灣推理作家協會徵文獎」決選，並以〈藍鬍子的密室〉贏得首獎。之後，以推理小說《合理推論》獲得「可米瑞智百萬電影小說獎」第三名，以科幻短篇〈時間就是金錢〉獲得第十屆「倪匡科幻獎」三獎。二〇一一年，他再以《遺忘．刑警》榮獲第二屆「島田莊司推理小說獎」首獎。

他的長篇作品《13．67》（二〇一四年）不但榮獲二〇一五年台北國際書展大獎、誠品書店閱讀職人大賞、第一屆香港文學季推薦獎，更售出美、英、法、加、義、荷、德、韓、日、泰、越等十多國版權，並售出電影及電視劇版權。本書同時獲得二〇一七年度日本「週刊文春推理Best 10（海外部門）」及「本格推理Best 10（海外部門）」兩大推理排行榜冠軍，爲首次有亞洲作品上榜，另外亦獲得二〇一八年本屋大賞翻譯部門第二名、第六回翻譯推理讀者賞第一名及第六回Booklog大賞海外小說部門大賞。

二〇一七年出版以網上欺凌、社交網絡、黑客及復仇爲主題的推理小說《網內人》。另著有科技推理小說《S.T.E.P.》（與寵物先生合著）、科幻作品《闇黑密使》（與高普合著）、異色小說《倖存者》、《氣球人》、《魔蟲人間》、《山羊獰笑的剎那》、《筷：怪談競演奇物語》（與三津田信三、薛西斯、夜透紫、瀟湘神合著）、奇幻輕小說《大魔法搜查線》、短篇集《第歐根尼變奏曲》等書。最新作品爲奇幻犯罪小說《氣球人》。

譚劍

曾任程式設計、系統分析、項目管理等工作。以結合人工智能和香港文化的《人形軟件》（台灣版書名爲《人形軟體》）獲首屆「全球華語科幻星雲獎」長篇小說獎金獎。探討未來科技與七宗罪的《黑夜旋律》入圍「九歌30長篇小說獎」。科幻武俠短篇小說〈斷章〉獲選入《華文文學百年選·香港卷2：小說》。以台南文化爲背景的奇幻小說「貓語人」系列入選台灣文化部一〇七年「年度推薦改編劇本書」。並獲倪匡科幻獎、可米瑞智百萬電影小說獎、BenQ華文世界電影小說獎等，入圍台北文學獎年金獎助計畫。另著有科幻短篇集《免費之城焦慮症》、長篇科幻小說《換身殺手》和《光柵謀殺案》等。

英國倫敦大學電腦及資訊系統學士，英國布拉德福大學企管碩士。台灣推理作家協會國際會員。好奇如鯊魚。喜歡旅行、動物和大自然。與家人和一隻愛撒嬌的狗住在西太平洋一個小島上。

莫理斯

一九六五年香港出生。一九八四年榮獲南華早報最傑出學生獎，同年赴英國劍橋大學攻讀法律，畢業後又以「一國兩制」爲論文題目進修博士學位，期間曾爲香港基本法諮詢委員會擔任法律研究及翻譯工作。

九十年代留英講學多年，二〇〇一年回港轉投影視製作，參與編寫及監製的作品包括多部在外國平台播放的紀錄片、以及香港第一部全本地創製的三維電腦動畫電影《龍刀奇緣》（二〇〇五），其後亦於某荷李活電影公司負責中美合拍項目。現爲獨立影視創作人及監製，亦在香港大學法律系兼任客席副教授之職。

莫理斯曾在本港中文報章撰寫過以中外文化爲題材的專欄，部分內容輯錄成散文集。二〇一七年推出第一部短篇偵探小說集《神探福邇，字摩斯》，現正安排出版不同地區版本和續集，並希望把系列籌拍成劇集。

黑貓C

香港理工大學電子及資訊工程學系畢業。二〇一五年開始在網上連載科幻、奇幻小說，翌年以武俠小說「從等級1到武林盟主」系列出道。他涉獵多種類型寫作，同年以數學爲主題創作推理小說《歐幾里得空間的殺人魔》，並於二〇一七年獲得第五屆「金車．島田莊司推理小說獎」首獎。另著有奇幻輕小說「末日前，我把惡魔少女誘拐回家了！」系列。最新的推理小說《崩堤之夏》以反對《逃犯條例修訂草案》運動爲背景描寫香港人的故事。

望日

香港科技大學土木及環境工程學學士、土木工程學哲學碩士。曾任職香港政府一級行政主任。輟筆多年後，仍對寫作念念不忘，爲實現以創作爲終身職業的夢想，遂於二〇一三年丟棄鐵飯碗全職寫作，集中於創作科幻及推理小說。

二〇一五年幸獲賞識以科幻小說《黑色信封》出道；二〇一六年成立星夜出版，繼續出版自己的作品外，同時與有理想、有潛質的作者攜手發展。

二〇一七年以《深藍少年》獲提名第八屆「全球華語科幻星雲獎最佳長篇小說

獎」。二〇一七、二〇一九及二〇二〇年三度入圍「台灣推理作家協會徵文獎」準決選。

另著有《時間旅行社》、《等價交換店》、《死角》（與曹志豪合著）、《有冇搞錯！我畀咗成千蚊人情去飲，竟然九道菜全部都係橙》[1]、《當愛情變成一場遊戲》、《粉紅少女》及《白色異境》。

堅信夢想，勇於走出舒適區，不斷尋求挑戰。

冒業

九十年代出生。香港中文大學計算機科學系畢業，現職軟體工程師。二〇一六年以〈S.T.E.P. Recursion〉入圍第十四屆「台灣推理作家協會徵文獎」準決選；二〇一八年以「反推理」作品〈古典力學的象徵謀殺〉入圍第十六屆「台灣推理作家協會徵文獎」決選；二〇二〇年以〈所羅門的決斷〉入圍第十八屆「台灣推理作家協會徵文獎」決選。

1 粵語翻譯：「怎麼搞的！我付了足足四千塊禮金去吃喜酒，竟然九道菜全部都是柳丁」。

除了創作也從事評論活動。二〇一四年開設了部落格「我思空間」，不時在上面發表作品評論。文章曾於U-ACG、01哲學、同人評論誌Platform、MPlus、Sample樣本、微批、明周文化等刊登，並爲劉慈欣小說合集《流浪地球——劉慈欣中短篇科幻小說選》撰寫代序、譚劍科幻小說《黑夜旋律》撰寫解說和子謙推理小說《阿帕忒遊戲》撰寫解說。最近在推廣推理小說評論普及。

筆名是「不務正業」的異變體。

幽靈耳語

黑貓C

1

你正坐在的士後座，窗外茂密大樹不斷掠過，雖然時值正午但天色昏暗跟冬天的傍晚沒兩樣，樹影也是陰陰沉沉。

的士只有你和司機二人，但從市區開車上山的這五分鐘你沒說過半句，相反前座那位禿髮的司機很愛聊天，終於忍不住問你問題。

「很生面孔，你以前沒來過這裡對吧？」

你點頭，同時又感到疑惑，問：「爲什麼你知道？」

「山村沒有巴士，村民又不喜歡外人自駕上山，你們入村的唯一方法就是電召的士，所以誰來過我都記得；反正也很少村外人上山，最近一次已經是上個月的事情，有個什麼民俗學者出手很闊綽，大陸人就是有錢。」

司機很熟悉山上赤犨村的事，但聽起來仍然有點奇怪——除非這裡只有他一個的士司機，否則也不可能看過所有乘客。可能對方也察覺到你的疑問，搶答道：「現在還有接載上山的就只剩我一人了。」

你窺看倒後鏡中司機的臉，見他收起了輕鬆的表情，還故意壓低聲量。「這些話只能白天說，其實赤犨山路在行內很有名，是出名邪門的。初時很多人不信邪，見價錢不錯就在晚上載客下山，結果那些人以後都不敢再接赤犨村的生意了。久而久之，剩下會接客來往山村的就只有我，你無論打電話到哪個的士台最終也是找到我來。」

「那你沒遇過鬼嗎？」

司機苦笑回答：「見怪不怪……雖然想這樣說，其實還是有點害怕啦。不過仔細想想，只要你不傷害『他們』，『他們』也沒必要麻煩你嘛。這世上可怕的事太多，什麼都怕還得了。」

窗外景色千篇一律，你知道上山的路迂迴曲折，你聯想起蝸牛殼，的士就好像在蝸牛殼裡面緩慢地爬，每次轉彎便爬到更深的迷宮。此時司機又說：「無論你是否相信世上有『那東西』，但記住一句話，赤峯村是特別的，只要越過鐵絲網，你在地上的常識就不管用。」

在轉了第十個彎後，你們終於來到「關口」——鐵絲網。大約三米高的鐵絲網在林間延伸，隨山坡環繞，把山上的地都圍了起來。你看見關口旁邊有白板潦草寫上紅字「私人重地，閒人免進」，鐵絲網後都是山上原住民的地；話雖如此，這裡沒有人把守，用鐵板搭建的關口也是生滿鐵鏽，不過是象徵性質而已。

的士減速駛過關口後，司機喃喃道：「每次穿過鐵絲網總會感到一陣寒意，彷彿山中空氣與平地的不大一樣。」

雖然我們都知道的士車窗是緊閉的，根本感受不到車外的空氣，但你沒有回答，司機也沒有理會，繼續追問：「很久沒有外人來赤峯村了，你今天爲什麼而來？」

「大學同學請了幾天假，我來把課堂筆記交給她。」

「這個年代不是都上網看筆記的嗎？」司機笑道：「一定是女同學對吧？」

此刻你實在沒那個心情回應，隨後車程都是司機單方面侃侃而談，再經過十分鐘終於駛到村口，司機才安靜下來。然而今天山村的氣氛不大一樣，村裡的樹都繫上素色麻布，幾十棵樹就有幾十條素布隨風飄蕩，投影使得赤鞏村更顯灰暗；假如有人俯瞰赤鞏村，會以爲整座村誤墜進雲海之中，山上都被灰白陰影包圍。

「赤鞏村變成白鞏村了。」

看來那位司機也是頭一次看見山村是這個情況，反而你知道原因。

「最近村內接連有兩個學生自殺了。」

司機語塞，抽了口氣，若有所思，欲言又止。

2

赤鞏村擁有數百年歷史，山上原住民稱他們是僅存的赤鞏族人——赤鞏族是鞏族的一個分支，追本溯源鞏族則可能是瑤族的分支。

鞏族民風強悍，受歷代漢族統治者的歧視：視他們爲南蠻，把這些蠻人趕到嶺南山中。「鞏」字以「山」和「大」爲義符，「車」爲聲符，說的就是這些在山中生活的人。根據赤崋人的口述歷史，他們祖先因為被欺壓——律法不允許赤崋族離開山上，禁止赤崋人跟平地人通婚——於是赤崋人輾轉逃到南方最偏遠的香港定居，花了不少氣力建立家園，生活尚算安穩。

北宋年間可能是赤崋族最繁盛的時刻。古時香港大奚山（今大嶼山和附近島嶼的統稱）盛產海鹽，赤崋經營私鹽獲利，大為改善當地鹽民漁民的生活，因此朝廷亦默許大奚山的私鹽產業。然而當金朝攻陷北宋京師開封府、趙宋皇室南逃到應天府稱帝後，南宋因為經濟衰退便對南方蠻族動刀，嚴格取締私鹽，繼而引發大奚山鹽民不滿，爆發官民衝突。鹽民起義一度攻至廣州城下；朝廷大驚，遂派軍隊剿滅亂黨、屠殺大奚山鹽民，大奚山鹽業自此式微。

結果朝廷沒有得到任何好處，反而是同歸於盡，亦加深赤崋人對朝廷的仇恨。赤崋人自稱是「大奚山鹽民起義」的倖存者，事後他們被迫離開地面，重回深山建立自己的村落；數百年來經歷多少次朝代與主權更迭亦未曾變改，他們依然用鐵絲網圍起整個山頭，保護赤崋族的土地。

「會長。」

在村口下車後，一位少女撐傘迎接你，原來昏暗天色還下起了毛毛雨，為傘下少女蒼白的臉添上一層陰霾。

她叫沈澤臨，是你的學妹，同屬大學的靈異研究會。雖然平時她已經很像會被靈異纏上的類型，總是緊蹙眉尖、多愁善感；如今更是連雨傘也拿不穩的模樣，雙手微微顫抖，低聲說：「抱歉給會長添麻煩了。」

你故意爽朗地回答：「同學手足就是要互相幫忙嘛。我把資料帶來了，研究會的其他人也有幫手整理。」你輕輕舉起一疊筆記，那是沈澤臨昨夜拜託你收集的有關赤葦村的歷史。

「謝謝你。」沈澤臨的笑容好像海市蜃樓，但她還是努力微笑說：「最近山上天氣轉冷，我們先找個地方坐下再談好嗎？」

你也沒有拒絕的理由，便隨她入村，走過碎石路，途經村中心的廣場。從廣場這裡能夠看到村內最大的兩棟建築：擁有私人庭園的獨立屋是村長大宅，另一座四層高的混凝土大樓是赤葦文娛中心。文娛中心前年才落成，兀立在百年歷史的建築群中明顯格格不入；但中心亦是村內唯一擁有太陽能供電的地方，夏天更有冷氣開放，反而很受年輕村民歡迎。

「居然是自動門。」

「你還以爲赤葦村是蠻荒之地嗎？」沈澤臨自嘲答：「雖然就只有文娛中心最特別，如果我家中那殘舊的發電機壞掉的話，夜晚就要點蠟燭照明了。」

「至少可以用USB的LED燈吧？」

「整個赤葦村只有文娛中心能充電，資源有限，能夠少用就少用吧。」沈澤臨說：「而且赤釜的文化是『以傳統為本，以科技為用』，過於倚賴科技也不健康。」

畢竟赤釜村有數百年歷史，赤釜族更以千年歷史而自豪。

3

文娛中心內燈火通明，日光燈比窗外陰沉天色還要明亮。你們在三樓電腦室找了個位子坐下，你把赤釜族的筆記和一個白信封交給沈澤臨，她回答了你一句「有心」，然後又陷入了沉默。其實你隱約猜到沈澤臨喚你來的目的並不簡單，但不懂如何開口，猶豫過後便決定問有關筆記的問題。

「為什麼突然需要赤釜的資料？」

「那是弟弟前天拜託我的。」

「前天……」

「對，是弟弟自殺前的一天。」沈澤臨換了個話題，問：「會長你是靈異體質，但不相信幽靈嗎？」

「不是不相信，我看過真的幽靈；不過很多人宣稱的幽靈卻是假的，他們只是假借靈異之名圖利。」

沈澤臨很有感觸的樣子，垂頭說：「最近村內流言，說有幽靈誘惑孩子，慫恿他們自殺。第一個是村長的大女兒，第二個是澤睽……但我不相信澤睽是自殺的。」

沈澤睽是沈澤臨的弟弟，十四歲——談自殺理應太過早的年齡。

「有什麼原因令妳認爲妳弟弟不是……自殺？」

「他前天拜託我在大學找有關赤葦的資料，第二天就發生那樣的事……我覺得很奇怪。」沈澤臨續道：「我問過他的同學，學校沒有關於赤葦歷史的功課，澤睽是自發性想找資料的，他好像在追查什麼的樣子。除此以外沒有半點異常，死前的那個晚上還熱心地找我商量……怎樣我都不認爲他會突然自殺。」

「妳介意告訴我妳的弟弟是怎樣死嗎？」

沈澤臨深呼吸數回，始道：「前天晚上，我們一家人如常吃過晚飯，做完功課，回房睡覺……但到了第二天清早，當我敲門叫澤睽起床時發現他不在房內，書桌上只留下一張畫到一半的狗塗鴉的單行紙；家人看見玄關鞋櫃沒有澤睽的鞋，於是我們跑到外面找，最後找到澤睽吊在門口的一棵樹上……他是上吊死的。」沈澤臨越說越激動：「不是很奇怪嗎？爲什麼自殺要特意跑到屋外？根本不合理！」

確實不像是自殺，你追問：「用作上吊的繩子是他自己的嗎？」

「不知道，家裡沒有那樣的粗麻繩，但村裡面到處都能找到，用來固定欄柵的、工場裡存放的、農田綁雜物的，周圍都有。」

「假如不是自殺，就代表有人殺死妳弟弟……聽說勒死和自縊的痕跡會有不同，警察有檢查他的死因嗎？」

「不，警察一向把我們當作是鄉下人不予理會，而且村民亦很抗拒政府插手村內事務。不過澤睽是前天的夜晚上吊，晚上村裡只有自己人，澤睽都沒有跟人結下什麼仇怨，很難想像是村民殺死澤睽。」

你心想，不是自殺，也不是他殺，那會是什麼？

沈澤臨像看通你的心思，答道：「幽靈的耳語。」

她解說，赤鲞村最近夜晚不時傳出奇怪聲音，不像人類所能發出的，亦不像自然構成的，是一種難以形容的異常雜音，尤其在夜闌人靜時最爲明顯。本應草木皆眠，若有人醒來細聽，就會聽見幽靈的耳語。據說前幾天村長的家亦有傳出幽靈耳語，翌日村長的長女就上吊自殺了。十五歲，對於自殺而言同樣是過早的年齡。

「村長的女兒是自己反鎖在房間內的，當村長破門而入時已經太晚，只看到一具自縊橫梁的軀體。同時看見她腳下留有遺書、死因沒有可疑……始終死者長期受情緒病困擾，大家聽見她的死訊好像也沒有意外，只是覺得終究發生了這樣子……」沈澤臨哽咽說著，她沒想過自己的弟弟會是下一個受害者。

「縱然幽靈耳語只是流言，但流言發生後有兩名年輕人相繼失去了性命，而且同樣死於自縊；空穴來風未必無因，說不定有什麼關係。」

「所以我想請會長你幫忙。就算最後可能沒有任何發現，至少我希望把事情盡可能地弄清楚……我不想澤睽消失得不明不白。」

你輕聲問：「有什麼我能夠幫上忙的嗎？」

「會長你有感覺到幽靈嗎？」

「確實從我坐的士上山開始就感到一種奇異目光從天上，盯著我的頭頂，視線從後腦穿過我的身體。但我說過，我認爲即使這個世界有幽靈，十之八九所發生的事都是人爲的，跟幽靈無關。假如要調查的話，我們還有兩個方向可以找線索。」

連續兩名村內學生的死感覺不是巧合，而沈澤臨弟弟在死前一天搜集赤葦的歷史亦可能跟他的死有關。在螺旋形的山路一直爬到山頂，更深的謎團就隱藏在赤葦村內，你有如此的直覺。

4

赤葦村村民不喜歡外人逗留太晚，因此你趁入黑前便下山回家。在家中你唯一能夠做的大概就是繼續收集赤葦的歷史，希望從中找到沈澤睽之死的線索；而你留意到的應是一些神話故事，所以你翌日帶著關於盤瓠的筆記上山。

根據《後漢書．南蠻西南夷列傳》記載，黃帝之曾孫高辛氏時有犬戎爲患，高辛氏多次派兵討伐犬戎不果，遂公告天下若能取得敵將首級者賞黃金封邑，並把公主許配給他。當時宮中有五彩神犬名曰盤瓠，盤瓠用計潛入敵陣殺死犬戎大將，並銜敵將首級回宮領賞。然而盤瓠只是一頭犬，既無封爵之道，高辛氏更不願將女兒嫁予畜牲。可是公主認爲皇帝不能言而無信，於是自願追隨盤瓠離開皇宮，遁隱南方深山生活。盤瓠與公主生子十二人，六男六女，盤瓠死後子女互相結爲夫妻，繁衍後代，相傳爲瑤族與輋族的起源，兩族皆奉盤瓠爲祖先，盤王節的傳統一直流傳至今。

「那十二人分別得皇帝賜姓十二個，是輋族十二姓的由來。」沈澤臨說：「我想起了小時候父母告訴我盤王的故事，雖然沒有會長你說得那樣仔細。」

「也許很難解釋他們生小孩的事吧。不過神話傳說中近親聯姻好像頗常見的，像伏羲和女媧也是兄妹成親，一些現代不容許的事情在古時就不受限制。」

相同地方的電腦室內，你把輋族起源的傳說告訴給沈澤臨。雖然沈澤臨知道盤瓠傳說，但再聽一遍又有另一番感受，尤其是碰巧與狗相關的，她想起了弟弟當天書桌上那幅畫到一半的狗塗鴉。

「就算是狗的故事也不一定與事件有關，只不過我昨晚回家後只找到這些而已，幫不上忙很抱歉。」

「千萬別這麼說！若沒有會長在身邊的話，我一個人都不知道怎麼辦。眞的很感激你連續兩天都來陪我。」

沈澤臨今天的面色好像紅潤了點，笑起來也沒昨天那樣不自然。雖然你懷疑自己眞的有幫上忙嗎？就在這時候，半開的窗外傳來男孩的怒喊聲。

「——我不喝！」

沈澤臨認得男孩的聲音，好奇走近窗前察看，跟同樣站在旁邊的電腦室管理員聊了幾句。

管理員說：「終於找到小海了，可是……」

「欸！小海怎樣了？」

「就剛剛在水塘撈起，妳過去看看吧。」

沈澤臨面色一沉，匆匆下樓離去。她們剛才討論的是赤崋村唯一的水塘，從山溪匯聚的自然恩惠養活了山上數十代赤崋村民。然而當你們來到水塘前卻看見一具腐爛發脹的屍體，有蒼蠅圍著屈曲的四肢嗡嗡飛，惡臭味嗆鼻，視覺和嗅覺上都十分令人難受。從屍體體型能看出這是一具狗屍，但對村民而言牠是前幾天失蹤的小海。

「小海！」一名頭髮半白的老婦全身無力地坐在狗屍前沙啞大喊：「是誰這麼殘忍!?不但殺死你還把你丟到水塘裡面！無人性！無人性啊！」

你看見老婦年約半百卻泣不成聲，心裡難受。旁邊的沈澤臨低聲說：「那位鄧阿姨是我們的村長，幾日前才痛失愛女，現在又失去了小海。那獵犬是鄧阿姨死去的老公所收養的，應該有六、七歲吧……我想鄧村長已把小海當作丈夫分身般看待了。」

尤其赤崋族的祖先也是神仙的狗，他們對狗自然心存敬畏。話雖如此，你對鄧阿姨的行爲感到有點奇怪。

你問：「小海失蹤了多久？」

「嗯，前天清晨就不見了蹤影……」

說到一半，沈澤臨忽然從口袋拿出紙張攤開來看，那是一張從筆記本上撕下來的單行紙，留有明顯撕痕；右下角有紅色彼岸花的水印，正中間有狗塗鴉，用了幾種顏色畫了簡單的輪廓，畫到一半卻畫不下去，更用紅色筆打上大交叉。

你問：「難道這是妳弟弟的……」

她點頭，答：「這是澤睽最後留下的線索，最初我不明白爲何要用顏色筆畫，但這種配色跟小海一模一樣。」

她告知你，小海是金毛尋回犬[1]，和單行紙上黃色長鼻、垂耳的狗確實有幾分神似。不過最巧合的是，小海失蹤當日正是沈澤睽上吊的同一天、同一早上。那麼單行紙的畫與弟弟的死會否有關？

「——這裡很臭！快走吧！」

還是那男孩的聲音，男孩看起來是剛升上中學的年齡，不斷吵吵嚷嚷，拉著母親離開。你安靜聽著他們母子的對話，原來男孩認爲水塘的水不乾淨，要下山買水；但母親解說生死也是大自然的一部分，水塘裡面一直也有死魚，而赤崋村民幾百年來都是喝這些水長大的，沒有不乾淨。接著母親就走過去用雙手盛水在男孩面前一口喝下，否決了男孩的一切抗議。

「這山村已經沒有未來了。」鄧阿姨稍微冷靜下來，呆坐在狗屍前冷漠地說：「赤犛村民受盡外人歧視，政府不但無打算保留赤犛文化，更強行在村中心建了那個四不像的文娛中心；年輕人思想未成熟易受那些科技荼毒，現在連自家的水都嫌棄，看來我也成了最後一任村長，以後大家都會捨棄盤王的祝福，搬到山下生活吧。」

「我不會搬走的。」沈澤臨走近鄧阿姨安撫她說：「村長放心吧，赤犛村不會就這樣消失的。」

「啊……妳是沈家的女孩，沈家也辛苦了。」

同樣痛失至親，她們應該最能彼此理解吧。

「那個……小海打算怎麼辦？」

鄧阿姨答：「我想在後山挖個墓埋葬牠。」

「好，我來幫忙。」沈澤臨望向你問：「會長假如你……」

「當然我也會幫忙喔。粗重工作交給我吧。」

沈澤臨微笑說：「會長是最可靠的了。」

1 金毛尋回犬：即台灣的「黃金獵犬」。

5

你們三人合力造了個簡單的墓，把小海安葬好後，鄧阿姨便邀請你們到家中作客喝茶休息。村長大宅的布置古色古香，客廳擺放紫檀木的家具，神壇上掛了一幅犬首人身的卷軸畫——傳說盤瓠為了跟公主結婚，便向公主提出要閉關修行七日七夜，使自己變成人形。可是公主不放心，在第六天的晚上打開了門，結果盤瓠的修行無法完成，只能變成犬首人身。

然而眼前沒有幽靈，只有神像。由於數日前有流言說從村長大宅傳出幽靈的聲音，你特別注意客廳的布置，看看有沒有風鈴之類會發出聲響的東西。窗外天空依舊陰沉，窗框前繫著幾個紅色的葫蘆隨風搖晃；你記得村長大宅的大門亦掛著同樣的葫蘆，據說也跟盤瓠有關。「瓠」是葫蘆瓜的一種，粵音同「葫」，正是五彩犬從葫蘆裡長大因而得名盤瓠。風水學中葫蘆通常是用來辟邪，但赤輋族更重視葫蘆帶來福氣的涵義。

「紅色葫蘆是祈求產子的，我們叫它作『多子葫蘆』。」沈澤臨如此解說。

可是鄧阿姨的丈夫逝去多年，她膝下兩個女兒，剛離世的長女也只有十五歲，幼女更不用說，所以她們一家不須要求子；不過赤輋村也許須要求丁旺丁，這也是鄧阿姨身爲村長的本分。

「兩位年輕人眞好心腸，小海一定會安息的。」鄧阿姨牽著她的小女兒穎雨從廚房出來，穎雨是個乖巧的小學生，只是很怕生，心情亦很低落，在端出幾杯茶和餅乾到几上後便悄悄回房了，連視線也沒有搭上幾秒。

沈澤臨說：「其實村長不用照顧我們，可以多點陪伴穎雨，畢竟她的姐姐……」

「人總有一死。她姐姐與妳的弟弟是好人，死後會在鳳凰山重聚，只不過他們先行一步而已。」鄧阿姨嘆道：「可惜穎雨年紀尚小，聽不懂這些話，現在先讓她自己冷靜吧。」

況且沈澤臨同樣痛失親人，鄧阿姨不放心沈澤臨。只見沈澤臨低頭喃喃說：「鳳凰山，我記得那是盤瓠與十二名子女所生活的聖山，對吧？剛好最近記起小時候父母說過的故事。」

「沒錯。」鄧阿姨問：「妳還記得盤瓠是怎樣死的？」

「對呢，就算盤瓠是神也難逃一死……」

鄧阿姨答：「盤瓠是山上摔死的，掛在梓樹上。我想從樹上離開是受到盤瓠祝福，澤睽是受盤瓠眷顧的孩子，他現在肯定生活在鳳凰山上無憂無慮，妳不用太操心。」

沈澤臨心情複雜，但願弟弟在另一世界過著快樂的日子。可是在這之前她還得弄明白澤睽的死因，她始終不相信弟弟是自殺的。

「村長。」沈澤臨掏出單行紙的畫，問鄧阿姨：「這是幾日前在家弟書桌上找到的，妳看看畫紙上的小狗，有沒有什麼想法……」

「快燒掉這張紙！」豈料鄧阿姨神色大變，就連聲音都變得像別人似的，瞪眼喝道：「這是詛咒，不潔的詛咒！不但要丟了它，還要燒燬它，不然會有不幸的事情降臨在紙的主人身上！」

但那是胞弟的遺物，亦可能是線索，沈澤臨連忙把畫紙收了起來。她問鄧阿姨：「為何這樣說，村長知道些什麼嗎？」

「妳這個蠢材什麼都不知道，穎雪就是這樣死的！我的乖女兒雖然不愛說話，但也不至於會跑去自殺，如果不是我沒發現她脖子的紅色印記，她就不會受邪靈唆擺而做出傻事！」

脖上紅印、邪靈唆擺，鄧阿姨一堆莫名的話讓你們感到混亂。

鄧阿姨突然捲起衣袖，咬牙切齒用力掐住自己的右前臂，當她放鬆五指時臂上就有紅色的瘀痕。「就是這樣的印記，可是穎雪脖上的紅印是走獸狀，是邪靈的詛咒。當邪靈纏上她的頸脖，用力一抓，第二天乖女兒就吊在橫梁之下……」

此時你看見用紅線吊在窗前的葫蘆，中間綑綁的部分是脖子，上半部是頭顱，下半部是身體，而且是孕婦的身體——不知為何，你腦海突然湧入這樣的想法。

「我明白了，我會好好處理這張畫紙。」神情呆滯的沈澤臨望了一下掛鐘然後站起來，向鄧阿姨彎腰說：「時間不早，不好意思打擾了村長這麼久，謝謝款待。」

「是啊……冬天很快入黑，這段日子妳還是留多些時間陪父母吧。」鄧阿姨也站了起來，爲你們二人送行。而你也要準備明天早課，差不多要回家了。

6

大學與赤峯村的距離頗遠，一來一回得花上數小時的車程，所以平日沈澤臨也不好意思麻煩你。原本是這樣想的，但星期一的正午，你接到沈澤臨的來電。

「會長……你現在有空嗎？」

你聽見她的語氣憂心忡忡，心想一定有事發生，便爽快答應見面。到了赤峯山上，沈澤臨反而帶你從村口下山，沿著坡道一起走，小聲問：「還記得昨天水塘的那個男孩嗎？我在村裡學校見過他幾次，他和澤睒一起打過球……然後今早在山坡發現了他的遺體。」

沈澤臨停下腳步，這裡本來是一處僻靜的山林，如今卻有不少村民圍觀嘆息。

「遺體在早上已經搬走了，現場只留下小狗的屍體。」

你不明白發生何事，沈澤臨補充說：「那個可憐的男孩叫鍾明偉，十四歲，昨晚如常回家，但今早父母起床後發現孩子不見了，然後有人在村外的山坡下發現了他，還有一隻小狗。當時他和小狗都沒有呼吸，而且纏在一起。」

說著的同時，沈澤臨慢慢將雙手掐住自己脖子，有點嚇人地解說：「就像這樣，小狗的前足搭在男孩頸上，彷彿想殺人似的。」

你想起村長之前說的詛咒，但你又嘆氣說：「實際上不可能是狗勒死人吧。」

「靈異研究會的會長正在全力否定靈異事件呢。」

「殺人是最邪惡的罪。比起幽靈，人類的惡意更加龐大。」

沈澤臨冷靜回答：「鍾明偉和小狗的頭部也有明顯外傷，山坡附近沒有找到能造成外傷的凶器，只有在岩石上發現血跡。大概是他們從山坡摔下時，頭部撞到岩石出血過多致死的，是一件悲慘的意外。」

「但赤峯村最近也發生太多悲劇了吧？」你狐疑自問：「還有那男孩爲什麼要在清晨偷偷走出屋外然後不小心摔死，而且又是學生的年齡……」

學生這身分觸動了你的神經，你左顧右盼，在場的都是比較年長的村民，但理論上與死者關係更親密的應該是同齡的小孩才對——終於看見有一對男女孩在人群外的遠處盯著，你和男孩的眼睛對上了，而男孩卻慌張地拉扯旁邊的女孩急步離開。你感到他們的反應很不自然，於是追了上去，沈澤臨雖然不知發生什麼事情亦跟在你後面走；走了一會，那對孩子才停下來。

女孩指著沈澤臨說：「我認得這個女人，她是沈澤睽的家姐[2]。」

男孩駁斥：「就算是沈澤睽的家姐也不是我們的同伴。他們跟大人一夥，不會相信我們的！」

沈澤臨問男孩：「莫非你知道什麼關於意外的事情？」

「不是意外，他們都是被鄧村長殺死——」

女孩緊張地掩著男孩的口，像是有什麼祕密不能讓人知道。而且男孩的話有個令人在意的地方。「你說是『他們』被殺？」

男孩推開女孩的手說：「雷穎雪、沈澤睽、鍾明偉，他們三人都是被鄧村長殺死的！」

「可、可是穎雪是村長的親女兒，爲什麼要殺死她？」

「不知道，但雷穎雪被那老女人殺死，是雷穎雪親口告訴我們的！」

一個死了的人告訴他們是誰殺死自己，沈澤臨聽得一頭霧水，只懂瞪眼搖頭。

「看吧！都說他們跟大人一夥，不會相信我們的，我們走吧！」

「慢著！」你嘗試叫停那對孩子，但他們已經在你眼前消失，剩下一臉惶然的沈澤臨。

2 家姐：香港習慣稱呼姐姐爲「家姐」。

「妳覺得那男孩說的話可信嗎？」

「不知道，可是已經有第三名學生遇害。」沈澤臨喃喃道：「而且今次在鍾明偉旁邊的那小狗，不能說跟村長無關……因爲牠是村長最近才收養的牧羊犬。」

總括來說，村長死了兩頭家犬，村子則死了三名學生。儘管如此，沈澤臨的弟弟也好，今次的死者也好，他們都是深夜在自家失蹤，很難想像村長一個婦人有能力在凌晨把他們引誘離家殺害。

「昨晚妳有察覺到什麼怪異的地方嗎？」

「對了！昨晚半夜我作了個噩夢就醒了，大概是凌晨三、四點，那時候窗外一直傳來奇怪的嗡嗡聲，十分刺耳。於是我打開窗看看外面，什麼都看不到，刺耳聲卻持續響著。」

「最後怎樣了？」

沈澤臨有點後悔，答：「當時我眞的很睏，也沒有什麼心情……所以就把窗關緊上床睡覺。雖然我想怪聲還是一直持續。」

「怪聲、嗡嗡聲、刺耳聲，可以更確切地形容那怪聲嗎？」

「有點像耳鳴那樣，高頻又一直循環的聲音，如波浪起伏。」

你把線索刻進腦內，續問：「能辨別聲音是從哪邊傳來？」

「硬要說的話，像是廣場傳來的。」沈澤臨戰戰兢兢問：「不會是傳說的那個幽靈耳語吧？慫恿學生自殺的……」

「之前傳言有人在村長家聽見幽靈耳語，也許村長會知道什麼。」

無論如何，既然那些學生指控村長，鄧阿姨就算不是凶手也應該跟事件有關，你如此推斷。

7

「怪聲？抱歉，昨晚我很早就睡，一睡就到天明，什麼都沒聽見。」

你們再次幫鄧阿姨埋葬了今早發現的狗屍，鄧阿姨又邀請你們到客廳坐。她一邊吩咐幼女備茶招呼客人，一邊說：「不過如果有怪聲，最先有反應的應該是狗兒吧，牠們聽覺比人類靈敏多了，而且赤葦村家家戶戶都有養狗，或者其他人會知道呢。」

鄧阿姨又嘆氣說：「也許小寧就是聽見怪聲才被犯人引到屋外殺死，這樣就能解釋爲何牠死在山坡那邊。」

小寧就是今早被發現跟男孩死在一起的牧羊犬。

你問鄧阿姨：「妳認爲小狗是被人殺死的？」

「當然是被人殺死。狗不會自殺，更不可能這麼巧合輪流發生意外！」

很合理的回答。雖然你聽見後更覺奇怪，但鄧阿姨的幼女把茶端出來時又打斷了你的思緒。你勉強記起那女孩叫穎雨：姐姐是雪，妹妹是雨，雪和雨本質都是相同的東西，不過當空氣高於零度時冰晶降下就融化成雨水。

想著的同時，穎雨不時偷望著你們二人，眼神閃躲，直至鄧阿姨叫她回房她才離開了你們的視線。

「村裡的孩子好像是這樣說吧？說夜晚在我們家傳出幽靈的聲音，其實我也心裡有數。」鄧阿姨緩緩站起來，說：「我可以給你們看看幽靈聲音的眞相，反正也不是什麼祕密。」

你們點頭，然後離開客廳；鄧阿姨帶你們穿過走廊，在轉角盡頭看見一扇木門；推開木門，裡面是一間精緻的小房間，客廳的一半大小，沒有椅子，若三人坐在軟墊上則略嫌狹窄。就是幾乎什麼都沒有的房間，你看見靠牆的几上有個金屬大碗和一根棒子，你馬上聯想起一種法器。

「這是佛教的缽？」

鄧阿姨高興笑說：「你眞是學識淵博，一眼便看出來。」跟著她拿起旁邊的槌棒敲向缽，一陣柔和而低沉的誦聲漸漸充盈著整個空間。

你恍然大悟說：「原來是西藏誦缽。它的誦聲有淨化心靈的作用，是新紀元運動[3]的聲音療法的一種。」

「沒錯，這個滿月誦缽是國內一位大師割愛給我的。之前我有段時間心情很差、很沮喪，但自從我每天聽半小時的誦缽後，好像整個人就變輕鬆了。」鄧阿姨輕碰誦缽續道：「滿月缽是在滿月之夜人手打造的，在夜晚的能量特別強。129Hz的聲波，這是連結自身靈魂的音頻——是那位大師教導我的。」

你好奇問：「那位大師怎樣稱呼？」

於是鄧阿姨從抽屜取出一枚光碟和一張名片，名片遞了給你，你看見名片上寫著

文化國際研究委員會主席——史克寧。

鄧阿姨說：「史先生是國內一位德高望重的民俗學研究家，剛才年輕人你說什麼新紀元，其實也是傳統宗教文化的再發現，像滿月誦缽就是如此。它不是新東西，而是傳統藏民的智慧，史先生就是重新發掘這些傳統文化把它們擦光擦亮重現人世的。還有這枚光碟，裡面錄製了用特定音頻編織出的交響樂，也是傳統文化的能量！」

你借看ＣＤ背面的解說，原來古時西方音樂的中央Ａ（Middle Ａ）的音頻是432Hz，而中央Ａ又象徵著最基本的元素，如果把中央Ａ的音頻除以「八度」，即是432/8等於54Hz，這就是最基本的音符裡面最微小的元素，偏偏這極小的元素就像量

3 新紀元運動：又稱新時代運動（New Age Movement），流行於十九世紀晚期，融合東西方的宗教傳統、精神和現代科學。其思想涉及對靈性的探討。

子弦般能夠接通極大的宇宙：幻想有一根弦線連結地球和太陽，你伸手在中間輕撥一下，量子波以光速飛行，弦線就剛好發出54Hz的聲波，這是能窺探宇宙奧妙的音頻。

鄧阿姨說：「滿月誦缽的聲波能接通自身靈魂，而這交響樂曲的聲波則能接通無窮大的宇宙，聽起來兩者迥然不同，卻是殊途同歸，共通點就是讓自我融化於大自然當中，感受自己的渺小，體驗宇宙的浩瀚。」

你對新紀元運動有點認識，但旁邊的沈澤臨聽得一頭霧水。她只是問她能夠理解的問題：「村長妳都在夜晚播這些聲波嗎？」

「是啊，可能就是這樣被誤會成幽靈的聲音吧。」

沈澤臨得到答案後埋頭沉思，有很多東西都想不通。而你卻對另一方面感到好奇。

「鄧村長妳對聲音療法的熱情好像不單純因爲能夠放鬆身心呢？如果純粹想放鬆的話也太過專業。」

「年輕人，眞是敵不過你的眼光。」鄧阿姨說：「當我接觸到這些傳統民間智慧後，我便思考著爲何只有藏缽能夠流芳百世，相反更有歷史的赤葦族卻日漸凋零？幸好我最近遇上了史先生，他令我大開眼界、茅塞頓開！我已經找到能夠復興偉大赤葦族的方法，史先生亦答應幫助我們，只差一點我就成功，成功的話赤葦文明不但不會在我手上消失，更會傳頌千年，讓全中國葦族人聯合起來！」

「那個方法是？」

「現在還不能說，一定要保守祕密，否則堂堂國學大師史先生可能看不上的。」話雖如此，鄧阿姨看來是充滿信心的樣子。

此時沈澤臨望向窗外，目光穿過窗框紅色葫蘆的裝飾，見到又圓又亮的滿月，原來已經黃昏。你亦站了起來。

「會長要回家了嗎？」

「嗯，趁天黑前我可以走路下山，當作運動也不錯。」縱然沈澤臨打算送你到村口，但你勸阻了她。「來過幾次我認得周圍的路，就沿著馬路下山而已，不必送行。」

沈澤臨再三感謝你這幾天抽空前來，你與她們二人道別，便離開了村長家；一邊回想剛才的事情，一邊哼歌走著，當走到村口時看見一名少婦拖著一頭大狗散步。

只是大狗好像在鬧彆扭坐在地上不動，少婦也無奈地說：「怎麼了？昨晚你還鬧不夠嗎？就是因爲你，我睡過頭要傍晚才帶你散步。」

「昨晚」這兩個字你很感興趣，連忙走上前問少婦：「聽說昨晚村內有很刺耳的聲音吵得難以入睡，妳也有聽到嗎？」

少婦搖頭答：「沒有喔，你說的是什麼時間？」

「大約凌晨三、四點鐘。」

「那就肯定沒有了。那時候村內很安靜，只有我家中這頭狗一直在鬧，鬧到五點鐘我才能回房安睡。」

「原來是這樣，謝謝妳。」你想了想，又回頭對少婦說：「狗隻的聽覺比人類靈敏很多，牠可能是聽見其他聲音，不會是無理取鬧，所以別對牠太嚴格了。」

8

有一隻狗，金色毛的狗，牠與夜晚融為一體，偷偷潛入女生的睡房，潛入她的夢。金毛狗爬上那女生的床，用前足按著她的脖子，把女生嚇醒了！但金毛狗沒有放開女生，反而越來越大力，甚至在女生的脖子上留下爪印；女生不斷掙扎，她嘗試呼救，但喉嚨被那狗牢牢握住，發不出半點聲響；女生的掙扎也慢了下來，四肢漸漸垂下，再也沒有反抗，最後她被吊在自己房間的橫梁上。

又有一隻狗，這晚牠選擇潛入少年的房間，默默地注視著熟睡的少年，少年卻沒有發現牠惡意的眼神。那狗銜著麻繩，麻繩一端交叉綁在自己身上，另一端紮了個圈，套在少年頸上，把繩圈索緊，然後牠就把少年強行拖出房外。少年終於醒了，他不斷亂抓自己頸上繩圈，但繩圈給狗越拖越緊。狗把少年從二樓走廊拖下樓梯，再拖到一樓，最後拖到屋外，狗才停下來，少年便斷氣了。於是那狗就把少年吊在樹上，這是第二個人。

第三隻狗，牠同樣選擇與暗夜同行。牠在男孩窗前掠過，男孩看見黑影追了出去，這次男孩想先發制人殺死小狗！因此小狗一直跑，跑到村外的山坡，還是被男孩逮住了。男孩想掐死小狗，小狗亦想掐死男孩，纏鬥間他們失足掉落山坡，撞到石頭，依然不願放手，雙雙死在山坡下。

第四隻狗，一隻一直潛藏在少女房中的狗。少女收起了單行紙的狗塗鴉，不理會村長的勸告，只因為那張畫紙是胞弟的遺物。愚蠢的少女，小狗在夜晚現身於少女面前時如此呼喚她。她與小狗四目交投，同時身體彷彿被邪靈附體，不受控制，不期然舉起自己雙手，攤開十指，逐一輕放自己脖上。那手指冰冷的觸感好像是死物一般，是聽從幽靈的機械，猛然用力壓在脖子，大拇指緊扣喉嚨！她張開口，臉上每個毛孔都在放大，瞳孔也在放大，就像看見自己死亡的樣子——

「不要！」

沈澤臨爬了起來，喘著氣，全身濕透，連枕頭也被頭頂的冷汗沾濕了。十分逼眞的噩夢，不知爲何會夢見這種邪惡的夢……然而害怕過後卻是空虛和傷感，她不得不回到現實，面對澤睽已經離開的現實。

9

今晚幽靈聲音依舊在耳邊迴盪。

翌日清早，你接到沈澤臨的電話。

「會長……不好意思，請問你今天有空嗎？」

「有空喔，怎麼了？」

「抱歉，明知其實你也有自己的東西忙，但只要是我拜託的話你一定會來，我是不是很卑鄙？」沒等你回答，她繼續說：「不過村子又發生怪事了，我覺得很不安。」

「我明白了，妳等我，我立即來。」

你沒有多想就動身出發，來到赤崋村時剛好正午十二點，飄揚在村裡的素色麻布好像變多了。

「會長，這邊。」沈澤臨向你招手，你們走往村中心的廣場，似曾相識的畫面又再出現，廣場上站了很多村民在圍觀，他們神情都很凝重。

你繞過人群走到中間，縱然已有心理準備，但眼前的慘狀還是令你差點嘔了出來；不但胃液倒流，全身雞皮疙瘩，你馬上別了臉不忍看下去——那些白天之下一具具癱在石地上曝曬的狗屍。狗屍共有十一具，有大狗、有小狗，毛色都不一樣，唯一共通是頭破血流，上半身染滿深紅鮮血，似是有人活生生把狗打死的。

沈澤臨拉扯你的衣袖，低聲說：「好可怕，究竟這村子怎麼了……」

「又是朝早才發現這些屍體嗎？」

「嗯……發現的時候牠們已經是這樣子癱在地上。」

換言之又是晚上作案，而且很明顯是有人殺死那些狗的，村民卻沒有一人察覺。鄉村的狗看到或者嗅到陌生人會大聲吠，甚至只要不是主人也會吠，要無聲無息把狗殺死很可能是熟人所為，又或者是先用安眠藥制伏牠們？最百思不得其解的還是，為什麼要殺害那些狗。這麼誇張的虐殺行為應該有相對應很嚴重的理由。

你觀察周圍的在場村民，都是成年人，沒有孩童。其中一具狗屍前有兩個男人搖頭嘆息，較年長的男人說：「不知誰人跟村長有仇，我只是在白天把家犬寄住在村長家，結果那凶手連我家的都不放過。」

旁邊的男人回應：「難怪昨天聽到村長的家有狗吠聲……」

「因為有時候家中沒有人照顧牠嘛，又見最近村長一個人有點孤單。現在村長就好像受到什麼詛咒那樣，只要是她接觸過的狗都會出事。」

「的確是詛咒。昨晚我沒聽到什麼怪聲，怎麼可能有人殺了那麼多狗。」

這時候沈澤臨不好意思地插話說：「我昨晚睡不好，隱約有聽到怪聲從廣場那邊傳來，很高音的像耳鳴那種。」

較年輕的男人搔頭答：「奇怪了，我昨晚也看書看到兩、三點，沒聽過任何怪聲耶。而且我就住在廣場附近。」

「咦，可是我也差不多同樣時間聽到的……」沈澤臨越說越小聲，像對自己失去信心。

「那眞是幽靈聲音呢。」男人聳肩回應。

村內凌晨時分要找到目擊證人是一件很困難的事情，畢竟赤犞村的家庭沒有穩定的電力供應，就連手機都盡量不用，當然不用指望會有通宵打電玩的人。但就算沒有當刻的人證，現場留下來的物證也一定能夠提供線索。

你問沈澤臨：「妳知道村子大約養了幾多隻狗嗎？」

沈澤臨答：「假如每家每戶平均養兩隻的話，至少會有五十隻狗吧……」

「但當中有十三隻遇害了。若果能找到受害狗隻的共通點，說不定能夠理解爲何那些狗會被殺死。」

「那我去打聽一下呢。」

10

你和沈澤臨分開行動，獨自在村內徘徊，重新審視連日來發現屍體的地方。先是走到村外山坡，接著是沈家門前，有點漫無目的，但放鬆心情正好讓你能夠整理這幾天發生的事情，你感覺差不多能夠得出結論了。

最初是村長家的長女將自己反鎖在房內自縊，接著是沈澤臨的胞弟吊在屋外樹下，同日村長的愛犬也死了，不過是再過兩天才在水塘裡被發現。發現狗屍時有位男生在水塘叫嚷，翌日，男生跟另一隻狗倒斃在村外山坡。不幸之事接二連三，也不及今早一併有超過十隻狗在凌晨離奇被殺。

線索的關鍵字是幽靈聲音，有人聽見，有人聽不見；這樣的原因難不到你，但你不明白聲音的目的，還有聲音與那些孩子和狗隻的死有何關係？沈澤臨的胞弟在死前一天拜託她調查關於赤峯村的資料，同時一位來自中國大陸的民俗學家接觸了村長，看得出鄧阿姨想振興赤峯村，這令人不得不懷疑兩者有關；所有可疑的事情，總是指向村長似的。

「——汪汪！」

停車場剛駛來一輛廂型車，打開車門有兩隻藏獒走了出來，精神奕奕地大聲吠叫，牠們頸圈都繫著迷你紅色葫蘆。隨後從車門出來的是鄧阿姨和另一個中年男人。鄧阿姨認得你，便主動微笑跟你打招呼，你亦點頭回應。

「這兩隻狗很活潑呢。」

鄧阿姨旁邊的男人答：「當然了，這兩個男孩是我們狗場的鎮館之寶，呵呵。」

「陳先生是陳記狗場的主人，我跟他認識很久了，剛剛在他的狗場選了兩隻聰敏的狗孩子來養。」鄧阿姨說：「雖然村內有不法分子硬是跟村民過不去，但我們是不會屈服的。」

你猜鄧阿姨因此才收養最兇惡的藏獒，這樣應該不會有人敢正面對牠們下手吧。你又問鄧阿姨：「話說近日的殺狗事件，妳想是什麼人為了什麼原因要狠下毒手？」

「那肯定是非常狡猾的人，能夠避開別人的視線在陰暗處為非作歹。今日他們能夠殺狗而不被捕，他朝就會殺人而逍遙法外，我身為村長不能坐視不理，他們有種就再來殺我的狗，這次我會跟他們同歸於盡！」

狗場主人馬上安撫鄧阿姨說：「不用為了那些壞人動氣，氣到自己就不好啦，妳還有穎雨要照顧啊。」

「說的也是。」鄧阿姨才深呼吸冷靜下來。

狗場主人笑道：「妳再有什麼事情要幫忙或者再要藥的話就打電話來狗場吧。狗的繁盛即是赤鞏的興旺，鳳凰山上一定兒孫滿堂！」

鄧阿姨跟對方道別，便牽著兩頭新犬回家。狗場主人亦回到車上，你忽發奇想，上前詢問他。

「村長的兩隻狗會很貴嗎？」

「哦？」狗場主人感到奇怪，但還是回答了。「是不普通啦，畢竟是純種還有出生證明書。年輕人你也想買寵物狗嗎？」

「有點興趣。你們賣的狗都是狗場自己繁殖的？這樣好像比較安心。」

「是啊，你要不要跟我來狗場參觀？看你是鄧村長友人的份上我可以算便宜一點。」

「謝謝，我考慮一下。」

「這是我們的名片，有興趣再聯絡我啦，我會親自幫你的。」

你接過陳記狗場的卡片，你盯著上面的文字，心想是時候找出誰是村裡面的殺狗凶手了。

11

經過半天的調查，根據沈澤臨匯報，連同之前死去的共十三隻狗全部是雄性犬，大部分都是買回來養了幾年順便陪伴家中孩子的，所以都很溫馴。你認為這是重要的情報。

日落過後，為了找出凶手，你準備了兩件事。第一件事是問沈澤臨借來私家車一用。這不是為了開車去什麼地方，反而是想找個地方歇腳，就像偵探電影那樣待在車裡等候目標人物出現。你吃過晚飯便在車內一邊用平板電腦撰寫報告，一邊等著時間過去。報告是大學靈異研究會的第八十二宗個案，你把今次在赤崋山上遇到的一連串怪事命名作「幽靈耳語」；有幽靈的元素，但凶手始終是人。

就這樣你在車內待了五個多小時，直到凌晨三點鐘，就是沈澤臨這幾天經歷「幽靈聲音」的時間。爲了引證自己的推理，你準備的第二件事就是下載了一個頻譜分析應用程式，用作分析手機麥克風所接收到的聲音頻譜。

撇除年齡增長而聽覺靈敏度下降的情況，人耳能夠感受到的聲波頻率大約介乎於20–20,000Hz，頻率越低，音頻越低，像滿月誦缽發出129Hz就是沉穩柔和的低音，至於超過20,000Hz的則是一般人聽不到的超音波。

然而聽不到並非代表不存在，就像無線電波聽不到、看不見，但它是確實存在的。頻譜分析程式能夠讓手機偵測甚至無法聽見的聲波，並把「幽靈聲音」化成數據圖表呈現在螢幕之上。

「很寧靜的夜晚。」你拿起手機自言自語：「科學確實能聽見幽靈的耳語了。」

手機程式忽然探測到18,000Hz的強力聲波在赤崋村內迴盪，你小心翼翼離開了私家車，滿月下只有你和你的影子。你故意叮囑沈澤臨就算聽見幽靈聲音也別出門，因爲你怕她有危險。

你舉起手機，手機上的聲波圖表不斷起伏震動，像不受控制的弦線一樣。但你聽不見任何聲音，不經意間樹影蔽天，漆黑中你也沒有任何依靠，只能相信手機程式朝著發出聲波的方向前進，直至那高頻聲波的幅度升至最強，你停住了腳步，幽靈聲音果然是從廣場傳來。就在廣場旁邊的一棵梓樹下，你發現了幾個中學生的身影。

「已經看到你們，不用再躲起來。」你對著樹下的那群黑影喊話。

其中一個黑影反問：「你不過是村外人，爲什麼要插手村裡的事！」

「正因爲我是外人，所以才不會偏幫任何一方。你們有什麼原因、什麼問題，可以放心告訴我，也許我能幫得上——啊！」

突如其來的灼痛走遍全身，你全身抽搐倒在地上，失去知覺。

……

「倒、倒了？應該沒有殺死他吧？」

「蠢材！那電槍不是連狗也殺不了，人怎會死？」

「你們都小聲一點，要是吵醒其他村民我們就完了。」

「是呀，不如看看那外人有沒有呼吸。」

「還有呼吸，只是暈倒罷了……反正沒有死啦。」

「那我們怎樣處置他？」

「今晚就先這樣。我們盡快回家裝作什麼都沒發生過，今晚大家都沒有離開過自己的床，清楚了嗎？」

「對，免得再惹人懷疑了……」

……

「會長！發生什麼事，怎會倒在地上！」

……

聲音逐漸遠去，你伸手不見五指，不知自己身在何處。不知過了多久，從地平線的遠方跑來一隻狗、兩隻狗、三隻狗……你躺在地上，那十幾隻狗朝著你的方向一直跑，牠們的腳穿過了你的身體，跑到視界的另一端。你慢慢爬了起來，往狗群方向走去，在黑暗的盡頭看見燈火，是一間似曾相識的大宅，你認得掛在門口的紅色葫蘆，這是赤崋村村長的家。

「——媽媽，不要這樣，求妳放過我吧！」

村長家的鬧門後有女生大哭大喊，你決定入侵大宅一探究竟；肉身穿過木製大門後你聽見爭執聲越來越近，但聲音不是發自屋內，是從庭園傳來的。庭園有間簡陋的鐵皮屋，全密封只有半掩的氣窗，應該是雜物房，房內有兩人在吵罵。

「這是爲了赤崋的未來！妳身爲村長的女兒，妳要知道自己的責任，不能像妳沒用的姐姐一走了之！」

你通過了雜物房的牆壁，看見鄧阿姨正在掐著自己女兒的喉嚨，把湯碗的水強行灌到女兒嘴裡，女兒原先猛力拍打地板掙扎，不過很快就停下來，閉眼倒下了。

接著鄧阿姨扒光了女兒的衣服，把她鎖在幽暗的雜物房內，鄧阿姨自己就離開了鐵皮屋，來到庭園另一邊。那邊有兩隻新養的藏獒，牠們凶神惡煞，不斷發出低沉的嗚嚕嚕叫聲警告著鄧阿姨不要靠近。牠們都有頸圈，頸圈正面繫著葫蘆裝飾、背面連著狗帶並綁在庭園的梓樹上，防止牠們亂跑。

不過當鄧阿姨吹響手中狗笛，藏獒馬上就站立不動。此時鄧阿姨拿出了針筒替狗隻注射藥物，並且解開了套在樹上的狗帶——

突然天空響起了「幽靈的聲音」，兩頭藏獒猶如脫韁野馬撲向鄧阿姨！18,000Hz的聲波，你的意識亦彷彿要被打散一般，眼前影像化作碎片，是時候離開了。

12

「會長！」你睜開眼睛看見的是坐在床邊的沈澤臨。她高興地說：「太好了，你終於醒了，早晨[4]。」

「咦，早晨……這裡是？」

「我的家……這是我弟弟的房間。你昨晚暈在廣場地上，所以我們把你抬回家。村裡醫生看過你沒有大礙，但還是要去醫院檢查比較安心呢。這次換我陪你搭船出市區了。」

4 早晨：即台灣的「早安」。

你慢慢理解沈澤臨的話，終於記起昨夜的事情，連忙追問：「我暈了多久？」

「大約凌晨三點多發現你倒在外面，現在早上七點半，差不多四個小時吧。」

「今天村裡有發生什麼事嗎？村長她怎樣了？」

「村長？我一直都留在屋裡，沒聽說外面發生什麼……」

「不行，我要去看看。」

「欸？會長，等等我！」

你們隨即跑到村長大宅，在閘門外按鈴拍打都沒有回應。雖然沈澤臨不理解你的行為，但還是選擇相信你，沒有阻止。你開始聞到屋中異臭，有不好的預感；還好赤崋村很少外人，保安主要靠養狗看門，大宅的圍欄不高，你輕鬆就翻過了圍欄從裡面開閘讓沈澤臨一起進來。

「這邊。」

你繞過大門，走到屋後的庭園；不幸地，迎接你們的是一片血腥的畫面——兩隻藏獒在咬著血肉模糊的婦人屍體，旁邊丟著空的針筒和類似哨子的東西；你立刻叫沈澤臨跑去通知村民，接下來的事情已經不是你們二人能夠解決得了。

血漿已經凝固，地上血肉纖維零散一地，屍體大概被那兩隻狗破壞了一段時間，而且你大約知道死者就是鄧阿姨。現在鄧阿姨與家中幼女相依為命，鄧阿姨被殺了，她的女兒在哪裡？我應該已經把答案告訴了你。

當村民來到時，你打開鐵皮屋的掛鎖，裡頭四面牆都掛滿紅色葫蘆，幾千個紅色葫蘆包圍著一個瑟縮的赤裸女生。

13

村民不想醜事外傳，更不想把事情弄大，只是通知警察村裡發生意外，讓他們處理鄧阿姨的遺體和帶走兩隻危險的狗，其他事情沒有透露半句。那兩隻狗的下場大概也只有人道毀滅，所有事情告一段落，你亦差不多要下山離開，但沈澤臨還是有點焦慮，她有很多問題鬱積在心裡無法釋懷，下山的路一直緊隨你身後。

「妳有什麼想問的嗎？」

沒錯，一切拼圖都已經準備好，是時候總結這幾天所發生的事情，至少讓死者安心離去。

沈澤臨低頭問：「鄧村長是怎樣死的？聽說她昨天還興奮地帶著新養的狗回家……」

「有三種可能性。」你冷靜回答：「第一種是自殺，自己在寵物犬面前自殺，讓牠們吃掉自己的屍體；第二種是謀殺，凶手先殺害村長，再拿她去餵狗毀屍滅跡；第三種是意外，就純粹被自己的寵物犬活生生咬死。這三種情況都有可能發生，村長的死亡時間在晚上或者深夜，順帶一提在死者旁邊發現了用過的針筒和狗笛。」

「那針筒是什麼針筒？」

「交給科學鑑定的話應該能找出成分，但村民不想把事情弄大，那就無法得知針筒裡面是什麼了。我想大概是什麼藥吧。」你繼續解說：「反而是訓練狗隻用的狗笛，該笛音頻是可調校的，最後一次使用是22,200Hz，超出人類可聽見的音頻，只有機器能夠偵測，屬於『無聲狗笛』，既會發聲卻又聽不見，簡直是『幽靈聲音』。」

「幽靈聲音……」沈澤臨說：「昨夜凌晨我也聽到幽靈聲音，雖然會長你叮囑我要留在家中，但太吵我既睡不著又擔心，還是跑到屋外，便發覺會長你倒在路上了！」

「妳現在應該猜到為什麼只有妳聽見深夜的怪聲，但其他村民沒反應吧？」你取出手機，點開頻譜分析程式的紀錄解答：「原理都一樣，我昨夜偵測到的幽靈聲波音頻是18,000Hz，接近人耳可聽見的上限，通常只有約十五歲以下的人才會察覺這樣高頻的聲音，但當然亦有例外，妳的例子大概是耳朵保養得不錯，聽覺依然很靈敏。」

「所以只有我聽見，會長也沒聽到嗎？」

你搖頭笑道：「以前不是流行過一種只有小孩才能聽見的鈴聲，不用怕老師和父母知道嗎？看來我就屬於那些『老人』的類別。」

「那為什麼深夜會出現這種未成年人才能聽見的聲音？」

「我想是蚊音器。蚊音器連接擴音機便能夠廣播出高頻且令人產生不安的刺耳聲。畢竟蚊音器本來就是設置在公園之類的，並在深夜廣播，專門針對年輕人，阻止他們深夜流連聚集、防止他們犯罪。」

「犯罪……最近深夜確實有罪案發生，尤其是狗被殺，難道是要預防犯案所以設置蚊音器？」

「不是這樣。妳想想什麼時候開始出現幽靈聲音的傳言？」

「在村長長女自殺之後，差不多同一時間，就開始謠傳村長家傳出幽靈耳語……」

「而且最初的說法是幽靈會對孩子耳語，慫恿他們自殺。自殺雖然是道德上的罪，但不是能夠用蚊音器防止的。蚊音器只是利用不安的音頻阻止未成年人聚集，可是若反過來思考，蚊音器還有另一個用途……」

完全相反的用途，沈澤臨答：「召喚未成年人集合。」

「答對。蚊音器是那些學生專用的號角。」

也許可以用手機的蚊音鈴聲，但一定不及蚊音廣播來得有效率。

沈澤臨稍有遲疑，問：「會長的意思是說，有一群學生在深夜利用蚊音器召集同伴……是準備犯罪？那麼會長暈倒是因爲……」

「是我太輕敵了，以爲對方只是孩子，忘記了這裡是赤葦山，山上長大的葦族孩子還眞大膽。」

「可是爲什麼他們要襲擊會長？」

「不想被我當場逮住吧。深夜聚集，覬乎近日發生的事，目的就只有一個，就是要殺狗。」

沈澤臨愣住了。「為、為什麼要這樣……我不敢相信那些孩子聯群結黨是要在深夜做出那麼殘忍的事。」

「雖然難以置信，但我做出這個推斷是基於兩個理由。想想前天晚上總共死了十一隻狗，不是一個人能夠做到的；縱然夜深，殺狗的人能夠自由穿梭不同家戶把家犬殺害而沒有遭到反抗甚至不動聲色，原因只有一個，就是熟人所為。尤其是山村裡的狗對陌生人特別凶惡，當晚死的十一隻狗我相信大部分都是那些學生把家中愛犬親手殺掉再棄置屋外的。」

「怎可能下得了手？太可怕了……寵物犬因為對主人忠誠才會沒有戒心，甚至主動走近小主人，卻被小主人殺死……天底下有這種無人性的事情嗎？」

「妳這樣說也不對，至少他們沒有把我殺人滅口，或者那些學生並非如妳所說那般泯滅人性。我認為他們亦不敢殺人。」

「會長的意思是，鄧村長，還有之前在山坡摔死的鍾明偉，至少不是那些學生所殺？」

「村長我不敢肯定，但村內一起玩耍的孩子關係很不錯吧？他們還讀同一所學校，當中有學生因為鍾明偉的死而相當激動。如果那些學生每晚都一起行動，他們又聯手殺死鍾明偉，卻沒有一個同學揭發，那是很可怕的集體欺凌呢。我覺得機會不大，雖然只是我個人的猜想。」

沈澤臨喃喃自語：「我也不覺得鍾明偉被欺凌，印象中他和同學關係不錯的……」

「所以我認為他只不過是其中一個殺狗者，在深夜行動時卻不小心被目標的小狗逃脫。我記得那是村長家的狗呢，不是自家的所以牠對死者有戒心然後一直逃到山坡，最後人和狗雙雙不幸失足跌落山坡，意外撞到頭部致死。」

沈澤臨激動起來問：「所以為什麼要殺害跟人類無仇無怨的家犬？這不是泯滅人性是什麼？」

「如果是基於人性才做出這般不尋常的事，那一定有很嚴重的原因，甚至不惜殺害全村的狗來達成那些學生心中的目的。」

「世上竟有如此殘酷的事情，他們是為了什麼目的？」

你卻潑冷水說：「暫時沒有足夠材料判斷，還須要逐一檢視手頭上的線索，譬如妳最不願意碰到的那件事。」

「是澤睽嗎……」

你點頭，續道：「妳的弟弟跟村內學生關係不錯的話，他很可能也是殺狗集團的其中一員，而事實上，他喪命的當晚村長家同樣死了一隻狗，後來從水塘撈起、那隻叫小海的狗。」

沈澤臨雙手顫抖，問：「澤睽是怎樣死的？」

你感到難過，但沈澤臨不可能冷靜分析自己弟弟的死因，這裡只有你可以代替她理性回答：「同樣有三個可能性。第一個可能性，澤睽是自殺的，這是最直觀的結果，亦是妳最不認同、感到最不可能的狀況，畢竟妳不相信弟弟自縊才會找我來。那麼第二個可能性就是有狗殺死了他，然後有人把澤睽吊在樹下僞裝自殺，這個更是荒謬；僞裝自殺不外乎都是用作掩飾凶手身分——即是第三個可能性，凶手殺害澤睽後再把他吊在樹下。」

沈澤臨面色蒼白，手按胸口，深呼吸一口氣然後吐出四字：「是誰幹的？」

你凝重回答：「假設澤睽要殺死村長家的狗，誰最有可能撞破事件並殺死他？」

「村長一家……不過當時村長的長女已經離世，剩下的只有鄧阿姨和穎雨。」沈澤臨搖頭問：「就算澤睽殺死了小海，她們任何一人也用不著殺死澤睽報仇啊！」

「那我們檢視另一線索。在澤睽殺死小海前，爲何村長的大女兒會自殺？而且她毫無疑問是自殺，她是眾多死者裡唯一沒有任何掩飾、死在自己反鎖的房間並留下遺書的。」

「爲、爲什麼？」沈澤臨的腦海已經再容不下弟弟以外的事。

「鄧村長，她比起自己女兒的死，更加擔心的是赤崋的死。」

越過赤崋村的鐵絲圍欄，下山途中你說起故事：關於盤瓠，日本亦有以五彩葫蘆狗作爲原形的傳奇小說《南總里見八犬傳》。故事圍繞南總的里見家，由他們受到奸角的詛咒，子孫要墮入畜牲道開始。

話說里見領地遭受侵略，瀧田城快要淪陷，里見家主十分苦惱，因而當眾許下承諾：若誰能取下敵將首級就能得到愛女伏姬作爲賞賜。結果一頭名叫八房的家犬取下敵將首級，里見家主無可奈何之下只好讓伏姬與八房到深山結爲夫妻生活，應驗了里見子孫要墮入畜牲道的詛咒。

山中的伏姬每天誦經度日，本來能夠化解自身的詛咒；但有一天，仙童告知伏姬已經懷有畜牲的孩子，伏姬不甘受辱，竟在父親和眞正的未婚夫面前剖腹，給眾人證明自己肚裡沒有狗的孩子，便安詳離世。

沈澤臨瞪大雙眼問：「會長說這個故事想暗示什麼？」

「我想妳心裡明白。鄧村長須要復興赤犛，就算剛剛失去女兒的她仍然埋首她的復興計畫，且她說過差不多要成功了。那赤犛的傳統是什麼？盤瓠是半人半狗，是赤犛族祖先，根據傳說赤犛族就是人和狗所繁衍的民族，若要尋回傳統那該怎樣做？」

「荒謬，人和狗根本不可能繁衍後代！」

「但鄧村長的民族信仰已經近乎迷信，沒有事情是不可能的。鄧村長死去的兩隻狗是公狗，新養的兩隻狗也是公狗，那是什麼原因？還有妳記得紅色葫蘆嗎？村長家裡掛滿相同的葫蘆，小狗的項圈也是；妳告訴我那個是多子葫蘆，是保佑生產的，村長家中誰要生小孩？爲何今晨她的女兒被發現全身赤裸地鎖在雜物房內，而裡面又掛滿多子葫蘆？」

沈澤臨搖頭否認。「那一定只是誤會，不可能會這樣……」

「沒錯，當時也是這樣。妳記得嗎？之前那些學生告訴我們，所有人都是鄧村長殺的，而當時我們跟妳現在一樣，都無法相信。如今我列舉了各種間接證據，妳還是不願相信；試想那些孩子知道眞相告訴父母，父母卻不相信他們的話，結果會怎樣？那些孩子因爲沒有大人願意相信他們，他們不得不靠自己解決問題，才會導致之後的悲劇。這完全是大人的錯，他們不相信只因爲他們太善良，他們沒想過邪惡是沒有底線的，所以才覺得邪惡是天方夜譚。但如果連大人都不相信小孩，小孩該怎麼辦？」

沈澤臨沒有回應，你們沉默良久，然後又是你先吭聲說：「不好意思，好像變得說教那樣。」

沈澤臨冷靜地答：「我明白了。暫時先假設鄧村長爲了重現傳說復興赤崋村，於是逼長女雷穎雪與家犬結爲夫婦，因此穎雪羞愧自縊……」

「但故事沒有因此結束，所以才有後續那些學生殺狗的事。」

沈澤臨自言自語：「或者那些學生知道了穎雪的事……但爲什麼？穎雪羞愧得自縊尋死，還會把事情坦白告訴其他人嗎？不、不對……她有必要把事情告訴其他人，特別是那個人。」

「沒錯，就是她的妹妹。因爲她自殺的話，村長下一個目標就是妹妹穎雨。」你接著說：「穎雪在自殺前把一切事情告知妹妹，警告她要小心母親。可是穎雨只是個十三歲的女孩，她不懂得如何反抗，唯一的幫手就是村校的同學，妳的弟弟澤睽就是其中一人。」

「始終不能殺死村長，要怎樣從村長手中救回穎雨？只好把對象的狗殺死——妳的弟弟大概就是這樣想。澤睽失蹤之前在他書桌上發現一張畫紙，紙上塗鴉跟村長的狗一模一樣，那很可能是依照穎雨的描述而畫的，等於暗殺的目標畫像，澤睽確切地依照那張塗鴉殺死了村長的狗小海。可惜還是出了差錯，給村長發現。而且村長知道澤睽已經知道眞相，所以村長沒有留活口，又或者是意外，總之結果是把澤睽殺人滅口，並僞裝成上吊自殺。她還利用村裡的幽靈傳言，訛稱狗塗鴉是詛咒的畫。甚至她女兒脖上的印記都很可能是假的，是村長用來掩飾自己所作所爲的謊言。她還嘗試把幽靈聲音與自己的滿月誦缽連繫起來，那個也是謊言，滿月誦缽發出的是低頻的聲音，跟高頻的幽靈聲音完全相反。」

沈澤臨嘆道：「鄧村長始終沒有放棄她的計畫。也許那些孩子都察覺得到，又或者因爲澤睽死了，所以他們決定也要把村長另一頭犬殺死，最終卻發生意外，鍾明偉失足與村長的狗一同喪命。」

「不但如此，有村民同情村長遭遇，把家中小狗寄住在村長家，反而令那些學生不得不殺死牠。從那一刻開始事情已經不可收拾，學生認為只要村內尚有一隻公狗，穎雨就有危險，所以他們決定把村內的公狗通通殺掉。」

「眞是太悲哀了……但他們如此極端也是我們的責任。」

你接著說：「雖然一併殺了十一隻狗，但村內的狗遠不只這個數目。那些學生本來昨晚想繼續殺狗，但因為被我撞破而中止了行動；反而村長依舊繼續她的計畫，她收養兩隻雄性藏獒，打算快刀斬亂麻趁學生搗亂之前逼幼女穎雨就範。至於強迫她們的方法，妳大概也猜到吧？看看現場留下的針筒，還有穎雨被鎖在雜物房內。那兩隻藏獒是村長相熟的狗場所養，有些繁殖場會幫公狗注射荷爾蒙針，即是春藥，用來控制狗隻交配。之後我就不說了。」

沈澤臨沮喪問：「為什麼最後反而是村長被藏獒殺死了？」

「狗笛，那是用來訓練狗隻服從指令的，很可能也是狗場給村長的法寶；因此即使是凶狠的藏獒，理論上村長亦能夠用狗笛的高頻音控制牠們冷靜——可是失敗了。妳認為是什麼原因？」

「高頻音……」沈澤臨恍然大悟說：「同一時間，村裡傳出另一種高頻音，覆蓋了狗笛的指令。」

「全對，那才是眞正的幽靈聲音，學生用作反擊的號角聲。彷彿冥冥中一切自有定數，最終村長還是間接地死在學生手上，但說到底也是自己害死了自己，猶如銜尾蛇般諸惡的源頭把諸惡滅了。一切也結束了。」

「這就是所有事情的眞相……」

你默默點頭。

看見沈澤臨如釋重負，全身無力坐在地上，眼泛著淚光。

「會長，謝謝你把眞相告訴給我……」

你輕拍她的肩膀說：「妳知道嗎？《南總里見八犬傳》也不是那樣悲傷的故事。伏姫自殺的同時亦修成正果，化作伏姫神，與她的坐騎八房、八犬士還有眞正的未婚夫一起守護南總，是大團圓結局。伏姫的死是有意義的，是受到眷顧的。」

沈澤臨淚目望向你問：「會長是靈異體質，是嗎？」

「嗯，我看得見他們。也是他們給我提示，我才能夠知道眞相。」

在赤崋山的登山口，我們相視而別，你和沈澤臨離開了赤崋山，和我走著相反的方向。

〈幽靈耳語〉完

萬米高空亡者分身事件

——

莫理斯

我叫李美芳。一個普普通通的名字，一個普普通通的女生。

二十歲那年，我跟所有香港人一樣，大家一起經歷了一場巨變。二〇一九年我們這個城市所發生的事情，我想不須要在這裡多說吧；因爲若是要說的話，亦說極也說不完。

我是讀新聞與傳播系的。這年暑假，我正等著升讀大學二年級，期間得到一間報館取錄[1]，去跟他們實習幾個月。身爲一個土生土長的香港人、作爲一個立志從事新聞業的本科生，我當時最大的願望，便是能夠學以致用，把所讀的付諸實行，來見證身處的時代動盪。

在這方面，我盡量以自己的方式做好本分。反對逃犯條例修訂運動之初，我和學系裡的同學都爲校報採訪過相關新聞：由早期參加者人數以萬計的三三一和四二八反送中遊行，到分別宣稱過百萬和二百萬人的六九和六一六大遊行，與及中間六一二包圍立法會觸發的警民衝突，我們一班同學都在場，採訪的採訪、拍攝的拍攝。當時大家是怎樣的心情，你可想而知。

我這時即將去實習的報館，論規模和銷量都只算中型，但在業界內卻有點地位；

1 取錄：即台灣的「錄取」。

雖然它給人的感覺可能是作風守舊，但卻以報導中肯、不偏不倚不賣帳見稱。這年他們只取錄了我一個實習生，所以我也知道自己多幸運，恨不得時間過得快一點，盡快踏足報館，大展拳腳。

可是我失望了。

我上班的第一天是七月一日，正碰上當天的大遊行在晚上演變成衝擊佔領立法會事件。報社的工作時間非常長，沒有朝九晚五可言，那晚又發生這樣的大新聞，我當然更不會急著回家。可是作爲一個新丁，我又能幫上什麼忙呢？這時我才意識到，距離成爲「專業記者」這個人生目標還有多遠。

之後，我在報館每天都盡是做些資料搜集、整理校對、查核事實之類的基本工作，有所不同的只是每星期轉到一個不同的新聞部門、聽命於一個不同的編輯而已。過了一個多月，依然未有機會獲派出外實地採訪。我當然明白世上沒有「一步跨上天」的道理，凡事都必須先打好基礎。可是這期間，社會事件不斷發生：七二一大遊行及當晚元朗白衣人無差別暴力襲擊、七二六「和你飛」[2]機場示威……眼睜睜看著那些沒有被取錄到報館爲實習生的同學，都紛紛上到前線採訪，但自己反而原地踏步，更甚而倒退，那滋味非常不好受。

這樣一路到了八月中，才機緣巧合，突然讓我親身採訪了一件匪夷所思的新聞，也就是在這裡要說的故事。

八月十二日　星期一

香港國際機場繼七月二十六日有群眾舉行過「和你飛」示威活動之後，過了幾個星期，又有人號召於八月九日星期五早上六時至八月十一日星期日午夜，再來一次一連三日的「萬人接機行動」。由於這次的集會聲稱以接機爲目的，便沒有像上次一樣事先向警方申請不反對通知書[3]；期間，城中亦另有不同的示威活動發生，所以這個週末報館忙得不可開交。

這時我已「升級」到港聞版見習，這個星期五、六、日便一直留在報館，爲在外邊採訪的同事提供後勤支援。每天只回家睡幾個小時，就馬上趕回報館繼續工作，這

---

2 和你飛：七月二十一日元朗暴力事件後，香港航空業界人士和市民在香港國際機場舉辦的集會。目的是爲抗議警察不當襲擊市民、政府未按議事規則撤回《逃犯條例》修訂，並藉由集會讓機場的國際旅客知道香港發生的事。「和你飛」是香港社運術語「和理非」（和平、理性、非暴力）的粵語諧音。

3 不反對通知書（Letter of No Objection）：按《公安條例》，香港警方可以對遊行、集會發出不反對通知書；反之，若發出反對通知書，該集會、遊行便是被禁止的。

幾乎已成爲了每個週末的慣例。

八月十一日星期日，白天在深水埗有大遊行。到了入黑時分，許多示威者轉移到尖沙咀區，終於在該區警署外面彌敦道一帶爆發了大型衝突，有一位少女疑似被警方發射的布袋彈射爆眼球，急送醫院救治。事件不但震撼了全香港，更傳遍世界各地媒體。機場連日來的示威活動本應在這晚午夜結束，但少女爆眼慘劇激發起群眾憤怒，當晚便有人以「警察還眼」作爲召集口號，發起第二天繼續到機場舉行「百萬人塞爆機場集會」。

由於事出突然，編輯覺得需要在機場增添人手，星期一早上便派了我到場協助一位人稱「德哥」的前輩。德哥是位資深攝影記者，獵取精彩鏡頭的本領在行內出了名，我的任務除了幫他拿攝影器材之外，便是爲他所拍的照片寫文字稿。這是我第一次以「專業記者」名義出動採訪，雖然只是見習性質的身分，但心情如何興奮，你大概想像得到。

德哥和我到達機場的時候，還未到早上十一時，但已經見到越來越多人聚集，許多都拿著標語。我跟著德哥跑來跑去拍照，幾個鐘頭內發了數不清的影像回報館，還要一邊跑、一邊爲照片寫配合性的文字，但居然一點也不覺得累，只是覺得時間過得太快，完全不夠用。

轉眼已是下午兩、三點，這時機場一號客運大樓上下兩層都已經滿布人群，站立的站立、坐地的坐地，擠塞得水泄不通。由於機場的正常運作受到嚴重影響，大約三點半，機場管理局宣布將會限制當天飛機升降量。過多一個鐘頭，機管局又再宣布：除了已完成登機程序的離港航班，以及正在抵港途中的航班外，這天其餘航班全部取消。在場示威群眾聽到，無不鼓掌歡呼起來。

難以置信的是，這時依然有大批示威者繼續蜂擁而來。雖然機場巴士及機鐵服務沒有停頓，但自中午時分起，每一班次都已人滿之患，想去機場都難以上車；於是有很多人便另行乘車去位於機場邊緣的本地航空公司總部，然後步行十多二十分鐘進入客運大樓。

我聽報館前輩說，有一種可遇不可求的突發性新聞，是每個記者都渴望碰上的。這天大約七點鐘，便給德哥和我碰上了。

由於當天有太多人在機場使用手機，大樓內的網絡不堪負荷，經常斷線，德哥和我要出到外面的停車場才能夠傳送照片。當我們回到接機大堂裡面的時候，德哥突然抓著我的手臂。

「有事發生。跟我來。」

我還未弄清楚他說什麼，他已經拉著我走進人群。

我只是個一米六也不到的嬌小女生，身處一大堆人當中，根本什麼也看不到。這時德哥放開了我的手臂，待我一轉頭，已經不知道他在哪裡了。大堂本已十分嘈吵，這時人群又似乎有什麼騷動發生，忽然人聲鼎沸起來。

驀地，我前面幾個人向兩旁一分，眼前突然出現了一個恍如定鏡的畫面：在人群中間，一邊站了一名軍裝警員，另一邊站了個高挑豐腴的美女，歐亞混血的輪廓……但令所有人目不轉睛的，並非她出眾的身材和容貌，而是她手裡拿著的一把槍！

印象中，這個定鏡好像維持了很久，但其實只不過是剎那間的事情。彷彿停頓了的時間又再流動，混血女郎倉皇地把手槍輕拋到警員跟前。接著人群之中又有幾個身體擋在我前面，我又什麼都看不見了。

正當我仍手足無措呆在當場之際，忽然又有人抓著我的臂膀。是德哥。

「有警察來了。快走。」

說著便拉著我跑回停車場方向。

我忍不住回頭一望，德哥果然沒說錯。一小隊軍裝警員正趕到現場支援，人群驚呼四散。剛才那個警察拾起美女拋過去給他的手槍，但那混血女郎卻已不見蹤影了。

「爲什麼要逃跑？」我急問。「不是應該留下來問警察發生什麼事嗎？」

德哥沒有停下腳步。

「妳沒看到發生什麼事嗎？我們走運，拍到獨家片段！」

這時我們已跟眾多逃跑的示威者出到停車場。

「什麼片段？」

「先把片段發回去，再給妳看。妳還要盡快寫報導呢！」

□

本報獨家

【八一二機場集會】衝突中警員懷疑跌槍（有片）

二〇一九年八月十二日　星期一　19:21建立　23:13最後更新

（內嵌影片）00:00–00:18

今天示威者在機場舉行的「百萬人塞爆機場集會」之中，發生了疑似警員跌槍事件，本報記者在現場拍得事發經過的影片。

大約晚上七時左右，在一號客運大樓接機大堂一角，往四號停車場的通道附近，人群之中突然發生小型衝突，起因未明。

一名在場警員疑因拔出佩槍示警，在混亂之中，佩槍一度脫手。本報記者錄得事件部分過程（見上），片段開始時清楚可見，警員經已手握佩槍，但轉眼間（00:06）雙手又空空如也，且疑似未曾把佩槍插回槍袋（見放大圖）。

（連環截圖）警員佩槍在手及兩手空空比較圖

（截圖放大）警員槍袋不見插有佩槍

在混亂之中，本報錄得的片段拍攝不到警員佩槍脫手的過程，但數秒後又見有一名身穿T恤牛仔褲、頭戴棒球帽的女子，從地上拾起一件疑似手槍的物體，拿在手中看了一看，隨即輕輕拋向警員方向（00:09-00:13）。

（影片連環截圖）女子拿著疑似手槍物體、拋向警員

片段結束時，有多名警員趕到現場增援，人群四散而逃，片段中涉事女子亦不知去向。本報已經向警方提供了完整片段，希望有助調查。

目前未能確定在事件之中，警員疑似脫手的佩槍是否失落或已經尋回，但事後未見警方封鎖現場，亦未知是否有人被拘捕。截至晚上十一時，警方仍未就本事件發出任何言論。

以上便是我即時在機場所寫的報導，當晚在報紙網站登出來的線上版本，文字寫得頗爲含蓄，是因爲經過編輯修改。

雖然片段沒有錄得整個事件的每個細節，但我看過之後，其實也同意德哥的看法。警員佩槍是怎麼脫手的，我們眞的說不出，不敢肯定是否因爲出於不愼、還是因爲人群之中有人向他施襲或企圖搶槍；至於那個混血美女，德哥和我都覺得很明顯是她看見手槍跌了在地上，拿了起來拋還給那警員的。

新聞稿裡我本來也是這樣寫的，但我們報紙的一貫宗旨，是盡量保持客觀，避免在報導中加入揣測。（當然，任何新聞媒體都會說自己報導客觀，但眞正像我們報紙做得這麼嚴謹的卻不多。）這次編輯便認爲，既然有影片給讀者看，就更應該讓他們自行判斷，不需要加上我們的看法。

由於這天的新聞焦點都放了在機場集會上面，沒多少人留意到當晚一份由深圳發過來給香港各大新聞社的簡短新聞稿：

深圳寶安國際機場

二〇一九年八月十二日　星期一　22:28

京港航班轉飛深圳降落　途中有乘客暴斃

（即時發布）因香港國際機場今天發生事故，原定由北京直飛香港的XH121班機，經一再延誤後，最後轉飛深圳，於晚上九時零五分降落寶安機場。

飛行途中，有一名女乘客被發現暴斃於座位，目前尚未確定死因。事件已交由駐機場公安跟進。

機上其餘乘客已由航空公司特別安排的直通巴士送往香港。

待死者身分及死因確定後，再另行做出通告。

這則新聞剛好來得及刊登於第二天早上的報章，但因缺乏細節，沒讓讀者注目。直到其後發現死者身分的時候，才令大眾譁然。

八月十三日　星期二

回到家裡的時候已是凌晨，媽媽如常仍在等我門。我當然有點內疚，但她從來不說什麼，我也從來不知道應該說什麼才好，大家相視而笑便是。

倒了在床上，我才終於感覺到疲累；不過雖然辛苦了十多個鐘頭，卻很有成就感。睡著的那一刻，心裡是甜絲絲的。

睡了三、四個鐘頭，不用鬧鐘便自己醒來。匆匆淋浴、刷牙，和家人說了幾句，東西也不吃就趕回報館。不是想說自己多麼勤力，我只是怕一有什麼新聞發生，若不身在報館便會錯過出去採訪的機會。

回到報社，時間尚早，大部分同事還未回來，但跟我最談得來的一個已經在位子了。他是ＩＴ部的萬能人，大家有什麼跟電腦有關的事情都會第一時間找他，他也總有求必應。因爲生得胖，又經常自我謔稱「ＩＴ狗」，個個便叫他作「肥狗」，他也不以爲忤。最初我不好意思這樣叫他，但他卻解釋，「ＩＴ狗」原來是一個漫畫人物，是隻精通資訊科技又樂於助人的機械狗狗，所以十分貼切。這時他一見到我，便急急跑過來。

「妳知道片段裡的是誰嗎？」

「誰？」

他把我拉到他的電腦前面，打開一個視窗給我看，是我們報紙的網頁，正是昨晚機場警員疑似跌槍事件的那篇報導。

「妳看看留言。」

我用滑鼠下滾到留言的部分，起初也不知道他說什麼，但看了幾個留言，都是討論片段裡出現的混血美女是不是一個叫作「Toni M」的人。

「好像聽過這名字。模特兒嗎？」

「是啊。不算很出名，但也有點知名度。」

「我對時裝界沒有什麼興趣。」

「我也沒有。但她以前不少八卦新聞的……」

「我對八卦新聞也沒有什麼興趣。」

「如果真的是她，這次便不是八卦新聞了。總要跟進一下吧。」

他說得對。我馬上網搜一下Toni M的照片。一秒後出現的結果，不計其數。

「很像吧？」

肥狗搶過滑鼠，選了其中一幅照片讓我看。當然是最性感的一幅，穿三點式泳衣的。

我橫了他一眼。

「放大昨晚的截圖，比較一下。」

他依言照做。果然很像。

「沒錯吧？這條片段也放上了YouTube，我看過那裡的留言，比報紙網頁的還要多十倍，大部分都覺得她是Toni M。」

「如果眞的是這個Toni M，爲什麼昨晚編輯部沒有人認得出呢？」

「他們做港聞時事，又不是做娛樂版的，認不出來也不出奇啊。而且我們報紙又根本不走八卦路線，就算是娛樂版也未必報導過她多少東西。」

我再仔細看昨晚片段的截圖，依然存疑。

「會不會認錯人？見人家生得漂亮便說是模特兒。」

「但樣子很明顯是混血兒啊。」

「混血兒個個樣子都差不多的，難道有幾分相似便一定是Toni M了？」

我也聽過幾個香港混血模特兒的名字，但若給我看她們的照片，卻眞的分不出誰是誰。

「我覺得眞的是她。」

「記不記得上個月『和你飛』那個穿西裝的老人，不也有人說他是某某教授？我們弄錯怎辦？」

之前在七月二十六日機場「和你飛」示威活動中，有一位身穿西裝、手拖行李的老翁，疑與示威者發生碰撞（也有傳是因爲他拍落示威者手中的標語牌），被幾個青年一路追罵拉扯，還在他背上貼上侮辱性字條。影片曝光後，便有不少網民「認出」他是某位國際知名的數學教授。其實這位教授除了年齡相若及常穿西裝之外，容貌跟片中老者根本沒有相似之處，但最後還是弄到要出來公開澄清。

「不是說我們報紙也要一口咬定是Toni M，但總要弄清楚是不是她嘛。」肥狗雖然只是做ＩＴ的，但對新聞卻似乎比我這個見習記者更老到。

不久編輯回到報館，我便過去跟他說，但原來他上班途中也已在手機上看到關於Toni M的留言。

「我會請娛樂版那邊聯絡Toni M的經理人公司，看看他們怎樣說。妳先寫一段給我用來加上昨晚的報導後面，說有網民懷疑片段中的是『某名模』，但不要把名字寫出來。」

□

【八一二機場集會】衝突中警員懷疑跌槍

二〇一九年八月十三日　星期二　11:08更新

昨晚機場發生警員疑似跌槍事件，本報於現場拍得的片段上載後，有不少讀者留言，稱事件中拾起手槍的女子，疑是本港某位知名模特兒（下圖）。類似言論亦於網上流傳。

（片段截圖＋放大部分）疑似是本港某知名模特兒

本報經已聯絡警方及該位模特兒的經理人公司，希望澄清片段之中是否她本人，但目前兩者均未回應查詢。本報現正繼續跟進事件，希望能夠盡快確定涉事者身分，馬上再作報導。

這天機場示威依然持續不斷，我交稿後，見時間不早，便以爲編輯會馬上派我趕往機場繼續協助採訪。可是他卻說，估計警方將會在下午的記者會上透露一些關於昨晚懷疑跌槍事件的消息，所以派我到那裡做跟進採訪。

「我知道妳好想回機場，因爲那邊才是大新聞，但這懷疑跌槍事件也不是雞毛小事。這事情是妳第一個報導的，妳便要把它當作是屬於妳的新聞故事。片段裡的是Toni M也好、認錯人也好，妳也要給我一路追查到底。」

□

【機場警員跌槍事件】警方澄清手槍沒有遺失　呼籲片段中女子協助調查

二〇一九年八月十三日　星期二　17:16 建立

警方於今天下午的例行記者會上，澄清昨晚（十二日）在機場發生的警員拔槍事件中，警員佩槍雖然一度脱手，但最終並未有遺失。

根據警方透露，昨天在機場舉行的大型示威活動中，晚上大約七時前後，一號客運大樓下層接機大堂一角突然有騷動發生。

一名警員巡經該處，企圖控制場面，一度須要拔槍示警，期間數名均面戴口罩的人上前包圍警員，發生身體碰撞，不排除有人蓄意襲警、意圖搶奪警槍。

本報當時在現場拍得獨家影片，事後有向警方提供完整片段。警方證實，一如片段中可見，在混亂中警員佩槍脱手掉落地上，隨即由一名女子拾起，向警員方向拋回。

多名警員趕到現場支援，群眾四散，第一位警員馬上取回所跌佩槍。警方一再強調，事件中沒有開槍，亦沒有任何槍械或子彈遺失。

事件仍在調查中，暫時未有人被拘捕。警方初步相信，拾槍女子與涉嫌襲警的數人無關，但呼籲該女子盡快跟警方聯絡，協助調查。

有記者提問，片段中女子是否如網上傳言，是香港某位知名模特兒，但警方只回應說仍在調查該女子身分。本報亦曾嘗試向該位模特兒所屬的經理人公司查詢，但目前未獲回覆。

相關報導連結：

【八一二機場集會】衝突中警員懷疑跌槍（有片）

回到報館，做好了警察記者會報導之後，我其實還想晚上去機場幫手採訪。可是這時報社可以出動的車子都早已開出了，前往機場的公共交通情況又比昨天還差，編輯便叫我打消這個念頭。

「妳自從星期五已經一連做足四日四夜，今晚早點回家休息吧。」

但其實回到家裡，還不是和家人一起看直播新聞到深夜？唯一不同的是，我人在家裡而不是在示威現場，爸爸媽媽便不用擔心我的安危。

這天的機場示威情況比前一日更加激烈，人數有增無減，航班運作依然近乎癱瘓，有很多離境旅客已經連續兩天上不到飛機。晚上，有兩名內地男子被示威者覺得身分可疑，分別遭毆打、搜身和綑綁。（事後，內地媒體證實其中一個遇襲者是他們的記者，而他當時所說的一句話「我支持香港警察，你可以打我了」，更在內地成為一時被人爭相轉發的媒因。）

另外，這晚在機場又發生了多一宗警員拔槍事件。有影片拍到一個手持盾牌和警棍的警員，把一名示威者按倒地上，隨即被數人圍攻，期間盾和棍皆脫手，最後拔出佩槍嚇退攻擊者。這段影片是隔著一面玻璃牆攝錄的，由於拍攝環境不同，所顯示出來的事件過程比德哥昨晚在惡劣條件下所拍的清晰得多。我不禁覺得有點諷刺：雖然昨晚我身在現場，但當時處於混亂情況之中所看到的東西，反而沒有如今安坐家中看直播那麼多。

八月十四日　星期三

昨天已經是機場示威的第六天，也是最激烈的一天。機管局終於向法庭取得臨時禁制令，於今日下午二時開始實施一連串嚴格的管制措施：沒有離港機票或登機證的旅客或有效證件的員工，一律不能進入客運大樓，法令亦嚴禁任何故意阻礙或干擾機場正常運作的活動。管制措施由大量警察及保安嚴格執行，所以自這天起，機場回復了平靜。（直到九月一日，示威者才又再號召一次「和你飛2.0」捲土重來，不過這已經是本故事結束之後的事情了。）

這天早上回到報館，肥狗一見到我，又再急急跑來捉著我的手臂。

「大件事！」

「什麼事？」

他把我拉到他的位子，遞了一張Ａ４紙給我。

「妳看！今天早上收到的，我印了一份出來給妳。」

是深圳公安局今天早上發給香港傳媒的新聞稿：

深圳市公安局

二〇一九年八月十四日　星期三　09:23

八月十二日XH121京港航機暴斃乘客身分及死因確定

（即日發表）前天（十二日）在深圳寶安國際機場降落的XH121航班，中途在機上暴斃的女乘客身分現已確定。死者是一位二十九歲英國公民，全名是安東尼亞·絲娃·馬丁士（Antonia Siwa Martins）。

該航班原定由北京直飛香港，但因爲香港國際機場當天發生突發性大型示威活動，多班航機被迫改道前往大灣區其他機場降落，XH121班機因而被安排到深圳寶安機場，在晚上九時零五分降落。

在深圳降落後，死者遺體因爲需要確定死因而依法暫留，其他乘客當晚則由航空公司特別安排的直通巴士送回香港。

昨天經過法醫驗屍分析，證實死因爲先天性心臟問題導致猝死，屬於不可預見的自然因素，沒有可疑。有關當局在事發當晚已跟死者居於英國的親屬聯絡，安排前來中國認領遺體。

公安局將於明天下午四時在寶安機場舉行記者會，向內地及香港新聞界提供詳細資料及解答問題。

「噢？原來前晚有人在飛機上暴斃嗎？沒看到這新聞。」

這固然是一樁悲劇，但我不明白肥狗爲什麼大驚小怪。

「我之前也沒有留意。妳再看清楚死者的名字。」

「Antonia Martins。那又如何？」

「我上網查過，那便是Toni M的英文全名！Toni M是Antonia Martins的縮寫嘛！很多模特兒的名字都是這樣寫的。」

「同名同姓吧？這個前名和姓氏都不算罕見啊。」

「但妳看，中間名字叫Siwa，這不常見吧？我在網上查到，很少人知道Toni M其實也有個中文名，叫作『白思華』，這分明便是『思華』的英文譯法。死者又是英國籍，年齡也符合。」

「原來Toni M是英國籍的嗎？英文姓Martins，爲什麼中文姓白？」

「她中文名好像是跟媽媽姓的。先不要理會這個，如果死者是個同名同姓的純種鬼妹[4]，怎會有個中文的中間名字？分明是混血兒。」

「可是深圳公安的新聞稿把死者中間名寫作『絲娃』。」

「普通話音譯嘛。人家的英國護照上只有英文串法，深圳公安又怎會知道中文名

4 鬼妹：在香港有稱呼外國白人女孩的意思。

字應該怎寫?」

「如果在飛機上死了的人眞是Toni M,那麼前晚機場跌槍事件那個混血美女便不可能是她了。」

「不錯。妳看飛機在深圳降落的時間。我也查過飛行時間,由北京直飛香港或深圳約莫需要四個鐘頭,而跌槍的時間是七點鐘左右發生的,所以當時飛機還在半空,只飛了大約一半路程。」

「你告訴了編輯沒有?」

他搖頭。「留給妳告訴他嘛。」

「謝謝。」我突然記起他告訴過我一句有關漫畫人物「IT狗」的名言,便拍拍他的膊頭,笑著引用了:「IT狗,你的資訊眞的很有用!」

我拿了深圳公安的新聞稿去給編輯看。他記得星期一晚有乘客在飛機上暴斃的新聞,但原來眞的沒有留意死者可能便是Toni M。畢竟不是做八卦新聞的。

「我跟娛樂版那邊說一聲,反正他們已經在找Toni M的經理人公司問拾槍的事,便順道問清楚她其實是不是在飛機上暴斃才對。」

「那我下一步應該做什麼呢?下午是不是再回去警察記者會?」

「對。看看他們有沒有更多跌槍事件的消息可以透露。說不定別的報社也發覺了那晚飛機上暴斃的乘客可能是Toni M。如果機上死者眞的是她的話,那麼跌槍事件中的那個女子當然另有其人，所以可能會有記者問警方會不會影響他們的調查。」

「可是警方沒有指名道姓說是要找Toni M協助調查啊。」

「未有確鑿證據之前，警方說話時通常都會比較隱晦的。下午妳便隨機應變吧，當作是學習機會好了。」

可是這個下午我去到警方記者會，卻出乎意料：當發言人說到跌槍事件最新發展的時候，竟然指名道姓起來。

原來他們已經掌握了確鑿證據。

□

【機場警員跌槍事件】警方證實片段中拾槍女子身分　竟與同晚航機上暴斃乘客同名同姓

二〇一九年八月十四日　星期三　17:42建立　21:38更新

證實拾槍女子身分

香港警方在今天的例行記者會上，就前晚（十二日）機場集會中發生的警員跌槍事件，公布了最新的消息。

當晚事發時，本報記者在場錄得部分過程（見下面連結），事後已把影片提供給警方協助調查。片段中可見，有一名女子拾起跌落的警槍，拋還給警員。影片上載到網上後，有不少網民揣測該名女子是某位本港知名模特兒。

今天記者會上，警方發言人公布，當晚失而復得的警槍經過鑑證科檢驗，發現上面留有第三者的指紋，核對入境事務處指紋檔案後，證實跟本地藝名「Toni M」的知名混血模特兒吻合。

根據Toni M的香港永久性居民身分證紀錄，她英語全名是Antonia Siwa Martins，中文姓名「白思華」，警方現正呼籲她盡快跟他們聯絡。警方一再強調，目前沒有任何理由相信Toni M跟事件中涉嫌襲警的人士有關，只是希望她能合作，協助調查。

同晚京港航機上暴斃乘客同名同姓

本報記者卻發現，前晚因爲香港機場事件而改道降落於深圳的一班京港航機上，有一名外籍女乘客於途中暴斃（見下面連結），深圳公安局於今天早上亦公布，謂死者身分已證實爲一位名叫Antonia Siwa Martins的英國籍女子，跟Toni M的英文全名完全相同。

由於該班航機於十二日晚上九時零五分在深圳降落，而香港機場跌槍事件發生於當晚七點鐘左右，當時航機仍在飛行途中，故機上暴斃的乘客與在警槍上留下指紋的女子不可能是同一個人。

本報記者就此在會上向警方提問，但警方發言人聲稱因爲未有掌握上述深圳方面的資料，暫時未能回應。

深圳公安局將於明天（十五日）下午在寶安機場舉行有關航機乘客暴斃事件的記者會，本報屆時將繼續跟進，再作報導。

相關報導連結：

【八一二機場集會】衝突中警員懷疑跌槍（有片）

京港航班轉飛深圳降落　途中有乘客暴斃

【機場警員跌槍事件】警方澄清手槍沒有遺失　呼籲片段中女子協助調查

Toni M小傳

這篇報導裡，在記者會上提出航機暴斃乘客跟Toni M同名同姓，及向警方發問的「本報記者」，當然便是我了。

在前往記者會途中，我一路擔心其他新聞媒體會不會已經發現暴斃乘客跟Toni M眞名相同，但又拿不定主意，自己應該怎樣向警方發問及報導；因爲當時「機場拾槍女子是『Toni M』」的說法依然是未經證實的大眾揣測而已。雖然大部分的報章都不像我們報紙這般謹遵專業操守，很多已經差不多當作是事實般把Toni M的名字報導出來，但這不是我們的作風。幸好在記者會上，我一聽到警方公布已證實拾槍女子是Toni M，我怕被別的記者捷足先登，便馬上提出京港航機暴斃乘客同名同姓的疑問。

另外，報導除了連結到之前的相關報導之外，另外還有個叫作「Toni M小傳」的新連結，是編輯請娛樂版那邊的同事加上去的。我說過我不看八卦新聞，所以也是看了這篇小傳之後，才知道這位模特兒的底細：

Toni M 小傳

二〇一九年八月十四日　星期三　17:02 建立

混血名模Toni M，全名Antonia Siwa Martins，一九九〇年香港出生，英籍香港人。很少人知道她其實也有個中文名字，叫「白思華」。爲什麼她英文姓Martins，中文卻姓「白」而不音譯作「馬」呢？原來背後有一段鮮爲人知的故事。

關於Toni M的身世，她本人很少透露細節，但查實她的香港華人母親是一位未婚媽媽，姓白，生父身分不詳，只能從Toni混血外貌推斷爲白種人，所以她出世紙上是跟從母姓的。

她自小在本地學校讀書，六歲時母親跟一位姓Martins的居港英國人結婚，對方成爲Toni繼父，Toni現在所用的英文名字便是那時改的。九七年回歸後不久，他們舉家離港搬到英國定居。

十七歲那年，Toni母親跟她繼父離異，其後雙方各自再婚。Toni沒有兄弟姐妹，突然失去了家庭，便於二〇〇八年毅然回到香港，憑著出眾的身材和樣貌當上模特兒。「Toni M」這個藝名，其實便是來自時裝界經常縮寫模特兒名字的習慣而改的。

回歸後的十餘年，仍是本港模特兒界的黃金年代，Toni剛好還來得及在這時期的最後幾年回香港發展。憑著出眾的身材樣貌和豪放作風，她很快成爲了炙手可熱的一線名模，期間亦跟不少明星、名人傳出緋聞，在這裡不一一細述。

可是進入二〇一〇年，由於時裝界及廣告界的焦點都轉移到內地，香港模特兒風光不再。香港的名模若非退休或轉行，便必須轉戰內地市場。Toni也沒有例外，在本地的時間越來越少，見報率亦遠遠不及以前。

前天（十二日）晚上機場所發生疑似牽涉她的跌槍事件，以及同晚她疑似於航機暴斃事件，本報已經另作報導。

相關報導連結：

【八一二機場集會】衝突中警員懷疑跌槍（有片）

京港航班轉飛深圳降落　途中有乘客暴斃

【機場警員跌槍事件】警方澄清手槍沒有遺失　呼籲片段中女子協助調查

【機場警員跌槍事件】警方證實片段中拾槍女子身分　竟與同晚航機上暴斃乘客同名同姓

□

這天採訪完記者會後回到報館，編輯見了我，叫我明天前往深圳公安記者會，還跟我交代一下應該作好什麼準備。

「妳有回鄉證[5]嗎？」他最後問。

「當然有。」

「好的。那麼我明天早上看看安排哪一個攝影師陪妳去。」

之後，我在報館留下來整理一下資料，順便看看別的報紙網站怎樣報導。不用說，絕大部分都是含有「分身術」、「移形換影」、「亡靈現身」之類譁眾取寵字句的標題。只要在語句後面加個問號以示純屬揣測，便不用實事求是了。有一份市場佔有率很高的大報用了「萬米高空亡者分身事件？」作標題，之後很多網民便去掉了問號，用這句來形容Toni M事件。

其中又有些報章，更是忍不住在暴斃乘客「死因沒有可疑」的問題上含沙射影一番。在香港當前的政治環境裡，煽動性的話是不須要說得太露骨的，一點一滴的暗示亦已足以火上加油。果然，馬上便引發出許多充滿火藥味的網絡言論，是怎樣的內容，你一定想像得到。

下班前我見到肥狗還未走，便過去跟他聊兩句。

「我明天上深圳記者會，看看公安怎樣說。」

「妳猜是誰弄錯了？深圳公安還是香港警察？」

「怎知道？不過香港警察有指紋證據，應該不會錯吧？」

「我上網查過。」這句話是他的口頭禪。「外國人在大陸出入境是有指紋紀錄的。死者拿的是英國護照，我想他們驗屍時應該會對認過屍體的手指紋。」

「明天便知道。香港和深圳其中一邊一定有出錯，Toni M沒有可能同時在兩個地方出現。」

他忽然在我面前雙手呈爪狀，舞動手指，口裡哼起一段音樂：「嘟啲嘟啲嘟啲……」

「走音！這是什麼音樂？」

5 回鄉證：即「港澳居民來往內地通行證」。是擁有中國公民身分的香港、澳門居民往來中國時使用的證件。

「《X檔案》啊。妳沒看過嗎？」

「聽說過，但沒看過。我還未出世呢。」

「一九九三年首播，直至二〇〇二年才播完，出了世吧。」

「二〇〇二年我才三歲。」

「我也不是大妳很多，是後來才看重播的。」

「爲什麼提起《X檔案》呢？你認爲這是超自然現象嗎？」

「我的意思只是覺得有點像《X檔案》而已。我上網查過，民航機的飛行高度平均有一萬米，而那晚七點鐘機場事件發生的時候，那班機才飛了一半路程，距離香港還有一千公里左右。妳說不像超自然或科幻的橋段嗎？」

他說的不錯。之後幾天，種種「元神出竅」、「瞬間轉移」之類以「不能用科學解釋」作爲解釋的穿鑿之談，便傳遍網上。

他搔了下巴幾下，又說：「不過我覺得其實更加像個推理故事才對。」

「我也不看偵探故事。」

「我不是說偵探故事，是說『推理』故事。」

「有什麼分別？」

「偵探故事未必一定有推理成分，整個過程可能只是蒐集證據、證據指向犯人、抓犯人、完。跟現實世界絕大部分案件沒有分別，只須要按部就班便能破案，不須要用腦。但推理故事就不同，會挑戰讀者的腦筋。現在便難得有個典型的推理故事設定，在現實世界裡擺在我們眼前。」

「我完全不知道你說什麼。」

他似乎神探上身了。「推理故事一個常見設定，是所謂的『不在場證據』詭計。犯人用巧妙的方法，爲自己製造案發時身在別處的假證據，偵探要破案，便必須解答這個身在別處的僞證是怎樣假造出來的。」

「可是現在的證據不是這樣啊。現在的證據是Toni M不但在機場跌槍事件發生時『在場』，而且於同一時間亦在半空的飛機上『在場』！」

「沒錯！所以現在的情況不是『不在場證據』，而應該叫作『雙重在場證據』，我好像還未在推理小說裡見過呢。不過跟不在場證據詭計背後的原理，應該是大同小異的。」

我忍不住哈哈笑了出來。「哪有什麼詭計呢？分明便是深圳或者香港其中一邊搞錯，就是這麼簡單。」

「妳說的對，應該就是這麼簡單。」他嘆了口氣。「現實世界通常都令人失望。」

八月十五日　星期四

雖然昨天在記者會上，我是第一個提出航機上暴斃的乘客全名跟Toni M相同，但到了這個早上，風頭便被一張大報搶盡了。這報紙的消息來得這麼快，可能跟他們的「報料熱線」有可觀的報酬不無關係；這個早上他們刊登了一位空姐的專訪，據稱她便是當時在航機上發現乘客暴斃的機艙人員之一。

這位不願意具名的空姐透露，暴斃的乘客坐商務艙，飛機在北京起飛後便馬上摟著被子睡覺，所以機艙人員沒有打擾她。直到飛機差不多降落深圳，有同事查看她有沒有扣好安全帶的時候，才發覺她經已氣絕身亡。在這種情況下，機艙人員的做法是不動聲色，以免驚動其他乘客，等到降落後，所有乘客落了機，才移動屍體。空姐又說，由於當時只知道乘客名單上這人叫「A. Martins」，而死者又一直戴著帽子和太陽眼鏡，看不清楚面貌，所以不能肯定她到底是不是名模Toni M。

事情還有另一個發展，便是Toni M的經理人公司終於開腔了。

本來聽娛樂版同事說，Toni的經理人公司一直對跌槍事件避而不談，凡有記者問及她的事情都推說「不知道」或「無可奉告」，但自從昨天又爆出了（疑似）「萬米高空亡者分身事件」之後，情況便不同了。

世界上有一種不容小覷的東西，叫作「人肉搜索器」。一夜之間，好事者（也許應該說「熱心人士」）已經在網上找到了Toni M在星期一之前的動向，到了今天早上，留言版、討論區、手機轉載等滿滿都是。

人肉搜尋出來的結果，原來由上星期五傍晚開始，一直到星期日晚上，Toni M都在北京做秀，不是行天橋[6]便是拍雜誌專輯。每一場都有網上圖片或影片連結爲證，有的來自內地時裝界平台、有的是在場觀眾拍攝了放上社交媒體的花絮。（反而Toni M自己的Instagram和Facebook沒有相關的自拍，但業界經常要求模特兒不准私下發出與工作有關的資料，所以也不足爲奇。）

也不知是不是因爲Toni M在事發前的行蹤被暴露了出來，她的經理人公司這天上午終於在本身的社交媒體專頁上發布了一段簡短回應。他們確認Toni上週的確去了北京做秀，但到了星期日晚之後便沒有再聯絡；直至現在才透露，是爲了保護旗下模特兒的私隱。

八卦媒體當然報導得加鹽加醋，有的說香港警察辦事不力、應該查清事件，有的又說有人刻意隱瞞、居心何在云云。相比之下，我們報紙是這樣寫的：

6 行天橋：即台灣的「走秀」。

【名模分身之謎】經理人公司終於發言　證實旗下模特兒曾到北京

二〇一九年八月十五日　星期四　13:01建立

在星期一（十二日）晚上疑被本報記者拍攝到出現在香港機場跌槍事件中的本地知名模特兒Toni M，據來自深圳方面的消息報導，同一晚亦懷疑於一架當時仍在飛往深圳途中的航機上突然暴斃。

深圳公安局於昨天（十四日）上午公布已確認機上死者身分是Antonia Siwa Martins（Toni M全名），但香港警方亦於下午記者會上宣布在涉事警槍上驗出Toni M的指紋。由於當事人沒可能同時身處兩個地方，深港兩邊的矛盾一時令眞相撲朔迷離。

在過去兩天，Toni M所屬的經理人公司對事件仍未有回應，直至今日才打破緘默，透露Toni於上星期五至星期日（九至十一日）一直在北京工作，但在星期日晚上之後便沒有再聯絡，所以無法證實星期一晚上Toni到底身在該班飛機上還是已經回到香港。經理人公司亦解釋，爲了保護Toni私隱，所以早前才沒有回應有關查詢。

今天下午，香港警方及深圳公安局都分別舉行記者會，相信屆時會有新消息公布。

相關報導連結：

【八一二機場集會】衝突中警員懷疑跌槍（有片）
京港航班轉飛深圳降落　途中有乘客暴斃
【機場警員跌槍事件】警方澄清手槍沒有遺失　呼籲片段中女子協助調查
【機場警員跌槍事件】警方證實片段中拾槍女子身分　竟與同晚航機上暴斃乘客同名同姓

Toni M 小傳

上述報導在我們報紙網頁刊登出來的時候，我正要過關往深圳，是肥狗把連結發到手機給我看的。不久之後，去到寶安機場記者會，已經有很多媒體在場，大部分一看就知是來自香港。

這時新聞界大多都已經用了「分身事件」來形容這件事，你也可能留意到連我們報紙在上一個報導也把相關標題改成「名模分身之謎」。可惜我沒有這種傳說中一人同時身處兩個地方的本領，所以編輯既然派了我來深圳採訪，同一個下午在香港的警察記者會便交了給另一位同事。以下是那晚在我們報紙網站登出的綜合報導：

【名模分身之謎】母親確認機上死者爲Toni M　港深兩邊證據互相矛盾

二〇一九年八月十五日　星期四　17:48 建立　20:17 更新

（綜合報導）日前有分別來自香港警方和深圳公安局的消息，指星期一（十二日）晚上香港名模Toni M疑牽涉於香港機場所發生的警員跌槍事件，但同一時間，又有一位疑是Toni M的乘客暴斃於當時仍在飛往深圳途中的航機上。互相矛盾的消息令兩地市民議論紛紛，猜測不絕。

今天下午，香港警方及深圳公安局分別在本港及深圳寶安機場舉行的記者會上，各自向新聞界交代手上指向Toni M身分的證據，以及回答記者問題。

深圳公安局記者會

在深圳記者會上，公安局發言人首先重申，已經確定死者的身分爲全名Antonia Siwa Martins的二十九歲英國籍女子。死者暴斃當晚，在她遺物中找到以上名字的英國護照及一張香港永久性居民身分證，上面除英文名字跟護照相同之外，亦另有中文名字「白思華」。

次日（十三日）法醫檢驗死者遺體，從遺體取得指紋，跟中國出入境紀錄所存的外國人指紋核對後，證實一致無誤，便對外發出新聞稿公布死者名字。

根據法醫驗屍報告，經過解剖，發現死者死於先天性心臟問題所導致的「心源性猝死」。由於死者年紀較一般同類案例爲低，法醫亦有進行血液化驗，但沒有發現任何不適當使用藥物跡象，故可以排除濫用或錯服藥物致死。由於遺物中發現有香菸，而事後亦了解死者臨終前一連幾天不斷工作，菸癮及操勞過度兩者均是能導致心源性猝死的因素，所以法醫判斷死因沒有可疑。

有關當局根據死者護照上的家屬資料，已立即跟死者居住在英國的母親取得聯絡。死者母親馬上由英國飛來，已於今天上午到殮房確認了死者身分及認領遺物。目前當局正協助安排把遺體送回香港。

此外，發言人表示得悉香港方面另有報導，謂死者所乘搭的航班仍在飛行途中之際，有疑是死者的人士同時在香港機場某事件中出現。對於這報導，深圳公安局不予置評，唯在此可以再三保證，死者身分不但已經過多重認證，遺體亦由母親確認，所以絕無出錯的可能。

公安局發表了聲明後，再由記者提出問題，要點如下：

● 有記者馬上質疑，Toni M是位身體健康的年輕人，突然暴斃卻仍斷定「沒有可疑」，是否有草率之嫌？

發言人再次重申剛才交代過的驗屍報告，亦保證將會向香港有關當局提供整份報告的副本。他強調，如果死者家屬覺得有需要，可向香港有關當局要求再次驗屍，以確保沒有錯漏。

● 又有記者問，爲什麼公安局在早前的新聞公布中，只透露死者英文名，卻沒有提及她的中文名「白思華」？由於最初只有英文名而沒有中文名，以致不必要地引起了死者是否Toni M的猜測。

發言人回答，中國官方對於外國人身分一貫做法，是以他們的護照及在中國出入境紀錄爲準。他亦補充，發出新聞稿證實死者身分時，並不知道她在香港是一位使用藝名「Toni M」的知名人士，而當時亦未公布香港機場事件涉事者名字，所以根本無法預料會引起不必要的猜測。

●另一位記者問，既然死者是在香港出生又擁有中國血統的永久性居民，應該持有回鄉證，爲什麼不用來查證她的身分？

發言人回應，這位記者必定對俗稱「回鄉證」的港澳居民來往內地通行證有所誤解。就算是擁有中國血統的香港永久性居民，也必須擁有中國國籍才能申請回鄉證；由於中國國籍法並不容許雙重國籍，所以如果像死者般擁有外國國籍的話，便不符合申請回鄉證的資格。發言人又藉此強調，可能有香港人貪圖回鄉證方便，故意隱瞞持有外國國籍的事實而提出申請，此舉可能招致法律後果。

●最後，本報記者提出，中港兩邊對於涉事者身分的證據互相矛盾，雖然公安局已表示對於香港方面的證據不作評論，但仍希望公安局能夠爲媒體具體說明一下之前提過的指紋證據確認程序。

發言人解釋，中國出入境管理局久已使用人臉識別科技，爲了增強整體系統的精確度，於二〇一七年又增加了記存出入境外國人指紋的措施。外國入境者一經記存了指紋，以後每次進出中國關口均會掃描指紋核對。這次暴斃事件，公安局便把死者指紋跟出入境管理局的紀錄核對，證實跟她自有指紋紀錄以來所有出入境指紋掃描都一致無誤，才公布死者身分，所以不會出錯。

香港警方記者會

另一邊廂，在今天下午的例行記者會上，香港警方就之前公布Toni M是機場跌槍事件中涉事女子的問題，有以下發言：（編按：當時警方並未知道上述深圳公安局記者會的內容。）

警方發言人解釋，由於在傳出相關消息之前，警方未有理由相信Toni M身在外地，所以當時並沒有向入境事務處查看她的出入境紀錄。但警方今晨經已核對過紀錄，發現Toni M曾於上星期四（八日）使用了香港智能身分證在香港機場出境，但在這天之後，便在任何關口都沒有她使用香港身分證或英國護照回港的紀錄。

因此警方承認，在星期一機場跌槍事件中涉事人士「極有可能」並非Toni M，而早前在手槍上證實爲屬於她的指紋，亦「有很大機會在鑑證過程中出錯」。鑑證科現正重新驗證指紋，及檢討之前的鑑證結果，將盡快公布新的結果。

有記者追問，這是否證明Toni M便是星期一轉飛深圳降落的航機上暴斃的乘客？

發言人回應，據他了解，深圳公安局今天下午亦舉行記者會公布他們對該事件的詳細調查結果。由於深圳公安局和香港警方的執法區域範圍有別，而雙方所調查的事件亦屬不同性質，所以香港警方不會對深圳公安局的調查做出評論。

總結：疑是香港警方出錯

綜觀上述資料，目前應該可以肯定在航機上暴斃的乘客確是Toni M無疑，而牽涉在機場警員跌槍事件中的女子則另有其人。至於香港警方所依賴的指紋證據為何出錯，鑑證科目前正做出內部檢討，相信不日將發表調查結果。

相關報導連結：

【八一二機場集會】衝突中警員懷疑跌槍（有片）

京港航班轉飛深圳降落　途中有乘客暴斃

【機場警員跌槍事件】警方澄清手槍沒有遺失　呼籲片段中女子協助調查

【機場警員跌槍事件】警方證實涉事拾槍女子身分　竟與同晚航機上暴斃乘客同名同姓

【名模分身之謎】經理人公司終於發言　證實旗下模特兒曾到北京

□

我想你看了深圳公安局記者會的報導，大概察覺到有些發問者的態度比較尖銳，不用說他們都是來自香港的記者。但也不得不說，那位發言人的準備工夫的確做得十分充足，每一個提問都應付自如。

由於記者的提問非常多，重複的和相對不重要的，都被我或編輯省略了。其中大部分都是「爲什麼死者母親不出席」、「可不可以訪問死者母親」之類的問題，發言人都以保護私隱爲由一一拒絕。之後數天，許多報章都千方百計想找出Toni M的母親，就算訪問不到能拍個照片也是好的，但始終沒有一個記者成功。我們報紙向來不炒作八卦，因此沒有在這方面花上時間。

深圳記者會上最後一個問題，是我提出來的。我那時亦未知道香港警察記者會那邊發生了什麼事，只是感覺到整件事情的關鍵可能便是隱藏在種種查核、認證程序之中，所以便請發言人再詳細交代一下。

說到香港警察記者會，雖然警方僅僅承認日前宣布跌槍事件中女子爲Toni M只是「極有可能出錯」，但這已經足以引來全城口誅筆伐。絕大多數人都覺得，與其「死雞撐飯蓋」[7]，倒不如直接承認錯誤好了；而就算鑑證科仍在檢討指紋驗證結果，但應該已沒有人會相信他們沒攞烏龍。

可能我之前捱了太多晚夜，所以這一天來回深圳的奔波雖然不算什麼，但到了晚上在報館完成工作後，已經覺得有點倦意，便提早下班。

臨走前忍不住又跟肥狗聊兩句，原來他花了半天看遍八卦報導及網上對事件靈異性質的討論，當然是嗤之以鼻：「若說是靈魂出竅，在機場出現的Toni M卻明明有血有肉，不是幽靈；但若說是瞬間轉移，爲什麼飛機上又沒有人發覺她消失了一段時間？」

回到家裡吃過飯、洗過澡，便馬上上床休息。可能念念不忘日間的事情，這晚我睡得不好，作了個噩夢。

夢境中，重現了自己這天在深圳過關時的情景，但不知怎地，忽然好像分了身一樣，由第一身的「主觀鏡」變成了第三者的視角。

那突如其來的一瞥，我看到正在過關的「我」其實不是我自己，而是Toni M。

搖身一變成爲身高一米七以上、有身材又有樣貌的混血美女，本來沒有什麼不好，但卻嚇得我一身冷汗地扎醒。

八月十六日　星期五

到了早上，事情又有新發展了。

這天李嘉誠在多份報紙以「黃台之瓜，何堪再摘」等字句刊登廣告，本來應該成爲城中最多人談論的話題；可是之前訪問了乘客暴斃航機上的空姐的那張大報，今天又有Toni M事件的獨家內幕，分薄了大眾的注意力。

這次獨家訪問的是一位鑑證科職員，據稱有份驗證機場跌槍上的指紋。這位當然又是不願意具名的職員說，其實他們一聽到深圳方面傳出航機暴斃乘客跟Toni M同名的消息，便已立即自發地重新驗證跌槍上面的指紋。再三跟Toni M身分證紀錄上的指紋核對後，結果也是一樣，眞的是她的指紋百分百無誤，並非如警方在記者會上所說「極有可能出錯」。

記者問他，會不會如一些網上傳言所說，可能有人將Toni的指紋放到手槍上，製造假證據？但受訪者卻解釋，這可能是網民看了太多刑偵劇而有所誤解。在電視劇裡，「指紋嫁禍」是個常見的橋段，但不外是在某人正常用過的物件如杯子之類上，

7 死雞撐飯蓋：粵語歇後語，指明知有錯，但爲了找台階下，仍死撐著。

先用指紋粉顯現出這人的指紋印，再用膠紙把它轉印到凶器上嫁禍於人，但這個方法在現實裡是行不通的，因爲膠紙也會在凶器上留下黏劑的痕跡，證明指紋印是由別處轉移過來。

該職員又堅稱，事件中的手槍由驗出指紋到把指紋跟入境處紀錄核對的過程中，都沒有任何製造僞證的可能，所以在機場跌槍事件中當場把指紋留在物證上的人一定是Toni M，而同一時間在飛機上暴斃的乘客絕不可能是她。受訪者還說，雖然不能解釋深圳方面的證據爲什麼會跟香港這邊的證據有衝突，但不能排除「某方面」故意隱瞞眞相，所以覺得自己有責任站出來「吹哨」[8]。

我是在上班途中從手機上看到這新聞的，回到報館自然馬上找肥狗討論。他不愧是偵探小說迷，原來已經「推理」出一些想法。

「好，首先，我們只針對這個鑑證科職員的證供，用邏輯分析一下。」

「什麼『證供』？這只不過是個訪問而已。」

「不要打岔。」他又神探上身了。「ＯＫ，大部分人都一定會想，這個鑑證科職員的證供只有兩個可能：如果他說的是眞話，那麼槍上的指紋眞的屬於Toni；但如果他說的是謊話，那麼指紋便其實不是Toni的。」

「那還用說嗎？」

他搖頭。「不對。因爲還有一個可能，便是鑑證科職員沒有說謊，但卻眞心搞錯了。他眞的相信驗出來的是Toni的指紋，但其實卻不是。」

「怎會這樣呢？」

「這幾天我一有空便上網找跟這案件有關的資料。比起深圳方面的指紋證據，香港這邊指紋證據的準確度沒那麼高，所以如果兩者有矛盾，那麼香港這邊出錯的機會比較大。深圳公安是從屍體上直接印下手指紋，再拿去跟Toni在大陸的出入境指紋紀錄核對的，出錯的機會微乎其微。但香港的指紋證據呢？是從機場事件曾掉到地上的手槍上拿取的。警方在記者會上沒有說清楚，但這樣從物證上套取指紋，通常都是一個不完整的指紋，英文叫partial print，所以出錯的機會便大得多了。當手上只有一個不完整的指紋，拿來跟紀錄裡的完整指紋核對的時候，便不能比較兩者整體的相似度，只能比較有限的部分；但就算這些有限的部分有多少相似的地方，也不能代表比較不到的部分一定吻合。」

「鑑證科怎會不懂這些呢？」

「當然不會不懂，但妳想想：機場跌槍事件片段一曝光，馬上有很多人說那個把槍拾起的美女是Toni，鑑證科因此才會把槍上驗出的指紋拿去跟Toni的指紋紀錄核對。

8 吹哨：指舉報、揭露一組織內部的不正當行爲，來自英語whistle-blower「吹哨者」一詞。

如果他們心裡已經認定這個指紋屬於誰，那麼很可能在潛意識裡只顧找尋兩個指紋有多少相似之處，而忽略了其實也有很多不同之處。」

我還是覺得有點牽強。「你即是說，機場事件中的女子碰巧生得跟Toni很像，而她留下的指紋又碰巧跟Toni的指紋有足夠相似度，所以令鑑證科眞心搞錯，誤以爲眞是Toni的指紋？」

「對了。巧合是巧合了一點，但這是最合理的解釋。」

「那麼你不如說是Toni的孖生姐妹好了。」

「這個我也上網查過，孖生兄弟姐妹的指紋的確可能非常相像，但多相像也不可能完全一模一樣。如果這是個推理故事，雙胞胎橋段肯定會被讀者罵得狗血淋頭。」

說到這裡，我想起在深圳記者會上提過的一個問題。「那麼出入境時的指紋掃描呢？還有人臉辨認，這些系統有沒有可能出錯？」

「問得好。這些東西我也查過。先說指紋掃描，Toni在香港使用智能身分證出入境、在內地以外國人身分出入境，都會經過指紋掃描。我覺得可以排除認錯指紋的可能，因爲如果系統出錯，也頂多是過關時掃描系統認證不到那人的指紋而已，這樣的話便會由出入境職員人手處理。不過出錯的機會雖然不大，但反而容易造假，理論上卻有可能。」

「指紋掃描怎樣造假？」

「我在網上看到有些駭客自稱可以把別人的指紋複製成眞人手指大小的高清影像，能夠騙得過智能手機上的指紋鎖。但這只是理論，而且出入境的指紋掃描系統應該比手機所用的高級得多。」他搔搔下巴。「而且就算這種方法眞的可行，爲什麼會有人用來假扮Toni出入香港和大陸呢？這個很難說得通吧？」

「那麼人臉辨認系統呢？」

「香港出入境還未全面使用人臉辨認，但大陸好像已經用了很久。不過妳也應該知道，人臉識別科技不是百分百準確的。妳一定見過Facebook把照片裡的人標籤錯名字吧？Facebook也有人臉辨認功能，會把妳放上去的照片跟妳和朋友圈中已經記存的照片比較，自動把新照片裡出現的人標籤上名字，但不時會認錯人。外國的人臉辨認程式主要針對白種人臉孔，所以對於亞洲人和黑人的出錯率比較高。又比如說，外國有些社交網站可以讓妳玩找尋『地球上的另一個我』或『沒有血緣的雙胞胎』，其實正是利用了人臉識別系統的準確度沒可能達到百分百這一點，來爲用戶搜索互相撞臉的人。大陸出入境的人臉識別系統性能一定比這些網站高得多，但也不可能是萬無一失的，不然他們也不會一、兩年前給外國旅客增加了指紋紀錄系統。」

「這麼說，你的說法又似乎最合理，是香港鑑證科不知道自己搞錯了。」

他得意地交叉雙臂。「妳聽過『奧卡姆的剃刀』[9]吧？最簡單的解釋通常都是最合理的。不然的話，便須要相信深圳或香港其中一方隱瞞事實、或甚至深港兩邊一起隱瞞事實。那麼不但指紋證據須要造假，機上暴斃、母親確認遺體等等也需要造假，爲什麼要花這麼多工夫、搞這麼多事情出來呢？」

之後，編輯叫我過去跟他談一會。他預料，鑑證科職員的訪問一定會引起很多揣測、謠言和輿論，便叫我先開始搜集這方面的資料，看看有沒有可用於報導的東西，亦不排除需要寫一篇以事實和邏輯駁斥陰謀論的文章。

回到電腦前，我登入了幾個網上討論區，果然不出編輯所料，還未到午膳時間，又出現了很多新的陰謀論，但大多都是換湯不換藥，只差在把「幕後黑手」說成是哪一方而已：有的說是「黑警」、有的說是「暴徒」、有的說是「內地特工」、有的又說是「外國勢力」……

此外亦有另類一點的陰謀論，卻竟然嘗試解釋香港和深圳兩邊的指紋證據都可以是眞的。根據這個理論，機場跌槍事件裡出現的是如假包換的Toni M，她拾起手槍留下了指紋後，便被「某方」殺害。他們知道了深圳機場在剛降落的飛機上發現有乘客暴斃，便使用某種可導致心臟病發、又不易檢驗出來的毒藥，讓Toni呈現相同的死因。他們把Toni的屍體偷偷運了上深圳，在法醫檢驗暴斃乘客遺體之前，把兩個屍體調換。這樣，便可造成「亡者分身」的假象了。但至於爲什麼要製造這個假象，陰謀論者卻只說「留待大家慢慢推敲」。

之後我和肥狗一起到附近一家叫「偵探冰室」的茶餐廳吃午飯，話題當然離不開這些陰謀論，但全部又再被他嗤鼻了。

「哼！根本全部都是爲推理而推理的『離地推理』。很多本格推理故事也有這個問題，只求鑽牛角尖去把詭計弄得越複雜越好，卻不顧及背後的動機是否合理。人人都想解釋分身假象是怎樣僞造出來的，卻沒有人解釋得到，爲什麼要大費周章僞造這麼一個假象出來呢？」

吃完飯回到報館，我一時沒有心情上網繼續找資料，便整理一下凌亂的位子。這時才發現，昨天用過的回鄉證仍在桌上，忘了收起。我拿起回鄉證，正要放進抽屜之際，突然心頭一震，想起昨晚的噩夢。

剎那間，我明白了。

我說「明白了」，意思不是一下子看清楚了整件事情的每一個細節。事情背後的眞相其實也有一點複雜性，不過最關鍵的一點，卻十分簡單。爲什麼我竟然沒有早點想到呢!?

我坐了下來，花了一點時間，盡量把每個細節想得清楚透澈，和考慮應該怎樣找

9 奧卡姆的剃刀（Occam's Razor, Ockham's Razor）：由十四世紀邏輯學家、聖方濟各會修士奧卡姆的威廉（William of Occam）提出，核心內容爲「如無必要，毋增實體」。

尋證據。想得七七八八，便急急跑過去跟肥狗說。

「我想通了！」

「吓？」

「分身之謎的眞相。你記得昨天告訴了我什麼嗎？」

「我昨天告訴過妳很多東西啊。」

「哈哈，都說你的資訊很有用！快快給我再查一些東西！」

我把我的想法告訴了肥狗。他聽了後，那恍然大悟的表情有點滑稽，二話不說便上網給我找確證。大約半小時後，我們列印了一些資料出來，急急拿去給編輯看。

幾個小時後，編輯親自陪我去見警察。

雖然之前我們報紙算得上非常合作，向警方提供了我們拍得的跌槍事件影片，但這始終是一宗仍在調查中的案件，負責的警官不是記者說想見就可以見的。編輯找了總編、總編找了報館的大老闆，最後要大老闆動用人脈找到警方高層，我們才可安排跟機場跌槍案的負責人見面。他姓高，是一位總督察，正是連日來在記者會上就這案件發言的警官。

「上頭說你們報館有重要線索提供給警方？」

他算是說得客客氣氣，但明顯語帶不滿。這也難怪，敵視我們記者大概是警察的本能反應，這次會面又是我們繞過他直接聯絡警方高層安排的，他自然更加不高興。

「不單只是線索這麼簡單，我同事李小姐找出了答案。美芳，妳來告訴高sir。」

我清了一清喉嚨，盡量壓制內心的緊張。「首先我想請問一下高sir，警方既然承認跌槍事件中的女子可能不是Toni M，那麼一定有查過事發當日，有沒有一個年齡與外貌跟她相若的女子在機場入境吧？」

「我不能向妳透露警方調查的細節。」他似乎已有點不耐煩，忍不住又補充：「機場每天有數以萬計的旅客入境，不是妳想像中那麼容易，說查便查的。」

「這個我也知道。不過可以把範圍縮窄，只須在以外國護照入境的旅客之中找這個人。」我從公文袋拿出一張列印紙給他看。「我相信你們要找的是這個人。」

紙上印了某個外國社交網站個人頁面的彩色截圖，頭像是一位看似擁有拉丁血統的年輕女郎，簡單的英文個人介紹之下，還附有幾張生活照片。她果然跟Toni M起碼有七、八成相像。我指著截圖裡列出個人資料的部分給總督察看。名字：Pilar Maria Santiago。年齡：二十七歲。國籍：菲律賓。

「如果我沒有弄錯，你們會發現這位Santiago小姐在八月十二日跌槍事件發生那天，有在香港國際機場入境的紀錄。不但這樣，她在這天之前不久也來過香港一次，離境的日期是八月八日星期四，亦即是Toni M由香港飛往北京的同一天。」

高總督察仍是似懂非懂的神情。「妳認爲這個Pilar Santiago便是跌槍事件裡的人嗎？」

「可以這麼說。請你盡快查一查她在八月十二日入境之後，有沒有出境紀錄。如果沒有的話，還來得及截著她！」

八月十七和十八日　星期六和日

高總督察在星期五下午聽了我解釋眞相，馬上派人調查出入境紀錄，發現Pilar Santiago八月十二日下午在香港機場入境後，便在任何關口都沒有出境紀錄。即是說，她還在香港。

菲律賓護照持有者來香港旅遊，享有十四天免簽證優待，所以就算她已下定決心藏匿一段時間，也必須在期限屆滿前離開香港。這時已經過了幾天，因此相信不到兩個星期，便一定可以在她出境時把她逮住。我們又想到，因爲大型示威事件通常在週末發生，她多半會避免在星期六或日離港，如果幸運的話，事情最快在星期一便會水落石出。

整個週末，我都在忐忑心情之中度過。這個人會不會已經另外用了不知道什麼方法，一早離開香港？又或者不理簽證限期，一路潛伏下去，慢慢再作打算？

當然，這幾天我也不光是坐在報館裡乾等。城中一直有事情發生，我便一如之前每個週末那樣，大部分時間留在報館裡，給在前線採訪新聞的同事做後勤工作。

星期五跟高總督察見面後回到報館，晚上還有在中環遮打花園[10]的集會，主題是

10 遮打花園（Chater Garden）：是個位於香港島中西區的花園。

促請美國推行《香港人權與民主法案》……

星期六，有教育界團體舉行「守護下一代」遊行到禮賓府，紅磡海濱又有遊行反對過多旅客擾亂該區民生。另外，在金鐘添馬公園又有人舉辦了「反暴力、救香港」集會，呼籲「止暴制亂、恢復秩序」；因爲人手不夠，編輯便派了我到場幫手採訪……

星期日下午，維多利亞公園舉行了「落實五大訴求」集會，主辦方宣稱在維園一帶有一百七十萬之眾，警方則稱高峰期有接近十三萬人。原定一路遊行到中環的計畫，由於沒有獲得不反對通知書，群眾便以「流水式集會」的方式進行，直到晚上大約九時才終止……

可是無論工作有多忙，我幾乎每一刻都念念不忘分身事件最後會怎樣揭盅[11]。

八月十九日　星期一

星期一早上。

一名戴著帽架著墨鏡、只攜著一個小型手提行李箱的年輕女子，來到香港機場一號客運大樓外面。

今天她身上的是名牌運動裝，不是跌槍事件片段裡的T恤、牛仔褲，頭戴的也不是棒球帽而是一頂貝雷帽，高挺的鼻子上還架著太陽眼鏡，但如果你細心觀察，不難察覺她的輪廓跟上週一晚機場跌槍事件片段裡的主角非常相像。

自從上週的大型示威，機場已經取得禁制令，保安變得非常嚴密。門口有機場職員把守，旁邊還有荷槍實彈的軍裝警察。女郎向機場人員出示手機上的電子機票，還讓他看了紅色封面的護照，才可以進入離境大堂。

一個星期前，大堂滿是人山人海的示威者和上不到機的滯港旅客，但如今卻空空如也。女郎從未見過香港機場如此冷冷清清。

她似乎對航空公司櫃台的位置十分熟悉，不用看指示牌也知道要往哪裡走。由於

11 揭盅：在香港指「揭曉」，是來自賭博遊戲「番攤」的術語。

來得早，航空公司櫃台前面還沒有人排隊，但她依然選擇使用自助服務機自行辦理登機手續。順利辦妥後，她便拿了列印出來的登機證，提著行李走進出境檢查大堂。

這裡的人流也不多，不用多久便過了安檢，來到出境檢查櫃台。她選了一個有男職員的櫃台。她暗暗深呼吸，來到櫃台前面，遞上護照時送了個友善的微笑給那入境處職員。

紅色金字封面的護照，印著的國徽上方有三顆星、中間有個太陽，下面左飛鷹右獅子，另外還寫著：Pilipinas Pasaporte。菲律賓護照。

入境處職員打開護照看看。名字是Pilar Maria Santiago。證件照片通常都把人拍得不好看，但這相中人卻是大美女一名，有點歐亞混血或拉丁裔的樣子。

入境處職員用英語說：「請除下妳的眼鏡。」

女子依言脫下了墨鏡，原來她化了個濃妝，讓人驟眼看來，似乎又跟跌槍事件片段裡素顏示人的主角沒那麼像了。她再給對方一個微笑，但這次卻笑得沒有之前那麼自然。

入境處職員也禮貌地報她一個微笑，依例把櫃台前面旅客的容貌跟護照內的照片對照一下，再翻看一下護照內頁後，便如常把資料輸入電腦。接著，他的表情微微一變。他按了一按通話系統，低聲說了幾句話。

「有什麼問題嗎？」女郎盡量保持冷靜，用英語問。

「Santiago小姐，請妳稍等。馬上有人過來。」

他剛說完，果然有一男一女兩個入境處職員趕了過來。坐櫃台的職員把女子的護照交了給他們，那個女職員便說：「Santiago小姐，請妳跟我們來。」

「什麼事？」聲音已開始有點不夠鎮定。

「警方的事情，我們也不清楚。請跟我們來。」

「我還要上飛機！」

「對不起。恐怕妳今天是上不到飛機的了。」

他們把女子帶到一個房間，讓她在裡面等候，卻沒有留下來陪她。那女職員臨走時給了她一杯咖啡。

這樣一等便是差不多兩個小時，女子一直坐立不安，早已焦急如焚。終於，有人開門進來，是高總督察和一位女警官。

女子馬上站了起來。「可以告訴我是什麼事情嗎？」

「香港警方現在把妳扣留問話，是有關一位Pilar Maria Santiago斃命的案件。」高總督察的英語不差。

「你開玩笑嗎？我便是Pilar Santiago！」

總督察微微一笑，突然轉用廣東話。「不要再玩遊戲了，Toni M小姐。」

□

雖然我當時不在場，但以上的敘述及設計對白可不是平空杜撰，而是我根據警方提供的第一手資料、再加一點自己的想像而寫出來的。那天編輯和我去見高總督察，跟他君子協定，我們告訴警方破案的關鍵，他便讓我們報紙首先獨家報導。

而我跟編輯也私底下有個協定，這篇報導由我來寫。正如他說過，這個新聞故事是屬於我的。

頭版：

【本報獨家】「亡者分身事件」眞相大白　名模尚在人間　死者另有其人

文／李美芳　二〇一九年八月二十日　星期二

上星期一（十二日）在香港國際機場示威中發生的警員跌槍事件，本報記者拍得的片段之中，有一名女子拾起手槍拋回給警員。不少網民認出該女子是藝名Toni M（全名Antonia Siwa Martins）的本地混血名模，事後香港警方亦在手槍上驗出Toni的指紋，因而找尋她協助調查。

（片段截圖、Toni照片）片段中女子和Toni M

然而正當機場跌槍事件發生的同時，一架仍在飛行途中的飛機上有一位女乘客因心臟問題突然暴斃。該班機原定飛往香港，但由於當天機場的突發示威，被迫轉到深圳降落。深圳公安把死者指紋跟內地出入境紀錄核對，竟然證實暴斃乘客亦為Antonia Siwa Martins。其後，死者母親亦由英國飛往深圳，確認了死者身分。

在過去一個星期，這宗詭異的「亡者分身事件」引起城中不少討論和揣測。經過本報記者調查及把有關線索向警方提供後，現在經已證實Toni M尚在人間，而機上死者則另有其人，是位名叫Pilar Maria Santiago的菲律賓模特兒。

（Pilar Santiago照片）死者Pilar Santiago生前模特兒照

昨天上午，Toni M企圖使用死者護照在機場離境，當場被拘留問話。警方將於今天下午就本案舉行特別記者會，公布事件詳情。

根據本報記者調查所得，已先行把整個事件的過程重組，詳情請見第三及四頁。

內頁：

「Toni M分身事件」大解謎

文／李美芳　二〇一九年八月二十日　星期二

令全港困惑了一個星期的所謂「亡者分身事件」，如今真相大白。上星期一

（十二日）在機場跌槍事件片段裡出現的，確是Toni M本人，而同一晚在降落深圳的航機上暴斃的乘客，則是一位跟她調換了身分的菲律賓模特兒，名叫Pilar Maria Santiago。

這件撲朔迷離的事件，一度令深港兩地執法機關因彼此的證據出現矛盾而陷入僵局，最後有賴本報記者把調查所得的結果提供給香港警方，才令眞相水落石出。警方今天稍後就事件公布調查結果，但我們在這裡先爲大家把謎題解開。

「地球上的另一個我」

事緣四年前，Toni加入了一個新興的外國社交網站，賣點是運用有人臉辨認功能的搜索器，讓用户找尋容貌相似的「地球上另一個我」。這種玩意雖然在亞洲仍未流行，但本報發現，類似的「找撞臉」網站，在外國起碼已有兩、三個。

Toni在網站找到的「另一個自己」名叫Pilar Santiago，是個擁有西班牙血統的菲律賓混血兒。Toni和Pilar年齡相若，外貌果然非常相似（見圖），而且不約而同都從事模特兒工作。不過既然兩人都擁有天賦條件，職業相同也不能說是過分巧合。

（網站截圖）兩人正面照片比較

Toni認識了這位跟自己神似的新網友不久，往菲律賓度假時，順便跟Pilar見面。二人一見如故，馬上成爲好友；一、兩個月後，Pilar亦來到香港探望Toni。期間Toni要到上海做秀，便邀請Pilar同往，見識一下這邊的同業工作。

調換身分的把戲

據Toni說，兩人一起在內地入境時，Pilar一時貪玩，竟提議大家互相調換護照，看看會否被發覺。由於菲律賓護照和英國（脫歐前的）歐盟護照都是紅色的，要是被識穿，兩人也可以推說一時大意掉亂了護照。想不到，兩人居然順利過關，她們自己也覺得有點訝異。

Pilar在上海看了Toni做秀，想到自己在菲律賓無論工作量和酬勞都遠遠不及，便起了過來這邊發展的念頭。但由於菲律賓人申請中國工作簽證不容易，Pilar便忽發奇想：何不借用Toni的護照，假扮她去內地做一些Toni不想接的工作？當Toni收到報酬，便扣起一部分作爲「佣金」，其餘在私底下支付給Pilar，這樣便大家都得益。

Toni當時正與本地某位已婚富商祕密熱戀，也無心花太多時間在工作上，便一口答應。兩人回到香港，嘗試略微調整Pilar的化妝、髮型和服飾，發覺縱使絕無可能騙得過熟人，但在其他情況下卻不難以假亂眞。雖然Pilar不諳中文，但Toni多年來亦習慣只用英語和別人溝通，所以不成問題。

自此，Toni除了跟自己相熟合作方的工作無法用Pilar頂替之外，其他新工作都讓Pilar假扮自己代勞。久而久之，Pilar跟新的合作方混熟了，由於對方經已認定Pilar是

Toni，往後跟他們再有工作也只能繼續由Pilar出馬，反而真的Toni不能以自己的身分出現。

正好使用菲律賓護照來香港旅遊無須簽證，Pilar每次代替Toni往內地工作，便會先來到香港跟Toni調換護照，再使用Toni的英國護照往返內地。Pilar以Toni身分離港及回來時，亦是使用Toni的英國護照而不是她的香港智能身分證，因爲前者不像後者般使用指紋掃描系統出入境，所以不會穿幫。

這樣過了差不多兩年，當中Toni本人亦曾多次使用自己的英國護照往內地工作，期間兩人分飾一角的把戲一直沒有被揭穿。

人臉識別與指紋紀錄系統

這時中國對出入境旅客早已採用人臉識別系統，但由於兩人容貌相似度本來就十分高，所以出入境時人臉識別系統沒有分辨出來也不出奇。

專家解釋：出入境人臉識別系統的運作模式，是一種基本的「機器學習」（machine learning）。系統存有某人面貌之後，以後每當這人再度出現，系統便會再拍下他的容貌，用來跟這人檔案裡已經存有的數據做出比較。但因為任何一個人在不同時間所拍的照片也必定有某程度的偏差，所以系統必須「學習」如何在可接受的誤差範圍（margin of error）內，判斷當前照片跟所存數據裡的是否同一副容貌。只要在誤差範圍以內有足夠的相似度，系統便判斷為「合格」，而這次的「合格」案例亦會被增添入數據庫裡，成為下次用作比較的數據的一部分。換言之，在這種形式的機器學習過程中，數據庫裡的合格案例越多，系統的準確性亦越來越高。

但若有錯誤的案例被當作「合格」的時候，這便是所謂的「偽陽性結果」（false positive result）。一旦有偽陽性結果成為數據的一部分，那麼下次再出現同樣的錯誤案例時，系統再把它當作「合格」的機會亦會增加。**Pilar**的情況便正是這樣：每次當她成功以Toni身分通過人臉識別之後，系統便把**Pilar**「合格」的偽陽性結果加入Toni的數據裡，久而久之，Toni的數據便變成了一個把她和**Pilar**兩人容貌平均化了的「中和版」，以致無論是Toni或**Pilar**，都會被系統判定為「合格」。也許正是為了補救人臉識別系統的這種不足，中國在二〇一七年便增加了採錄外國旅客指紋的措施。

由於Toni和Pilar兩人事前並不知曉這項措施將會推行，Toni便照常把護照借給Pilar使用讓她代替自己前往北京工作。Pilar抵埗方才發現有新規例，不得不依照指示記錄指紋。從這時起，中國的出入境系統便把Pilar的指紋記存爲屬於「Antonia Siwa Martins」（Toni全名）這位英國護照持有人。出了這個亂子之後，Toni本人從此便無法使用自己的護照往返內地。

回鄉證與外國護照之間的漏洞

Toni驚覺從今以後無法使用自己的護照往返內地，知道唯一的辦法，便是領取俗稱「回鄉證」的港澳居民來往內地通行證。

嚴格來說，非中國國籍的港澳居民是不能領取回鄉證的。持外國護照的香港永久性居民，無論是否有華裔血統，都需要取得中國簽證方能往返內地。正是因爲使用回鄉證往返內地較使用外國護照方便得多，所以其實不少擁有外國國籍的港澳人士都塡報「中國籍」而成功申請取得回鄉證。

Toni母親誕下女兒時是位未婚媽媽，所以Toni自小跟從母姓，名字叫「白思華」；在Toni六歲時，她母親嫁給一位姓Martins的英國人，Toni現用的英文姓名是跟繼父而起的。由於Toni本地出世紙上的名字是「白思華」，香港永久居民身分證上亦一直保留了這個中文名，她便以「白思華」的名義爲自己申請了回鄉證。

由於回鄉證與外國護照之間存在這個漏洞，導致中國出入境紀錄裡，把外國公民Antonia Martins和香港同胞白思華當作了兩個不同的人。結果是，Pilar不但可以繼續使用Toni的護照往返內地，Toni也能夠以「白思華」的身分來往內地。

另外，雖然Toni使用回鄉證時依然會經過人臉識別，但根據專家解釋，現用的系統只會確認證件持有人的樣貌是否跟記存了的「白思華」數據相符，所以並不會發現在千千萬萬旅客之中，竟然另外還有一個叫作Antonia Martins的外國人有吻合的面貌。

利用不同證件的詭計

Toni領取了回鄉證後不久，她與城中富豪的數年戀情亦告結束，她便開始接多一些模特兒工作，需要親自往返內地時，便使用「白思華」名字的回鄉證。其中有兩、三次，更是與Pilar同去同回，兩人分別應付不同時間和地點的工作。業界人士不知就裡，都異口同聲稱讚Toni這麼厲害，竟然可以幾乎不眠不休地連續做秀。

當Toni和Pilar要一起往返內地的時候，雖然同日出發、同日回港，但爲免惹人起疑，都會乘搭不同航空公司的航班。做法如下：

在香港機場出境時，Toni會正常地使用自己的智能身分證，而Pilar則用本身的菲律賓護照。過關後，兩人馬上會合，Toni把自己的英國護照和香港身分證交給Pilar，而Pilar則把自己的菲律賓護照交給Toni，然後各自登機。（雖然出入內地時，只是Pilar需要使用Toni的護照，上述其他證件皆用不著，但兩人依然約定互相交換爲對方保管，以示彼此信任。）

抵達內地時，Pilar用Toni的外國護照入境，而Toni則用自己「白思華」名字的回鄉證過關，跟著便各自前往酒店及已安排的工作。爲保持兩人分飾一角的祕密，就算兩人同時在內地，都只會使用Toni的手機跟模特兒公司及有關工作單位聯絡，下一場秀由誰來做便由她來掌管電話。兩人亦各有一個只有極少人知道號碼的後備手機，如有事情要聯絡對方，便使用後備手機。

如是者，回港的時候，Pilar和Toni分別再用後者的護照及回鄉證出境，到達香港機場時再會合，Pilar交還Toni的護照和身分證，Toni則交還Pilar的護照，然後各自用自己的護照或身分證進入香港。

她們這個做法，從來沒有出事。可是最後的一次，卻不幸連生意外。

出事當日的連串意外

事發之前的星期四（八月八日）下午，Toni和Pilar由香港飛往北京。這次所接一連四天的多份模特兒工作，其實由星期五晚上才開始，但因爲Toni知道有示威者將由八月九日早上六時起、一連三天到機場舉行「萬人接機」活動，便與Pilar在之前一天起行。過關後，兩人以前述方式交換了旅遊證件，各自登機。

這時Toni又已結交新歡，對方是一位內地已婚的名人，所以除了星期六上午跟相熟攝影師拍一輯照片時不得不親身上陣之外，其餘的工作都交了給Pilar，盡量空出時間讓自己暗中陪伴新男友。這樣令Pilar在這幾天裡的工作量比之前任何一次中國之旅都要大得多，體力透支，終釀成在回港航機上猝死的慘劇。

Toni知道香港機場「萬人接機」活動原定於十一日星期日午夜結束，本來以爲兩人於次日回港不會有問題。不料在星期日晚上尖沙咀衝突中，發生了少女疑被警察的布袋彈射爆眼球事件，引致大量群眾於十二日星期一回到機場集結示威，令航機班次繼續受到影響。

這天Toni乘機抵達香港機場後，用後備手機跟Pilar聯絡，才知對方的航班不但延誤，最終還被安排轉飛深圳再由巴士把乘客載回香港。雙方無法如常會合交換證件，Toni便想到自己可以使用Pilar的菲律賓護照過關；而待Pilar回到香港入境時，雖然不能用Toni的身分證通過須要掃描指紋的自動閘口，但因為香港對外國護照持有人出入境不設指紋紀錄，所以仍可以靠Toni的英國護照到人手櫃台過關。

當Toni以這個方法順利過關，領回行李出到大堂與前來接機的助手會合，Pilar所乘搭的航機已經起飛了大約兩小時。但人算不如天算，由於機場人多，Toni很快便與助手失散，繼而幾乎馬上處身於跌槍事件中。

根據Toni的口供，她雖一直戴著帽子和口罩，但當時仍被人認出。一名不知是示威者還是回港旅客的男子上前搭訕，問她是否Toni M，要求合照。Toni不答且企圖走開，男子卻一路纏著她，引來周圍越來越多人注意。有人似乎想幫她解圍，過程中與那男人發生碰撞，由於人多，情況立即混亂起來，在人群推撞中Toni的口罩亦脫落。

第一個警員很快到場但Toni說當時也沒有看到警員拔槍，只知道突然有一把手槍掉到自己腳旁。她下意識地拾起手槍，周邊的人見她拿著槍，都呆了一呆，而這一刻

Toni瞥見警員跟自己只距離幾個身位，於是想也不想便把槍輕拋向他。

場面再陷混亂，這時見有更多警員趕到支援，Toni便隨著逃走的人群跑進通往四號停車場的長廊。幸好Toni的助手跟她素有默契，失散後把行李拿到泊好的車上，又回到停車場的長廊等候Toni。Toni一見到助手，馬上跟她一起奔到車子，開車離去。

另一邊廂，正在由北京飛往深圳的航機上，Pilar因連日來操勞過度，竟然因爲一直不爲人知的先天性心臟問題突然暴斃。到飛機降落後，乘客紀錄及所帶護照和身分證皆指明她是Antonia Martins，而基於前述原因，驗證屍體指紋後亦確定這個身分。

這時香港亦於機場事件中的手槍上驗出Toni的指紋。深港兩邊指紋證據的矛盾，導致產生「萬米高空亡者分身事件」的假象。

> 手機的線索：由於這次在北京的模特兒工作大部分都是由Pilar擔當，所以她在上機時仍持有Toni的手機。深圳公安檢查Pilar的遺物時，相信有留意到其中有兩部手機，但由於不少來往中港的旅客都有在兩地使用不同電話的習慣，所以不會覺得奇怪。至於本港警方，他們亦透露曾經嘗試查看Toni手機的定位數據，希望能佐證她在跌槍事件發生時在場，唯其時這部手機實由Pilar管有，所以不能做出明確定論。（Toni與Pilar用來互相聯絡的後備手機，使用預付電話卡，由於是匿名性質，所以警方查不到。）

事後隱瞞眞相及被揭發

當傳媒報導了「Toni M暴斃」的消息後，她馬上聯絡母親，告訴她自己其實沒有死。Toni因爲害怕可能要承受法律後果，跟母親商量後，便決定繼續裝死。Toni母親立刻由英國飛來香港，經由Toni經理人公司安排前往深圳「確認」屍體。兩母女的計畫是，領回遺物之後，Toni得回自己的護照，便可以先用Pilar的護照，假扮她在香港出境飛回英國，抵埗時再用本身的英國護照入境。Toni希望只要不張揚在香港「身亡」的消息，一回到英國便可以把整件事情矇混過去。

可是由於本報把記者調查所得的線索提供給警方，Toni昨天企圖使用Pilar護照離開香港的時候，已在機場出境處當場被扣留問話。

據本報了解，知情人士除了Toni母親和Toni的助手之外，還包括她經理人公司裡一、兩位高層。由於警方現正聯絡這些知情人士協助調查，本報暫不公開他們的名字。目前警方並未透露在是次事件中，會否向任何人提出起訴。

總結

這一個星期以來，讓人百思不得其解的「萬米高空亡者分身事件」惹起紛紛議論，不但有人提出了種種超自然解釋，更出現了種種指向不同形式「幕後黑手」的陰謀論。但本報現正證實，此次事件只是一連串難以預料的意外所致，希望澄清眞相之後，能辟除所有謠言。

相關報導連結：

【八一二機場集會】衝突中警員懷疑跌槍（有片）

京港航班轉飛深圳降落　途中有乘客暴斃

【機場警員跌槍事件】警方澄清手槍沒有遺失　呼籲片段中女子協助調查

【機場警員跌槍事件】警方證實片段中拾槍女子身分　竟與同晚航機上暴斃乘客同名同姓

【名模分身之謎】經理人公司終於發言　證實旗下模特兒曾到北京

【名模分身之謎】母親確認機上死者爲Toni M　港深兩邊證據互相矛盾

以上便是我寫的頭版頭條及內頁報導，第二天刊登在報紙的實體版。「大解謎」那篇，連圖片在內，足足載滿兩版內頁。那個早上，我媽媽跑遍附近的便利店和報紙檔[12]，幾乎買光了他們的存貨，大派街坊和親友。事後我自己也忍不住，用一小一大兩個玻璃畫框鑲起頭版和兩版內頁，留爲紀念。

你大概也猜得到，讓我頓悟出破案關鍵的是什麼。那天當我拿起前一日用過的回鄉證，忽然記起夜裡夢見自己化身成Toni M過關進入內地，便靈機一動，想到她一定是用中文名領取了回鄉證。

就是這麼簡單。

餘下的細節，當然不是一下子想出來的，但既然知道了謎底，便不難一步一步地把眞相重組還原：

由於Toni跟從母姓的中文名字，與她跟從繼父姓氏的英文名字不同，假若她眞的以香港人身分虛報「中國國籍」並用中文名取得回鄉證，那麼便等如在中國出入境系統裡，給自己製造出一個有別於她英國護照上名字的「第二身分」了。

那麼再假設，Toni有了這兩個身分，有沒有可能把其中一個身分借給另一個人用呢？我隱約覺得，無論另外那人借用的是Toni護照還是回鄉證上的身分、無論跌槍事件裡還是飛機上暴斃的才是眞的Toni，這都一定是「分身事件」的最終解釋。

假若Toni眞的是玩這個借用身分的把戲，最起碼的要求，是對方的外表必須跟Toni極爲相似。我記得之前和肥狗討論「分身」之謎的時候，他告訴過我網上有「找撞臉」的國際社交平台。我這時便想到，說不定Toni便是跟對方這樣認識的。追查這一點，需要肥狗幫忙……

12 報紙檔：即台灣的「報攤」。

推論下去，如果Toni和這個借用她身分的人眞的生得很像，是不是眞的可以瞞得過人臉識別系統呢？這亦要問問肥狗……

最後，亦是最難破解的，便是港深雙方指紋證據矛盾的問題。深圳公安和香港鑑證科的吹哨人，都堅持自己一方的指紋證據不會出錯，但我這時已經想到Toni和另外一人分用身分，便猛然醒悟，香港和深圳兩邊根本沒有互相核對過指紋！其中一方紀錄裡Antonia Martins的指紋，可能根本便是屬於借用她身分的人！我記得在深圳記者會上，發言人說過中國是在二〇一七年開始記存外國出入境者的指紋；也即是說，如果當時Toni已經把英國護照上的身分借給人用的話……

想到這裡，謎團基本上已經解決了，剩下來的便是找尋確證。在這個環節裡，肥狗絕對功不可沒。（相信不用我說，你也一定猜到報導裡請教的「專家」其實便是他。）

最重要的事情，當然是找出Toni M的「分身」。我問肥狗有沒有辦法查一查他跟我說過的那些「找撞臉」社交網站，看看Toni M有沒有玩過。幸好這種網站只有幾個，我們先上最多人使用的，一試便找對了。

我還以爲肥狗會露一手電影裡那種神乎其技的駭客鍵盤魔術，誰知他所用的方法卻十分簡單。他開了一個新帳號，上載了Toni M的大頭相片，一搜便有個「100% Match」，對方頭像正是Toni的照片。用戶名叫「AntoniaSWM」，地區是香港，職業是模特兒。必定是她本人沒錯。

不僅這樣，網站上搜索結果排第二名的是個「89% Match」，用戶名是「PilarS」，地區是菲律賓。當我們一看到她的職業也是模特兒，不但知道她一定就是Toni M的「分身」，更連她借用身分的動機也明白了。肥狗再用互聯網上的「反向圖片」搜索引擎，以圖找圖，加上「Pilar」、「Philippines」和「model」幾個關鍵詞，一下子便找出了她的全名及模特兒照片。

接下來還要查清楚各種相關方面的問題，如中港出入境制度、人臉識別和指紋記認系統等等，看看有沒有遺漏什麼細節。當我和肥狗都覺得有足夠證據支持我們的理論，便把資料列印出來拿給編輯看。接下來的事情，前面已經交代過，不用複述。

拘留了Toni M之後，警方在次日舉行的特別記者招待會上所透露的資料，基本上都是我們報紙已在早上獨家新聞裡報導過的。最矚目的新消息，是警方已經釋放了當事人，但暫時不准她離開香港，有待決定是否對她及其他涉事者做出起訴。Toni和母親這時已住進了酒店躲避傳媒，雖然門外一直有狗仔隊常駐，卻始終沒有人拍到她們一張照片，更不用說做訪問了。另外，警方又透露，在航機上暴斃的Pilar Santiago，遺體已交由菲律賓領事館安排運送回國安葬。

之後兩、三日，各大新聞媒體也另外做了一些跟進報導，都是八卦性質的居多，不外是找Toni的經理人公司員工、模特兒界朋友、緋聞前度[13]等等，問問感想之類的無聊訪問。

相比之下，我們報紙所做的跟進報導便有意思得多。編輯派我訪問了一位閒時有寫推理故事的本地大學法律教授，請他解說這次事件涉及的各種法律問題之餘亦評論一下調查和破案過程。因篇幅所限，這文章不在這裡複載了。我自問這訪問做得不錯，內容十分充實，但肥狗看了，卻很是介意這位教授對於我們兩人的功勞表揚得不夠，還質疑人家寫推理故事的水準：「若是眞的有本領的話，又不見他走出來破案？」

過了一、兩個星期，警方可能因為已有太多與示威有關的案件要處理，無暇兼顧Toni M事件，諮詢律政司後，便宣布決定不做出任何起訴。這時傳媒對整件事情的興趣亦已冷卻下來，聽說Toni和媽媽不久便悄悄離開了香港，大概也不會再回來。

同一時間，早前向某大報透露過內幕消息的空姐和鑑證科員工，身分都分別被航空公司和香港警察查了出來，遭開除了。他們也是這次事件中唯一要承擔後果的人。

在二〇一九年香港湧現的歷史性大洪流裡，這宗所謂「亡者分身事件」其實只不過是個微不足道的漣漪。假如社會沒有發生這樣的一場動盪，這宗奇怪的事件根本不會發生：香港機場沒有示威，航機便不會改飛深圳，暴斃乘客的指紋在香港一經驗證，便會馬上發現死者冒用了Toni M的身分。這事件若在平時發生，只會是一宗沒有主流新聞價值的演藝圈祕聞而已。可是正因為這事件發生在社會處於動盪的時刻，便造就了不少煽風點火的假消息，一直要等到眞相揭露了之後，才知原來根本就不是種種謠言和陰謀論所說的那樣。

不過大眾的記憶是短暫的，「亡者分身」的假象一經破滅，很快便被人淡忘。往後半年裡，城裡不斷有更重要、更逼切的事件發生，而到了這時候，我又再獲得機會上到前線，去採訪這些事件。去報導眞正的新聞。

〈萬米高空亡者分身事件〉完

13 前度：即台灣的「前任情人」。

女兒之死（外傳）

——冒業

16

「眞相」有時限。如不好好把握，它就會悄悄溜走，再也尋不回來。

是我們不對。縱使一直嚷著要反抗，我們始終牽掛著原有的生活，沒有放棄自己的時間，更沒有爲已經沒有命可以拚的妳而拚命、拚命追查下去。

對不起。

如果，一切可以從頭來過的話……

0

(1)

「凍鴦少甜！」

侍應用力地將飲品放下，用力地講了一句，快步離開。

坐在我前面的男人懶洋洋地將杯子拉向自己。

「回到剛剛的話題。」他說。「妳知道大部分靈異故事有什麼共通點嗎？」

「有妖魔鬼怪？案發地點污糟邋遢？有生還的目擊者？」

我試著舉出了幾個可能性，但男人久久沒有點頭。它們都不是正確答案。

「是時間的扭曲。」

他徐徐地說。

「靈異事件是一些本該留在過去的東西冥頑不靈，硬要干涉現在。像是已死的人繼續騷擾活人、前世記憶影響現世、託夢，還有來自過去的聲音、氣味、話語等等。淨土、鎮魂或降靈儀式其實是在修正時間，將異物送返它們所屬的時間軸。」

「等等，你說靈異事件總是帶著扭曲時間的性質，但時間扭曲不一定是『過去影響現在』，還有『過去影響未來』、『未來影響過去』、『未來影響現在』三種吧？」

「眞聰明。」他憔悴的臉綻放出笑容。「妳說的沒錯。可是我們這些生靈是屬於『現在』的存在，無法觀測到『過去影響未來』或『未來影響過去』兩種扭曲。」

「那『未來影響現在』呢？有沒有發生過？」

「當然有。雖然很罕見，但確實發生過。」

他頓了頓。

「接下來我要講一個故事，它將會是『未來影響現在』的活生生例子。」

他用飲管攪拌起凍鴛鴦來，可以見到玻璃杯裡深淺兩種液體正慢慢混合，與他即將要講的故事不謀而合。

或者，不是「不謀」而是「因謀」。他說不定是爲了呼應這個故事而叫了凍鴦。

1

一打開門，熟悉的房間裡面坐著一個陌生美女。

女孩年紀應該跟我差不多，可能是大學生。她的五官十分端正，身材纖瘦，一頭染成褐色的及肩短髮。她的瞳孔是黑色，外圍虹膜卻是淡褐色，雙眼因而顯得格外明亮。她穿著緊身長牛仔褲和黑色T恤，T恤正面印有「FREEDOM」的白色字樣。

「妳是誰？」我反射性地問。

美女沒有回答，定睛看著我好一會，彷彿她是房間的主人，而我才是外來者。

「今天是幾月幾日？」

悅耳的聲音問出沒頭沒腦的問題。

「七月二十五日。」我低頭瞄了一下電子錶錶面，回答。

「年分呢？」

「二〇一九年。」

「……眞的成功了。」美女喃喃自語。

她清了清喉嚨，止襟危坐，仰頭看著站在門口的我。

「你好，我叫何凱瑩。我想你幫我一個忙。」

素未謀面的美女出現在自己的房間，更主動報上名來，如果再加上電話號碼就抄牌[1]完畢了。我二十幾歲人都沒碰過這樣的好事——

「希望你幫我阻止一宗會在九月十九日發生的謀殺案。」

——如果她沒有提出這個古怪請求的話。

「九月十九日？」

這女人究竟在說什麼？

「是去年九月十九日？」

「今年九月十九日。」

「今年？即是仍未發生的？」

「當然啦，所以我才說『阻止』。」女孩不耐煩地說。

綜合這女孩剛剛的講法，她是指有人會在將近兩個月後被殺，希望我協助制止。聽起來是合法、符合人權、很值得幫忙的事。問題是，爲什麼她會知道？她偷聽了凶手的殺人計畫？

「那……我有個問題想請教。」

「請說。」凱瑩正色地說。

「誰將會被殺？」

「我。」女孩毫不猶豫地回答。

我驟然發現，女孩雙腳輪廓十分模糊，彷彿使用Photoshop的blur效果在上面擦了好幾下。

她是一隻鬼魂。

2

Netflix有一套科幻劇叫《碳變》，裡面的前軍人武・科瓦奇被超級有錢人羅倫斯・班克勞從獄中釋放，想他幫忙調查一宗謀殺案，案中「死者」就是班克勞自己。他的上一個身體頭部被子彈打穿，而他不知道是誰幹的。但他實質上並沒有死去，故警察拒絕受理，只能自行僱用一個人去當偵探。

我的處境跟武差不多，遇害的女鬼唐突來訪，請求我阻止她死去的事件發生。

我自小時候就習慣跟鬼魂相處，因爲我似乎與生俱來就擁有「陰陽眼」。第一次遇到是五歲跟父母在烏溪沙遊玩時碰見一個穿著陳舊軍服的男人。男人目光呆滯，身上還有彈孔，軍靴的邊緣十分模糊，令我確定他絕非人類。

這十幾年我也常常見到腳部模糊的人在眼皮底下經過。除非是極惡的怨靈，否則大部分的靈體都是無害的。明白到這點之後，我漸漸就習慣了，將他們當成是在街上

1 抄牌：在香港指搭訕人後向對方索取聯絡方式。

遇到的普通陌生人。

但鬼魂跑過來向我提出請求倒是頭一遭。來自未來的鬼魂更是想都沒想過。

「請容許我整理一下來龍去脈。」

我盤腿而坐，跟自稱「何凱瑩」的半透明女孩面對面。

「九月十九日晚上七點左右，妳從康宜花園一座的天台被人推下樓死亡，自此靈魂脫離身體，之後不知爲何，妳回到了兩個月前的世界，即是現在。而現在同一時間，這個世界存在著活著的妳和已經死去的妳。」

「沒錯。」女鬼一本正經地說。

「但這不會引起時間悖論嗎？如果我成功制止何凱瑩的死亡，妳就不會存在了。但拜託我去阻止事件的是妳，妳不存在也代表我這個行動也不應該存在。」

稍微涉獵過時間旅行故事的人都會產生這個疑問。加上我剛剛才看完《閃電俠》第二季，對這類問題特別敏感。

「你說的沒錯。但這攸關我本人的性命，即使邏輯上不可能成功，我也想放手一搏。」凱瑩堅定不移地說。

這倒有道理。反正她已經死掉，沒有什麼可以失去了。

「那……我們的優勢是妳已經經歷過整個事件，只要沿著妳的記憶就可以做出改變了。」我說，「最基本的問題：誰把妳推下樓的？」

「不知道。」

「What?」

「我是被人從後推下去的，沒看到凶手的臉。」

「不是吧……」

才剛開始分享情報就進入死胡同。

「妳是在死亡的一刻就穿越到這裡來嗎？」

「不，我在九月十九日逗留了一段時間。」

「那妳有旁觀到警察調查嗎？」

我只是隨口一問。沒想到她一聽聞「警察」二字，就發出一聲冷笑。

「警察調查？他們只會用『沒有可疑』四個字作結吧。」

我開始不想幫忙了。

在見到女孩穿著黑衣和上面的「FREEDOM」時，我就早該想到她是個仇警的「黃絲」[2]。

一切都由六月開始。

我沒仔細看新聞，分不清是六月九日還是十二日。從大量畫面可以見到，當時一大幫蒙面人推著拒馬衝擊立法會大樓。後來還有十多萬人把大樓團團包圍，更朝防暴警察的防線攻過去。逼於無奈之下，警察只得用催淚彈和橡膠子彈嘗試驅散。

令人意外的是，事後似乎大眾都傾向不滿警察的做法。這些稱爲「黃絲」的群眾聲勢浩大，逼使特首林鄭月娥暫緩了那個什麼條例的修訂。

後來黃絲提出更多要求，希望調查他們口中的「警暴」，成立一個好像叫獨立調查委員會的團體。我對這些事不大了解啦，雖然橡膠子彈是過火了點，但那是先撩者賤啊。這些人後來還向警署丟雞蛋。沒有暴亂何來鎮壓？

但我不會說出口的。黃絲十分情緒化，任何反對意見都聽不進去。麻煩在他們人數很多，一旦提出只會被他們猛力圍攻。我這些屬於中立的人只得繼續保持沉默。

話是這麼說，這女孩會化身爲鬼魂出現，就代表她的死亡是鐵一般的事實。雖說政治立場不同，但既然知道她即將被殺，總不能袖手旁觀。

「那……既然無法直接知道誰殺了妳，可否請妳詳細說出自己的背景、過去幾個月又做了什麼，好讓我找出誰最可能有殺人動機。」

雙腳半透明的女孩點頭答應，開始了漫長的自我介紹。

何凱瑩今年（生前？）二十二歲，目前就讀香港文化大學中文系，喜歡的作家有董啓章、韓麗珠、西西等，最尊敬的學者是彭麗君（而我一個都不認識）。她是家中唯一的女兒，雙親都是政府公務員，在無論生活還是倫理關係都十分穩定的家庭長大。

何凱瑩成績中等，校內的社交也算正常，但不太積極參與活動，曾受邀參加大學的選美比賽但拒絕。年初跟前度男友分手，原因是性格不合，目前單身。

雖然全是來自（死後的）她本人的片面之詞，但乍聽之下只是個普通的女孩子。沒有不良嗜好，沒有誤交損友，也沒有嚴重的家庭或感情問題。兇手似乎不會是她身邊的人。

「墜樓有可能是意外嗎？」

「不可能，我很清楚感受到被人從後推了一下。」

好吧，姑且相信有個人將她推下樓。

事發的康宜花園正是她生前一家三口的住所。如果是計畫殺人，兇手就要事先知道她住在哪。這麼一來，最可疑就是她父母。當然，也可能是有個精神病人誤闖屋苑，見到一個女孩在天台徘徊就臨時萌生出殺意。

「那……妳確定自己眞的從未與人結怨嗎？」

我一再質問之下，凱瑩的視線從我身上移開。

2 黃絲：黃絲帶的簡稱。指二〇一四年時，在香港雨傘革命（Umbrella Revolution）期間支持學生罷課和後續佔領中環運動者。隨後黃色逐漸變成支持者香港民主運動的代表色，在反送中活動時，黃絲帶爲支持相關活動者的象徵物。相反立場者稱爲「藍絲」。

「硬要說的話，也不是完全沒有。」

她支支吾吾的，雖然這樣子很可愛，但我沒有因此而分心，繼續督促她：

「喂，有頭緒就快點說，這可是攸關妳本人的性命啊。」

「我知道啊。」

她不滿地嘟起嘴巴。

「我跟警察的關係非常惡劣。」

「警察？妳做了什麼？」

她沒有說話，而是舉起手臂遮起半張臉。我花上好幾秒鐘才看懂這個動作。

「妳蒙過面上街？打破過東西？妳是那些……那些叫什麼的人？」

「前線。」

「啊對，前線。」

眞要命。原以爲她只是普通的黃絲，沒想到居然是當中最激進的一群。

「但即使如此，警察也不可能把妳推下樓吧？」

「哈哈哈。你眞信任香港警察。」她先假笑三聲，再一臉輕蔑看著我。「他們犯了罪根本無須付出代價。聽過超級英雄電影《保衛奇俠》[3]嗎？裡面有句很有名的標語：Who watches the Watchmen? 誰監察保衛奇俠？那個沒有搜查權的監警會一點用也沒有。」

我當然看過《保衛奇俠》，也很期待HBO年尾會推出的影集版。事實上我幾乎只看美劇和美國電影。但虛構故事和現實不能混爲一談，這女孩對警察的厭惡明顯超出理智。

算了，別跟她爭拗。

離事件發生還有兩個月，線索還是太少。事件根本還沒發生，犯罪現場自然仍未存在，也因此沒有凶手留下的證據。到底可以怎樣調查？

3

美國CBS電視台有一部我很喜歡、但最終被腰斬的影集《疑犯追蹤》。劇中的美國政府有一部透過監控全國人民收集數據、從而預測殺人凶案的祕密機器。兩位主角哈洛．芬奇跟約翰．里斯只能存取機器的後門[4]，每次只會獲得一些社會安全號碼（大致

3 保衛奇俠：台譯《守衛者》（*Watchmen*）。

4 後門：指的是可用在規避裝置、程式、入口網站和安全功能的程式或功能，執行時可能會導致風險。

等同香港的身分證號碼），但完全不知道號碼持有者是殺人凶手還是死者。爲了阻止事件發生，兩人每逢獲得號碼，都會全天候跟蹤和監視持有者，直至案件發生。

這就是我採用的策略。

時值暑假，何凱瑩（人）並沒有修讀大學的暑期課程，她選擇在灣仔一家7-Eleven當兼職。

我坐在那家7-Eleven對面馬路的Starbucks二樓，遠眺站在收銀機前的褐髮女孩。原本何凱瑩（鬼）因爲Starbucks在香港的代理商美心集團的太子女[5]曾經做出揶揄示威者的發言（而我完全不知道有這回事），堅決反對我光顧這家咖啡店，但附近實在沒有更好的「觀看台」了，她只好抿著嘴妥協。

便利店暫時沒有客人光顧，又不用整理貨物，收銀機前的女孩正在發呆。原本我仍然對那隻女鬼來自未來的主張半信半疑，但在親眼目睹活生生的何凱瑩後，我不得不相信了。

「和男人一起跟蹤過去的自己，總覺得很搞笑。」旁邊的凱瑩托著腮說道。「而且還容許那男人一直盯著自己，總覺得渾身不舒服。」

妳沒有身體吧，怎會「渾身不舒服」？

我這麼多年來都摸不清鬼魂的物理規則。他們無法隨意移動物件，但又可以穿過牆壁。不過他們想坐下時卻不能懸浮在空中，屁股必須黏在椅子或地板上才坐得下，彷彿仍然是個正常人類似的。現在凱瑩的托腮動作也是將手肘放在桌上。《疑犯追蹤》的哈洛和約翰除了跟蹤目標，更會駭進他們的手機和個人電腦，偷看電子足跡和偷聽電話通話。原本我打算依樣畫葫蘆，畢竟身邊就坐著知道虛擬世界的「何凱瑩」所有帳號和密碼的何凱瑩（鬼），根本無需駭客技術。但女鬼斷然拒絕，直指這是變態跟蹤狂的行爲。

取而代之的是由她提出的折衷方案。凱瑩指導我在手機安裝通訊軟件Telegram和連登討論區[6]的程式，再讓我加入所有她的帳號已經加入的資訊頻道。這令我大開眼界，雖然我會打開電腦看美劇，但依然主要是從電視和報紙接收新聞。沒想到原本用來通訊的軟件和討論區，現在已經是廣泛應用的即時消息發布平台了。不過由於夾雜很多縮寫和暗語，我花了一段時間才看懂消息內容。例如「1645」代表事件是在下午四點四十五分發生，「香城Online」和「發夢」是示威活動，「FC」是Fact Check，「rb」是路障等等。

當我問到這些頻道是哪個組織營運的時候，凱瑩回答絕大部分都是自發的，除了

5 太子女：概念類似太子爺，在香港指有錢人家的女兒。

6 連登討論區：即LIHKG討論區，又稱爲「連登」或「Lin登」，是香港的線上討論區。

「RTHK即時新聞」或「NOW新聞」之外，其他頻道背後都沒有很嚴謹的組織。這實在令人難以置信，原來自發也可以做到這種程度的情報共享啊。

「你們這些藍絲對新科技的掌握能力眞的很差。」期間我被凱瑩投以鄙視的目光。我很想重申我不是藍絲而是中立派，但因爲懶得爭論最終保持沉默。

我咬住已經空掉的杯子的飲管，百無聊賴地看著同樣百無聊賴地打工的女大學生。雖然名正言順地「𥄫女」[7]很讓人高興，但一想到未來要連續兩個月緊盯著她，頓時就感到全身乏力。

「妳說過妳是『發夢』[8]參加者吧。」我提起插著手機的Apple耳機的麥克風，爲了不讓周遭的人覺得我在自言自語，和凱瑩說話時我會假裝在講電話。「如果我們報警，讓警察把妳關住，雖然沒有了自由，但至少也保住命不會被殺吧？」

聽到此話，凱瑩睜大雙眼看著我，眼神像極了一頭被惹毛的獅子。

「你敢再說一次。我發誓會化身惡靈，永遠糾纏著你……！」

「我只是開玩笑，別較眞。」

其實有一半不是玩笑，這確實是解決之道。但一想到下半生都要被這女鬼纏擾，我只能打消這個念頭。

「沒想到居然是白痴藍絲，有點幻滅了……」她獨自地囁嚅著。

「妳說什麼？」

「沒什麼！」

鬼魂聲音只有我能聽到，她可以肆無忌憚地大聲說話。

動不動就黃絲、藍絲真的很累人，現在的香港就只能如此將人分類嗎？

還是說，問題在我身上？

是我對社會事件從不聞不問，沒發現香港早已陷入再也容不下中立的境地了？

我很討厭看新聞，特別是香港新聞。立法會吵吵鬧鬧，街頭抗爭也是吵吵鬧鬧，幾年前看著「佔中」的一大群人霸佔道路也毫無樂趣可言。相較之下，影視作品的故事精彩太多，追看意欲也高得多。

「雖然是個跟案件無關的問題，但我可以問嗎？」我握著麥克風問道。

「先問了再說，連問題都不知道我怎麼決定答不答。」雖然她的態度有點差，但姑且是准許了。

「妳走上街頭的契機是什麼？」

她的表情由臭臉慢慢變成是驚訝，但又很快回復了平靜。

---

7 吸女：在香港指男生偷偷打量著女生。

8 發夢：在反送中活動裡指參與示威活動。

「沒想到你居然會感興趣。」她轉向窗口凝視著遙遠的另一個自己。「六一二那天我不在金鐘，但事後我從影像看到同班同學無比恐慌的模樣。當時大家都只是簡單地佩戴外科口罩，只要是熟人，誰是誰一目了然。」

她握緊了拳頭。

「我很後悔，後悔自己因爲害怕而沒到現場。如果我在那裡，現場多一個人，說不定她就不用在中信大廈[9]外面冒著人踩人的危險拚命逃走。即使如此，如果沒有三天後的事件，也許我並不會這麼快就下定決心。」

「三天後的事件？」

「六月十五日，一個穿著黃色雨衣的男孩墜樓身亡。」幽靈女孩沉痛地說。「我不認識他，當時連他叫什麼名字都不知道，但難以置信地，我居然哭了整個晚上。究竟爲什麼會爲一個素未謀面的人如此悲傷，連我自己都不明白。」

她轉過來看著我，眼眸泛著淚光。

「他最後的願望，是撤回條例，並堅稱這不是暴動。那時我就決定要成全他最後的願望，永遠不會忘記。」

到底是誰說現實不及影像作品精彩？不，也許以「精彩」來形容也不大得體。虛構故事中的生死離別情節多不勝數。可是，無論它們的描寫有多細緻，演員的演技有多精湛，都及不上眼前女孩的雙眼。

我見過很多人在WhatsApp分享圖片，說黑衣暴徒被民主派的政客洗腦、收了美國錢破壞香港。我也想過無風不起浪，說不定這些傳聞是眞的。

其他示威者我不知道，但至少這女孩，是因爲發自內心的眞實情感而行動。散播這些謠言的人，大概沒有眞的跟任何一個黑衣人好好說過話吧。

「下班了。」凱瑩邊說，邊站起身。「之後『我』會直接在外面的車站乘上６９０號巴士回家。」

「我們要跟上去嗎？」我問。

「不用了，今天到這就好。在我記憶中，七月二十六日沒發生什麼特別的事情。」

「那不就白坐了大半天？早點說啊。」

「就當是讓你事前熱身吧，明天才是重中之重呢。」女鬼伸了個懶腰。

「明天？明天會發生什麼事？」

這時我才想起，在剛剛看到的Telegram訊息中，充斥著大量寫著「七二七」的海報

9 中信大廈：金鐘政府總部旁邊的一棟辦公大廈。六月十二日有大量市民爲了躲避防暴警察發射的催淚彈，紛紛擁入大廈，場面混亂，由於只有兩個入口，人群被逼擠在一起，差點出現人踩人的狀況。

圖片。

4

七月二十一日，正當港島發生激烈的警民衝突，元朗忽然冒出百多名手持木棍和藤條等武器的白衣人，大肆攻擊途人。這群白衣人甚至衝進元朗西鐵站，包括記者在內的乘客被打得頭破血流。在這段期間，沒有任何警察出手制止。

事件引來極大反彈，有人決定在週末七月二十七日發起「光復元朗」遊行。可是遊行申請卻被警察根據《公安條例》發出「反對通知書」，任何參與者都會犯下非法集結罪，是歷來首次。

「在場人士請注意！你們現正參與一場非法集結！請你們立即離開！否則，警方會採用適當武力，將你們驅散！」

而我，正身處這個非法集結的現場。

「收聲啦！」

「警黑勾結！」

「七二一又不見這麼多警察！」

咒罵聲此起彼落。

這裡是元朗安樂路。我在黑衣人群之中，站在原本是車路的地面。這裡擠得水洩不通，怎麼看都有幾千幾萬人。這是我第一次參與遊行，也是第一次參與非法集結。

我聽從何凱瑩的意見，事前購買黑色的上衣、長褲、手套和棒球帽，以及一個黑色布口罩，背包插著一把長長的雨傘。現在棒球帽上面還罩著一頂從物資站取得的黃色頭盔，雙眼也戴著３Ｍ護目鏡。從旁人眼中，現在的我絕對是不折不扣的暴徒。

安樂路前後已經爆發了好幾次衝突，黑衣人和防暴警察輪流推進防線，目前依然在對峙。最前方的黑衣人用木板、路牌甚至床褥充當盾牌，更以鐵枝、行山杖、棒球棍等作爲武器，與手持警盾警棍的防暴警察相映成趣。

我大約在半小時前混進示威者。雖然是熟悉的香港街道，但已完全化爲異空間。人在馬路上走動成了常態。原本的鐵欄已經消失不見，鐵枝被分拆之後變成路障和武器。周圍還有無數身穿反光衣的記者穿來插去，一直舉著攝影機和手機拍攝。種種畫面都令我想起電影《蝙蝠俠：夜神起義》[10]中，那場統治了葛咸城[11]的逃犯跟警察毆鬥的大混戰。

10 《蝙蝠俠：夜神起義》：台譯《黑暗騎士：黎明昇起》（*The Dark Knight*）。

11 葛咸城：台譯高譚市（Gotham City）。

這個香港，絕對不正常。

戰場，大概只有它足以描述這個風景。

「這麼多人怎樣找到妳啊!?」

我忍不住向同行的女幽靈抱怨道。何凱瑩淡薄的身影正隱沒在黑衣人中，但我相信她是聽到的。據說鬼魂的聽力跟活人不同（我沒當過鬼魂自然不可能驗證），可以自由選擇傾聽對象，其他人都會被靜音，眞方便。

「這個時候的妳究竟在哪裡?」

「我不知道！」她回答。

「不知道!?」我不禁愕然。「妳不是從未來過來的嗎?」

「從未來過來不代表會記得一清二楚！何況這一天和之後的日子實在發生太多事了，根本不可能事事都記得！我只記得我直到晚上六點爲止都在跟警察對峙！」

我低頭看了一下手機，現在時間是五點四十五分，即是她還有十五分鐘才會離開。但她是前線啊，前線會在十五分鐘後離開現場嗎?

忽然聽到疑似槍聲，天上隨即出現一縷縷呈拋物線的白煙朝著人群飛過來。

「TG[12]！」

旁邊有人叫喊。眾人一邊抬頭觀察從天而降的催淚彈，一邊舉著傘後退散開。銀色的催淚彈一著地，白色煙霧就籠罩著街道，空氣瀰漫著刺鼻的氣味。

我一邊走，一邊不斷咳嗽和流鼻水。好辛苦！皮膚好痛！我覺得要窒息了！

幸好事先戴上了護目鏡，我至少視線是清晰的，知道應該往哪個方向逃走。身邊的黑衣人似乎對此處變不驚，彷彿已經習以爲常，連後退都可以井然有序。

人群後退之後，一批應該是同一小隊的黑衣人反倒前進。其中一人把一枚掉在地上冒煙的催淚彈塞進手上的保溫瓶，蓋上蓋子。一連串動作十分嫻熟，氣定神閒。這太熟練了!?到底是從哪裡學來的？

那黑衣人一派輕鬆地打開瓶子，倒出已經熄滅的催淚彈。

我還來不及驚訝，遠方就再次傳出砰砰砰的聲響，但白煙的濃度並沒有明顯變化，前方以盾牌和雨傘組成的防線可以聽到被硬物打中的聲音。看來這次主要是發射其他武器。

「又平射，發神經！」

旁邊一個蹲下來的黑衣人罵道。

他還沒說完，又聽到槍聲，白煙再次變得濃烈。

「散開！」

12 TG：催淚瓦斯（tear gas）的簡稱。

雖然現場沒有指揮官，但一聽到有人這樣大叫，眾人隨即四散。

忽然，眼前一名黑衣人沒來由地倒下。雖然他嘗試重新站起，但沒有成功。看著他傾斜的姿勢，似乎有一隻腳不聽使喚。

四周已經沒有其他人，再這樣下去會剩下他孤身一人，更可能會被子彈打中。我壓下狂亂的心跳，屏住呼吸，衝上前抓住黑衣人的手臂，扶起了他。

「快走！」

我拉著他，以緩慢的步伐前進。

我費了好大勁才將他帶到離衝擊地區較遠的行人路，讓他坐下。這時我認出他就是用保溫瓶弄熄催淚彈的人。

「你腳痛？」我問。

他點點頭，低頭看著左邊腳踝。那裡有個紫紅色的巨大印痕，還腫脹起來，應該是被某種圓柱狀的硬物擊中。

一想到剛剛隨時會被擊中的其實是自己，更可能會打中頭部，我就有種反胃感。

我抬頭吶喊。先前警察發射催淚彈時聽到有人這樣呼叫急救員，於是也跟著學起來。旁邊的人聽到我吶喊，就轉身向人群大叫「First aid!」，這句話就像回音一般在人海中傳遞。

「First aid!」

不消一會，一個身穿反光衣、頭上戴著印有十字的紅色頭盔的魁梧男子走過來，在腳部受傷的黑衣人面前蹲下，爲他進行治療。而我則在旁看著。

「能動嗎？」

急救員問。黑衣人的左腳動了幾下。

「應該沒有骨折，只是出血腫脹。但我建議你暫時不要上前線，最好盡快離開，也要冷敷。」急救員認眞地說。「需要我幫忙叫白車[13]嗎？」

黑衣人搖搖頭。

「那我先走了，小心點。」急救員轉向我。「好好看顧他。」

他站起來，跑向人群密集的方向。

要我好好看顧他……但到底怎樣看顧啊？

正當我在猶豫，旁邊的鬼魂女孩向著我的耳邊叫嚷：

「找校巴啊！」

校巴？

我花了五秒鐘才理解到這兩隻字的意思。「接放學」是指用車義務接走想離開的

13 白車：即台灣的「救護車」。

示威者，「校巴」就是義載的車。

我拿出手機，打開Telegram裡面的「接放學」群組，見到已經有幾輛正在附近待命的「校巴」。

我跟其中一個「家長」聯絡上，他的車停泊在兩個街口外。我從背包拔出長雨傘遞向受傷的黑衣人，給他當拐杖。

「走吧。」

我放棄在茫茫的黑海中追尋那個女孩的蹤影，將傷者帶走。女鬼沒有反對，應該沒問題吧？

5

我和黑衣人乘上一輛黑色四人車的後座。駕駛座上的「家長」是個外表約四十歲的女人，打扮端莊，手腕和脖子都戴著飾物，我猜是中產人士。

「走的時候把『文具』[14]留在車裡，我會幫忙丟棄。」她和藹地說。「想在哪裡下車？」

我不知道同行的黑衣人住在哪，於是隨口地說：

「灣仔軒尼詩道隨便一個地方。」

那是昨天我和何凱瑩（鬼）監視何凱瑩（人）的地區。

說起來，從上車開始就沒見到那隻女鬼，她跑到哪裡去了？

「快點換衣服吧。」

在「家長」督促下，我和黑衣人都趕緊打開背包，從裡面拿出早已預備好的衣服，準備由示威者變回一般市民。雖然要解開安全帶，並且冒著被人偷看的風險，但現在是非常時期，沒辦法。

黑衣人取下頭盔，解下黑色面巾，脫下護目鏡和6200面罩[15]，露出底下的面容和褐色的秀髮。

我目瞪口呆。

原來她就是何凱瑩。

「怎麼了？」

她見到我手停口停，還瞪著她的臉看，露出狐疑的神情。她是仍然活著，還不認識我的何凱瑩。

14 文具：在反送中活動裡指前線示威者的裝備。

15 6200面具：指的是3M 6200防毒面具。

「沒什麼。」我回答，有樣學樣地脫下口罩、護目鏡和頭盔。「需要我轉過去嗎？」

「謝謝你的體貼，但不用啦。你沒聽過女生有『不走光換衣大法』嗎？」

我們繼續忙碌地換衣服。因爲要在狹窄的車子裡面完成，兩人都顯得有些笨手笨腳。換下黑衣人打扮之後，我是深藍色T恤和牛仔褲，而她則是短袖連身裙。

何凱瑩拿出鏡子專心端詳自己的臉孔，拿出似乎是潤膚霜的東西在臉頰擦來擦去。我一邊假裝看著路面，一邊利用車子的倒後鏡偷瞄她。

這是我第一次跟活著的何凱瑩面對面。她和何凱瑩（鬼）雖然是同一人，但亦不是同一人，她們的經歷相差了將近兩個月。對這個何凱瑩來說，我是個素未謀面的陌生人。

「你們認識的嗎？」

「家長」一邊看著路面，一邊若無其事地問。

「不，今天第一次見。」何凱瑩爽快地回答。

「這樣啊。」

她如此矢口否認，害我有莫名的失落感。我可是準備花近兩個月去保住她性命啊。

「你們兩個都很年輕呢，是學生嗎？」

大概是太無聊了，隔了一陣子，「家長」又開始想找閒聊的話題。

正當我想開口回答，卻被旁邊的女孩捷足先登：

「我們不會表明身分，這對大家都比較好。」

「這……也是啦……」

「家長」也被她嚇倒了，之後就一直緘默不語。

好冷淡……

自此，車裡的空氣就凝固了，再也沒有人說話。「家長」不敢打開電台或播放音樂，一直瞪著前方路面，只聽到引擎聲；何凱瑩專心地用手機追蹤元朗的最新狀況，不時皺起眉頭；我假裝望著手機，眼球不時斜望不到兩個月就會死去的女孩的臉。

就這樣過了半小時，車子到達灣仔。

「你們回家時小心點。」

「家長」臨走時親切地說，她笑吟吟地揮揮手，關上側車窗離去。

「那……我走這邊。」

我禮貌性地向女孩告別，準備離開。

「等等。」

她叫住了我。

「剛才還有別人在，我不方便向你道謝。」她認真地說。「謝謝你救了我。」

「不用啦，那沒什麼。」

那時真的很危險，但其實誰都一樣危險，我沒有真的冒很大的險去拖走她。

「另外，雖然好像很厚臉皮，我想你再幫我一個忙。」她鄭重地提出請求。「可不可以作爲朋友跟我一起回家？我還需要借你的雨傘再多一會。此外，多一個人幫忙解釋我的腳傷，會比較有說服力。」

說起來，何凱瑩（鬼）有說過她父母不但對於她經常「發夢」毫不知情，而且通通都是反對示威的藍絲。

「這是沒關係啦……」

這對我有好處，可以在她身邊收集更多情報，藉此揪出兩個月後把她推下樓的凶手。對了，案發現場不就是她所住屋苑的天台嗎？可以藉這個機會視察那個未來的犯罪現場。

「眞的很感謝你。對了！爲了裝成朋友，我們得知道彼此的名字。」女孩臉帶惡作劇的笑容。「我是何凱瑩，你可以叫我Katherine。你呢？」

「我叫烏盛林，英文名William。」

我回答。這時我猛然想起一件事。

太明顯了。爲什麼一直沒發現？

從九月十九日穿越過來的女幽靈第一次見面就立即報上名來，再委託我制止謀殺案發生。她未曾問我叫什麼名字。

6

我拖著筋疲力盡的軀殼回家，打開房門，只見腳部半透明的美女正盤腿坐在裡面。

「你終於回來了。」

眞不客氣，她簡直把這裡當成是自己的家。

「拜託，我不但在元朗救了妳，還幫妳編了個腳傷的原因，說是在室內射箭館玩的時候撞到。」我沒好氣地說。

「是嗎？辛苦了啊。」

凱瑩事不關己似地敷衍道，雖然嚴格來說眞的不關她事啦。對她來說，那已經是近兩個月前的事了。

我在她面前坐下來，用力地瞪著她。

「怎麼了？」她注意到我的異樣，問道。

「我是誰？」

「什麼？」

「我是誰？」我再問了一次。

凱瑩見到我這麼嚴肅，坐直身子與我四目相交：

「你的名字是烏盛林，英文名William，就讀恆基大學工商管理學，四月剛剛畢業，目前還未找到工作。你是獨子，父母一個已經退休，一個是中學老師。你最喜歡看美劇，訂閱了HBO Go、Netflix、FOX+等等一大堆串流平台。」

全部正確。

「妳早就認識我了吧？」

「呵呵，你終於發現啦。」

女鬼俏皮地伸出舌頭。

「在妳的歷史裡，我們也是在『光復元朗』中認識的嗎？」

「是啊，我是滅煙小隊成員，在安樂路的衝突中我被海綿彈打中腳踝，無法走路。是你把我救走，還叫了『校巴』一起離開現場。你裝成是送我回家的朋友，在父母面前編造了腳傷的原因，自此我們就交換了聯絡方式。」

即是說，我與何凱瑩（人）相識的過程，跟何凱瑩（鬼）的過去完全一致。那何凱瑩的死不也會是命中註定的事件嗎？我眞的有可能阻止這件事發生？

「除此之外，我還順便調查了康宜花園一座的天台。」

「是嗎？有收穫？」

女幽靈似乎不抱期待，大概因爲她是住客，早就對那裡瞭若指掌吧。

「很危險吧，天台圍欄有個很大的缺口。就算不是妳，遲早也會有人不小心掉下去。」

「是啊。圍欄原本是完好無缺的，但去年超級颱風山竹吹襲過後，缺口就出現了。應該是被捲到空中的硬物撞壞。由於部分缺口屬於其中一個單位，業主們對誰負責出資維修至今仍然未有共識，於是就一直放著不管了。」凱瑩回答道。

明明是自己所住的屋苑，這些人眞隨便。

「妳那時到底爲什麼要跑上天台去？」

「……打邊爐。」她不情不願地從實招來。

「打邊爐？……吸菸？」

「不然會是什麼？你覺得是上去吃火鍋嗎？」她不耐煩地說。「爸媽都不知道，而且在家吸會把氣味弄得四處都是。天台環境空曠，又很少人上來，不怕被撞見，是最理想的地點。」

沒想到這女孩居然是菸民。雖然聽過不少哲學系和中文系的學生都會吸菸，也許是裡面的文化吧。我對菸民沒偏見，只是有點受不了二手菸的氣味。

這時手機發出收到Telegram新訊息的提示音，我把它從口袋拿出。

今天謝謝你救了我 ><

還要再幫我一次 m(_ _)m

原來是何凱瑩（人），這是她第一次發訊息給我。

非常有禮友善，和那個說話總是帶刺的女鬼判若兩人。

「妳怎麼了？」

女鬼站得遠遠的，還背向著我，似乎在迴避什麼。

「妳send message給我。」

「我當然知道！別忘了我來自未來啦！」她吼道，依然沒有轉過來。「還不快點回覆！」

雖然她怪怪的，但話也有幾分道理，總不能讓人家等太久。

不用，我也只是盡己所能，妳父母沒起疑吧？

大概因爲第一次見面，他們當時對我很客氣，還再三感謝我送他們女兒回家。因爲表面禮儀做得很足，我完全猜不透他們的眞實想法。

應該沒有

他們只詢問了室內射箭館的地址

幸好我事前Google了一個。-w-

那就好，腳傷還好？

敷完好了點
但暫時沒法走路><
應該很長時間都無法發夢了T^T

傷好了再說吧

只好這樣了T^T

對話好像完結了。我關掉手機顯示屏。凱瑩依然佇立在角落，拚命瞪著牆壁。

「Katherine，」我不自覺叫了她的英文名。「當妳穿越到七月二十五日，第一時間就來找我，是因爲妳覺得我能夠信任嗎？我和妳到底是什麼關係？」

「……」

她沒有立即回答，也沒有回頭迎上我的視線。

「你很快就會知道。」

她留下了一句含糊的話，就邁步沒入牆壁，消失了。

7

其後一個月，香港繼續翻天覆地。

至少每週兩次的示威活動絲毫沒有停止的跡象。「光復元朗」隔天，港島區舉行追究上環開槍的集會，最終也演變成警民衝突。四十多人被捕，包括大量與事件無關的市民，然而警察在四十八小時內直接以暴動罪起訴所有人。

衝突也從示威現場逐漸擴展到每一個社區。七月三十日在葵涌和天水圍警署發生衝突、沙田和馬鞍山警署被包圍，八月二日有公務員極爲罕見地發起集會，三日旺角遊行和黃大仙衝突，四日將軍澳遊行，五日以前所未有的規模進行全民三罷，以及七區集會，由九日開始更有連續四天堵塞機場。之後還有十一日深水埗和港島東大遊行，十八日流水式集會。

香港幾乎每一區都有發射過催淚彈，無數人被捕，雙方的對抗手段也越來越激烈。原本對這些毫不知情的我，因爲在Telegram追蹤了大量消息頻道，種種畫面都看在眼內。

很想嘔吐。爲什麼會變成這樣？

何凱瑩的腳傷痊癒得很慢，這段時間沒有踏離家門一步。她在7-Eleven的工作請了假，也未有參與以上所有事件。對於決心要拯救她的我來說，這省下了日以繼夜跟蹤她的工夫。

大概是閒得發慌，而且每天都被新聞弄得很氣憤，凱瑩不時就以Telegram訊息跟我聊天。這對我來說也比較方便，除了有個抒解情緒的對象，她還會自動自覺匯報近況，令我不用時刻確認她有沒有外出。

謝謝你把HBO Go的帳號借給我
但香港搞成這樣
沒心情看美劇 T^T

唉，我完全能理解
連救護員的眼睛都可以開槍打爆
太可惡了／＿／

爲什麼死都不肯成立獨立調查委員會啊？

雖然我知道凱瑩的個人背景，但實際上跟她相處完全是兩回事。不知道是幸還是不幸，以目前香港的狀況，政治最能夠展開話題。

託她的福，我對香港政局有更深的認識。「民主派」的稱呼許久以前已經過時，現在一般會使用「泛民主派」或者「泛民」，光譜更廣闊的則用「非建制派」（也有人不喜歡這叫法）。政團除了民主黨、公民黨、社民連、人民力量和新民主同盟之外，還有民間人權陣線、熱血公民、普羅政治學苑、本土民主前線、青年新政、香港眾志、香港民族黨、香港自治行動……以及一大堆網媒、網台、地區和專業團體。這些團體彼此有不少分歧，甚至結怨。所謂「黃」的陣容五花八門，當中不少人更對「黃絲」這稱呼有所抗拒。

今天是流水式集會
可惜我仍然無法參加 T^T
下次吧，反正以政府強硬的態度，應該還有很長的路要走，只希望手足都平安
齊上齊落（合掌）

也許與何凱瑩（鬼）相處時處處碰壁，令我留下了既定印象，覺得這女孩很固執好強。可是，跟何凱瑩（人）談話卻難以置信地投契，她既活潑又開朗。會不會是因爲她不像鬼魂版的她，並不知道我本來是個（她所認爲的）藍絲？

漸漸地，話題開始轉到其他方面。她分享媽媽煲的湯很好喝，爸爸又賭輸了馬之類。我也告訴她朋友搭訕失敗的過程，小學時參加過羽毛球校隊之類（會提到的契機是她分享了一段影片，拍到示威者用羽毛球拍挑起催淚彈再揮拍將它打走），也交流了文學和美劇心得，私人的內容越來越多。這些連何凱瑩（鬼）都未曾與我分享過。

而奇怪的是，每當收到她的訊息，何凱瑩（鬼）都會主動離開我的房間，彷彿不想看見我們在通訊。

「你沒發現自己在嘻皮笑臉嗎？」

有一次，她臨走之前很不耐煩地說道。

我忍不住摸了一下臉頰。

我有在笑嗎？

8

八月二十三日，離事發的九月十九日將近一個月，何凱瑩的靈體像往常一樣造訪我房間。

「今天『我』終於能走路。」

她一開口就作出了預言。

「然後會邀請你一起去將軍澳中心附近的連儂牆。」

連儂牆沒記錯是模仿捷克布拉格市，在上面張貼政治標語和塗鴉的牆壁。我雖然在Telegram看過照片，但一次也沒親眼見過。

「爲什麼要找我？」

「『我』想測試腳的康復程度能否再次走上前線，順便也在連儂牆上貼上字條。」她回答。

「妳沒有回答我的問題，以上兩個理由都不需要叫我出來。」

凱瑩惡狠狠地看著我，然後彷彿是看著不成才的兒子的母親一般嘆了一口氣。

「你真的很遲鈍。」

她把視線移到別處。

「我……她在事隔快一個月之後，想跟救命恩人見面。」

這是她首次把「我」改成「她」，似乎恨不得想與過去的自己保持距離。

「再說，你得負責留意她周遭，尋找凶手的線索。她身邊不就是最佳位置嗎？這比起偷偷摸摸地跟蹤好太多了。難道你已經忘記當初接近她的目的？」

確實很有道理。

在她離去後，我就穿好衣服準備出門。

「這麼晚去哪裡？」母親問道。

「去找朋友。」我給出一個不算是謊話的答覆。

「小心點啊，最近一街都是暴徒。」

母親就跟將近一個月前的我一樣，覺得所有穿黑衣的都是十惡不赦的滋事分子。但她甚至比我還要極端，偶爾會跟「撐警人士」的風稱他們爲「甲甴」[16]。

如果她發現我跟示威者有來往，甚至到過現場的話，不知道會有何反應？

我離開油塘的住所，穿過商場大本型[17]進入港鐵油塘站，乘上了將軍澳線列車。

在列車開出的期間，手機就收到訊息，那正是來自何凱瑩（人）的邀約。雖然已

16 甲甴：粵語中指蟑螂。

17 大本型（Domain）：香港九龍的一座大型購物中心。

經不是第一次經歷何凱瑩（鬼）預言應驗的一刻，但每次都覺得很神奇。

當我到達將軍澳的連儂牆附近，就見到不遠處站著一個既熟悉，又陌生的身影。

「William!」

她彷彿再次刻意跟自己的鬼魂唱反調，笑吟吟地朝我招手。因爲要進行復健，女孩今天的打扮是淺藍色Columbia運動裝配上馬尾髮型，感覺十分新鮮。

9

何凱瑩的腳結果還是未能完全康復。

她嘗試開始跑步。雖然沒有倒下，但還是覺得刺痛。而且不知爲何，她的心肺功能變得很差，沒跑多久就喘個不停，還不斷咳嗽。

「會不會是吸得太多催淚煙？」我忍不住問道。

「很有可能，那根本是毒氣，說不定除了ＣＳ[18]還有其他成分。」

凱瑩一邊調整呼吸和用手拭汗，一邊說道。

「這個月其實不單只腳傷，我還經常拉肚子，鼻涕流得比以前頻密，月經流的血還是黑色的。聽說不僅限於我，其他前線也出現類似的癥狀。」

畢竟這個世界上，從未存在一個像現在的香港一樣有人長期吸入高濃度催淚煙的個案。ＣＳ對人體的長遠影響至今仍然是未知之數。

凱瑩總算站直身子。雖然盡力不表現出來，但我知道她內心正在焦躁。在現場缺席了整整一個月的她，一直眼睜睜看著別人受傷和被捕，自己卻只能袖手旁觀，她覺得非常內疚。

「明明只是一個月，體力未免下降得太厲害了……這樣下去別說上前線，我在現場也只會拖其他手足後腿。」她的嗓音有些發抖。

「Katherine……別給自己太大壓力。」

「但是、但是！」

她再也無法故作鎮定，情緒越來越激動。

「這樣我哪對得住已經犧牲了的人……」

她無力地跪下，弱不禁風的樣子令人忍不住轉開臉。

但我沒有轉開。

「Katherine。」我說。「就算不上前線，不去滅煙，能做的事還有很多。」

「例如呢……？」

18 ＣＳ：爲ＣＳ催淚性毒氣（CS gas）的簡稱。

她微弱地反問。

「跟我來吧。」

我向她伸出手。

她驚訝地抬起頭，睜大被淚水濡濕的眼眸。

「妳忘了嗎？今晚是『香港之路』啊。」我向她綻放笑容。「有班傻瓜說想模仿一九八九年波羅的海，號召數以萬計的人組成手牽手的人鏈，串連整個香港。」

今早見到這些宣傳時，我心想怎麼可能會成功，大家都要上班上課啊。可是剛剛看消息時，發現參加人數居然超乎想像，甚至有人爬上了獅子山組成人鏈，向天發射出燦爛的燈柱，照亮了夜空。

「香港之路不需要體力，妳我都可以參加。」

她呆呆地盯著我的手，然後緩慢地伸出手，握住了它。我使力扶起她，出發前往「香港之路」在將軍澳的部分。

「William……」

在路上，她在能夠碰到彼此肩膀的距離，悄悄地說道。

「謝謝你……一次又一次地幫了我。」

在加入人鏈之前，我們就已經在手牽手，沒有分開過。

10

我被捕了。

作夢都沒想過會發生。在「臭格」[19]的二十多小時裡，我都覺得這是一場夢。很諷刺的，正因爲這種虛幻的感覺，反而協助我撐過這漫長的煎熬。

八月二十五日葵青遊行，警察測試多時的水炮車終於投入使用，更首次發射實彈。八月三十一日發生了跟「七二一」同樣震撼的事件：一群防暴警察衝進太子站追打市民，多人頭破血流，其後因爲傷者的人數多次變更，太子站更被警察封鎖超過一天，被懷疑是爲了銷毀證據，「有人被打死」的流言至今仍廣爲流傳。

踏入九月，頻密的示威活動依然持續。除了兩次堵塞機場，更有罷課集會。不論任何立場，所有人都清楚明白，香港已經再也無法回頭。

在這段期間，我跟從前線退下來的何凱瑩共同行動。只要她出門的日子，我必定陪伴在其左右。不論是運送物資、貼連儂牆、叫口號、圍觀、當哨兵、集會，我們都在一起。

19 臭格：在香港指的是警署拘留所。

這算是情侶嗎？我不大敢肯定，但在兩人獨處的時間，凱瑩不時會像是想撒嬌一般依偎過來。我也會無時無刻想起她，即使回到各自的家亦忙著以訊息或電話聊天。

當然，我沒有忘記要拯救她的性命，這也是我盡量和她共同進退的原因之一。但動機早就大大不同了。原本只是基於人道考慮，現在我已下定決心要保護這女孩，絕對不會讓她死去。

但很奇怪。八月二十三日過後，那女鬼一直沒有現身。

我曾懷疑她之所以刻意迴避我跟何凱瑩（人）相處的場合，是因爲她在吃過去的自己的醋，但現在即使是我孤身一人的時間，也照樣見不到她的蹤影。可是我沒有任何聯絡鬼魂的手段，她的失蹤成了長達三星期的不解之謎。

九月十四日，離「何凱瑩之死」還有五天。我終於再次遇見她。

幾天前，一名小學教師在淘大花園因爲高唱《義勇軍進行曲》而被人毆打。有人因此決定在多個商場發起「快閃唱國歌」的活動，最終在淘大商場演變成幾百人的互相指罵和打鬥。

當時我和何凱瑩都在現場。

「中國加油！」

「支持香港警察！」

幾十至上百人叫口號，部分人使用普通話。當中有人用力揮動中華人民共和國國旗。

「光復香港！時代革命！」

「滾回大陸！」

另一邊廂，戴著口罩的人群高唱抗爭歌曲。雙方不斷互相指罵。

我和凱瑩站在黑衣人群的中後方。雖然我曾經勸說過體力不佳的凱瑩不要出來，但她聽不進去。別無選擇之下，我再三強調我們不會站在最前，只在後方聲援。她最終點頭答應。

「暴徒！」

「暴徒！」

「曱甴！」

「滾回大陸！」

雙方最前排的人開始發生推撞。有手持國旗的中年人衝出來追打黑衣人，黑衣人則手持雨傘還擊。雖然程度遠遠不及大型示威的警民衝突，但在封閉而充滿回聲室效應的商場內發生，現場變得非常嘈吵。咒罵、慘叫聲被放大了好幾倍，震動著鼓膜。

我緊緊抓住凱瑩的手臂，以防她因太過衝動而跑走。

十五分鐘後，大群手持圓盾、警棍，戴著頭盔的藍衣警察步入商場，介入兩群人之間。

「走！」

這一方的示威者瞥見警察，就意識到自己隨時會被捕，立即陸續轉身跑出商場。我也推著凱瑩的背強迫她離開。

可是走出商場沒幾步，我就突然被壓在地上動彈不得。我拚命抬起頭，眼角瞄到地上有個印著「警察 POLICE」的圓盾，周圍有幾雙穿著長褲和黑鞋的腳。

「不要動！否則告你襲警和拒捕！」

騎在上面的人朝我發出警告。我終於意識到自己正被制伏在地。

凱瑩呢？她還平安無事嗎？

11

失去時間概念的感覺，就好像失去整個身體。

羈留所沒有時鐘，也看不到外面的天色，連基本的晝夜都分不清。在一成不變的單調景色底下，根本無從知道四十八小時之中過了多久。

我沒想過會被捕，因此沒有背下任何義務律師的電話。現在想不出可以找誰。總不能找凱瑩令她受牽連，剩下的就是母親了。

於是，當值日官終於容許我打電話時，我就致電給她。

「你在哪裡？」

「警署。」

「發生了什麼事？」

「我被捕了。」

「……」

母親沉默了許久。

「你自己想辦法，我不會協助暴徒。」

說完她就掛斷電話，留下空虛的音效。

因爲我是暴徒，所以連母親都不幫我。

爲什麼會這樣？我明明什麼都沒做，只是救了一個人，跟她一起在商場出現而已。單單因爲被捕，就等於是暴徒嗎？

值日官不讓我打第二通電話，說要再一次排隊。於是我又被帶回「臭格」乾等。

又不知過了多久，一個下半身半透明的身影驟然出現。

那是闊別多時的幽靈，是將我帶到如斯田地的罪魁禍首。

我無力地抬起頭，憔悴地瞪著何凱瑩的鬼魂。

「……這段時間妳在哪裡？」

她沒有回答，只是一臉沉痛地看著蜷縮在角落的我。

「……既然來自未來，妳早就知道我會被捕吧？爲什麼不預先警告我？這樣我就不會被制伏，媽媽也不會覺得我是暴徒……」

我說不定會被起訴，留下案底，還要坐牢，出來就更難找工作。我只想救人，爲什麼會落得如此下場？

「……」

她一語不發，承受著我的斥責。

「妳走……我不想再見到妳……」

她回頭穿過牆壁，黯然離開。

12

被捕很突然，釋放也來得很突然。

值日官忽然叫我的名字，帶我到另一個房間。那裡坐著一位西裝男子。男子站起身遞出名片。他是律師，還表示已經可以辦保釋手續。

一切都像快轉的影集一般迅速。我簽了紙，交了保釋金，在律師的帶領下走出將軍澳警署。我吸入第一口新鮮空氣，有種剛從睡夢中醒來的朦朧感，頓時發現已經是晚上。

警署外有一些似乎是被捕者家屬的人，他們以家庭爲單位聚集成不同小組，也有些零星的父親或母親單獨等候。

我將目光從他們身上移開，因爲我很清楚我的家人不在裡面。

有個人突然間撲過來，將我緊緊抱住。

「William……!」

何凱瑩將臉埋在我的懷裡。

「對不起……！眞的很對不起……！我應該聽你的話，不要出來……！都是我害的……！」

「……我被關多久了？」我虛弱地問。

「……大約二十幾小時。」

「妳一直都在這裡等待？」

「……嗯。」

媽媽說我是暴徒，不理我；何凱瑩（鬼）長期失蹤，更沒有預先告訴我有危險。只有何凱瑩（人）沒有放棄，一直留在這裡等我出來。

我現在只剩下她了。

「……回去吧。」

我有氣無力地說。在警署的時間並沒有特別感覺，出來之後才發現肚子餓得要命，但我依然沒有食欲。

我只想好好睡一覺，回到真正的夢境當中。

13

好想喝酒。

受到這股欲望的驅使，我從床上爬起身。看到只有滿地的空罐，我只好換成出外的衣服，起行補充儲備。

自保釋外出之後，我就一直把自己關在房裡，只有上廁所和買東西才會走出來。母親沒有把我拒諸門外，但也沒有再跟我說過一句話，連飯都不煮給我吃，強迫我用自己的零用錢買食物充飢。對她來說，我只是個連家用都沒能力給、就在外面搞事的亂港分子。

獲釋的隔日，我出外經過7-Eleven時忍不住買了一打啤酒回房。我完全沒理會牌子，總之能用最低的價錢買到最大量的啤酒，我就買。

這是我人生第一次喝醉，原來感覺真的很不錯。什麼都不用想，生活須要面對的只有睡眠時作的夢，以及醒來後靠著酒精獲得的另一個夢。

走出街外後，我忽然萌生一個念頭。不如去酒吧，一直喝罐裝啤酒感覺已經不夠，換一換口味也不錯。

我在Openrice找到一間位於將軍澳的酒吧，決定出發。我鑽進地底乘上港鐵列車，幾分鐘後重回地面。

當我到達唐德街，見到那間酒吧的門口時，就停下來，沒再進去。

我呆立當場。眼前一個熟悉的身影，正在做我不敢相信的事。

何凱瑩跟一個男人手牽手，有說有笑。男人領在前頭，不知道想把她拉到什麼地方。但凱瑩顯然不疑有他，對男人百般信賴，還含情脈脈地看著他。

我只見到男人的背影，沒看到臉，但一點也不重要。重點是那個人並不是我。

凱瑩突然踮起腳尖，吻了男人一下。男人立即回應她，摟住她的腰，兩人深情地擁吻。

我一直站在原地，定睛看著他們，直至兩人消失在轉角位。

我被戴綠帽了？

行政會議成員羅范椒芬曾說過，有少女正在當負責「安慰」抗爭者的「天使」。

當我第一次看到這講法時，不但笑了出來，還分享給凱瑩，一起嘲笑這女人。難道這講法並不是單純抹黑，而是眞的？

「開什麼玩笑……」

我爲了這女人失去了一切。不但第一次參與非法集結，甚至被捕，面臨被起訴的風險，還跟家人關係破裂。

原來她根本就不把我放在眼內。

「去死吧……！」

無法壓抑的黑色情感在胸口中湧現，崩堤而出。

「去死吧……！去死吧……！去死吧……！去死吧……！去死吧……！」

我本想救她，現在卻恨不得她快點死掉。

「等等……！」

還在發熱的頭腦一下子被一個想法所冷卻，我把臉埋在手掌裡頭，努力思考。

我發現了眞相。這眞相連從未來穿越過來的何凱瑩（鬼）都不知道。否則她就不會出現在我的房間內，找我幫手了。

將會在九月十九日殺害何凱瑩的凶手，就是我。

何凱瑩註定要死。她之所以會死，正正是因爲她死後化成鬼魂回到過去，找我幫忙迴避她的死亡，使我漸漸跟仍活著的何凱瑩拉近距離，最終發現自己只是她眾多男人的其中一個，萌生出殺意。

她穿越時空、試圖改變過去的行爲，反而製造出眞正的凶手。這樣就說得通了，甚至不會產生時空悖論。我就是凶手，而且必定成功行凶。根據何凱瑩（鬼）的講法，事後警察的調查只會草草了事，我甚至不會被懷疑。

既然如此，我就成全妳吧！

14

晚上六點四十分，我完成了康宜花園一座的環境視察。雖然根據時空邏輯，我絕不可能失敗，但至少得知道如何有效潛入屋苑。

心跳得很快，這是我第一次準備殺人。世上沒有比必定成功且毫無代價的殺人行爲更誘人了……！

我拉開通往一座後樓梯的陳舊鐵門。康宜花園的設計有個很大的保安漏洞：後樓梯的出入口不會經過管理處大堂，而是可以直達外面。只要唯一的鐵門沒鎖，就等於可以自由出入。

至於爲何門沒有鎖，大概是某個清潔工離開時沒有做吧。我因此可以神不知鬼不覺地進入樓宇，果然是受到命運的眷顧。

我拚命踏著梯級向上爬。因爲升降機和每層的走廊都安裝了閉路電視系統，只有後樓梯沒有安裝。我只能靠這條路直接通往天台。

「哈……哈……哈……」

這很考驗體力，但是殺人原本就是危險的活動。只要能逃避追查，多走幾級樓梯又如何？

經過不斷重複的爬樓梯動作，我終於上氣不接下氣地抵達天台。出入天台的門也沒有關上。這樣就好，我不用推開門，以免製造聲音驚動到目標。

六點五十七分，剛剛好。

透過微弱的燈光可以見到，在夜色底下，站著一個纖瘦的身影。那個身影背向著我，但我仍然認得出，她就是那個女人。

殺意隨即湧上心頭，我拚命讓自己冷靜下來。

我屏住氣息，不讓她發現我站在後面，同時轉動眼球觀察四周。

圍欄的缺口、何凱瑩和我三者，剛好連成一直線。我努力壓制住興奮的心情。這簡直是最佳的位置……！只要用力一推，她就會跌出天台範圍，化身自由落體，猶如《紙牌屋》第二季第一集極度震撼人心的一幕。

六點五十九分。

決定性的時刻逐漸逼近，我睜大雙眼，不斷評估形勢。

何凱瑩和天台的邊緣仍然有一段距離，似乎單單用手推並不夠，要用撞的。

決定好了。時間一到，我就衝過去撞向她。

七點。

衝啊！

我用力一蹬起跑，準備以右肩承受衝擊。

「啊？」

肩膀沒有感受到任何反作用力。我沒有撞上她的背。但我也沒有失準，而是在接觸到的瞬間，就直接穿過了她身體，沒有任何觸感。

沒有撞中，也沒有煞車，我筆直地衝出天台，穿出圍欄無法保護的部分。

下一秒，我發現自己頭正朝向下，雙腳在虛空中晃動著。

眼前的風景就像快轉的影像一樣模糊不清，但隱隱約約看得出是一棟大樓，氣流不斷鑽進衣服的空隙，很冷，有點刺痛。

驚愕感很快就被撫平，內心莫名地無比平靜。我緩緩地閉上眼，感受著下墜帶來的失重感覺。

原來，死的不是她，而是我啊。

不知過了多久，從頭殼內傳出一聲巨響，那是我生前聽到最後的聲音。

0 (2)

男人終於講完故事，他馬上喝了一口凍鴛鴦滋潤乾涸的喉嚨。

「烏先生，請問你想表達什麼？」我問。「你拿我當故事女主角，你自己則是男主角。你講這個你企圖殺死我，結果反倒是自己墜樓死亡的故事的目的何在？這是新式的搭訕嗎？」

不得不承認，我覺得故事十分有趣，也覺得這種搭訕方式很新鮮。他至少令我耐著性子從頭到尾聽完，是頗爲成功的策略。

「我說過，這故事將會是『未來』影響『現在』的活生生例子。」男子——烏盛林說道。「我也是從未來回到過去的幽靈，跟Katherine妳見面，是希望改變未來。」

「你是鬼魂？」

我不禁對他由上到下打量了一番。

今天是七月二十二日，我在7-Eleven上班。正當我放飯走進這間叫偵探冰室的茶餐廳，拿起餐牌[20]想叫午餐時，這個叫烏盛林的男人就走過來搭枱[21]，滔滔不絕地講了這故事。

話是這麼說，他的講法確實有幾分可信。這位烏盛林不但知道我的住址，還知道我時常參加示威活動，是滅煙小隊的成員。他甚至知道我的朋友六月十二日時差點在中信大廈外面捲入人踩人事件，還爲黃雨衣男的死感到悲痛，決心走上前線。

不過——

「但你不是有肉身嗎？否則你現在怎麼把凍鴛喝下肚子？」我忍不住提出質疑。

「好問題。這是我一個小小實驗的成果。」他笑了笑。

「實驗？」

「我想知道幽靈附身是否可行。」他看著自己的手掌。「答案是可以的，但有很大的限制。我對絕大部分人都無法附身，只有對自己是例外。靈魂似乎有其『規格』，只有一模一樣的身體才能夠正確地嵌合。」

「換句話說，你正在操控自己過去的身體？」

「是的。」

我沒有陰陽眼，看不到他的靈體，所以無從判斷眼前的男人眞的正被自己的鬼魂附身，抑或只是在撒謊。

「回到你剛剛講的故事，它有很多未解明的地方。」我說。「你原本推斷你自己是殺死我的凶手。但最後死去的不是我，而是你。這個矛盾如何解決？」

「沒錯，有兩個不能並存的現象並存，因此出現矛盾。妳的鬼魂預示著妳的死，可是最後是我死掉，而妳卻沒死。」

烏盛林頓了頓。

「答案很簡單：時空不只一個，是兩個。妳在世界A死去後，靈魂跳躍到世界B的

20 餐牌：即台灣的「菜單」。
21 搭枱：在香港指不認識的陌生人併桌用餐。

七月二十五日跟我邂逅，改變了過去，導致世界B產生出一段有別於世界A的歷史。」

「按照你的邏輯，在世界B九月十九日死去的你，則跳躍到另一個平行時空吧？即是現在，七月二十二日，在這裡與我聊天。」我捂著下巴。「我和你正在世界C。並存的時空不是兩個，是三個。」

「眞不愧是妳，果然聰明。」

陌生人對自己說「眞不愧是妳」總覺得怪怪的，但被稱讚聰明又有點開心。

「時空邏輯似乎是解決了，但還是有無法說明的謎團。」我說道。「爲什麼你沒有撞到我，而是自己掉下去了？」

「因爲佇立在天台的不是活人何凱瑩，而是她的鬼魂。她所做的一切，都是爲了在那一刻誤導我，令我自己墜樓死亡。」

「一切都是那個『我』的計畫？」

總覺得沒什麼實感，我爲什麼要害死這個男人？

「妳有沒有發現，剛剛提到近兩個月內，何凱瑩的鬼魂和還活著的她，幾乎沒有同時出場？」烏盛林說。「我原以爲那女鬼只是吃醋，一旦我跟何凱瑩相處時就本能地轉身離開。但現在回想，兩人之所以沒同時出現，是因爲她們實際上是同一人。」

「同一人？」

我感覺腦袋快要燒壞了。雖然一個死了一個活著，但兩人都叫何凱瑩，當然是

「同一人」啦。

「和我共度那時光的何凱瑩並不是她本人，而是遭到來自未來的鬼魂附身的她。她一直扮演著快兩個月前的自己，爲的是使我對她產生情愫，最後故意讓我目擊到她和其他男人親熱的畫面，令我想殺死她。但這是她設下的局。她在那一晚脫離了何凱瑩的身體，回復幽靈的狀態出現在樓頂。既然不是實體，自然不會被我撞到，反倒令我失足跌死。現代法證科學不會把靈異現象納入考慮，我的死只會是單純的意外，過去的她也不會被懷疑，這是完美的犯罪計畫。」

身爲鬼魂的「我」所提出的預言接二連三地應驗，令烏盛林誤以爲只有一個時空，更以爲自己的殺人計畫必定成功，從而引誘他當凶手。但預言之所以應驗，只是因爲鬼魂的「我」操縱著過去的「我」的身體，做出配合預言的行動。他們其實在世界B，和世界A的歷史是不同的。

連烏盛林理解時空邏輯的思維都納入考慮。這個「我」眞聰明。

「可是，當活人的『我』向你發Telegram訊息時，幽靈的『我』有時會在你旁邊吧？這怎麼解釋？」

「那也是誤導，Telegram有一個叫Schedule Message的功能，可以預先設定訊息的發送時間，她利用了這功能去製造不在場證明。」烏盛林回答。

好像有點道理。這麼一來，剩下的謎團就是犯案動機了。

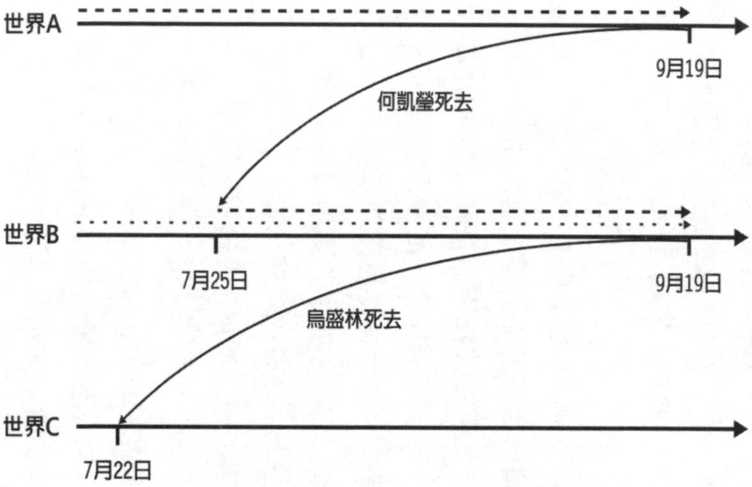

「爲什麼那個『我』會想你死？」

「以下是我的推測。」烏盛林的眼角有些傷感地下垂。「她在世界Ａ的九月十九日死去，凶手就是我。她假稱是找我幫忙迴避死亡，實際上是準備向我報復。她想毀掉我的人生，傷害我的感情，再置我於死地。」（見上圖）

「所以動機是源自世界Ａ的經歷？但爲什麼那個世界的你會殺死『我』？」

「如果未曾受到何凱瑩的影響，改變了我接收香港新聞的習慣，或許我只會一直都是覺得所有抗爭者都是收錢搞事的藍絲。現在的香港，連政治立場都有可能成爲殺人動機。」

他露出自嘲的笑容。

「我今天會來找妳的原因，是希望切斷這個仇恨的連鎖。」

「什麼意思？」我聽不懂。

「我想告訴妳，我們彼此都取過對方的性命，打和了。希望在這個世界C，妳我可以和平共處。」

我記得倪匡的衛斯理系列有一部小說叫《尋夢》，講述一對夫婦的男方一直夢見女方殺掉自己的情景。後來發現那只是前世記憶，但男方最終還是死了。因爲他在前前世對女方所犯下的罪孽，深重得足夠他連續被殺兩次。理解到此的男方，安然逝去。

看來，我們的處境和這個故事還挺像的。

「我想講的就是這麼多，謝謝妳撥出的時間。從明天開始，如果妳剛巧遇到烏盛林，他並不會記得今天的事，到時請妳以平常心和他相處吧。」

說罷，他就準備站起身離去。

「等等。」

我叫住了他。

「還有問題未解決。爲什麼你和我，死去之後鬼魂都沒有停留在原本的時間點，而是跳躍回兩個月前？」

這違背了鬼魂的慣例，照道理應該是在極爲特殊的情況下才會發生。

「沒想到妳居然會注意到這個問題。」

他略顯驚訝地重新坐下。

「同一個問題我也問過將我送到這個時間點的人。那人好像叫閻羅王，還是黑帝斯呢？算了哪個都好，總之是陰間的負責人。他說九月十九日，有個女孩不明不白地死去。她的死令很多人感到非常傷痛，卻沒有被認眞追查，一直無法沉冤得雪。事件造成的哀痛超乎想像，情感的波動甚至動搖了陰界和陽界之間的平衡。於是，負責人和其他管理者討論過後，決定開一個特例：所有在九月十九日出現的鬼魂可以回到過去，給予他們扭轉過去的機會。」

「那女孩是誰？」

「這我就不知道了。但顯然她才是主角，我們只是搭上這班回到過去的便車。妳我穿越時空的故事，充其量只是外傳罷了。」

0 (3)

烏盛林離去後，我繼續坐在偵探冰室的位子上，思考了很久，甚至沒發現放飯時間早已結束。

想來想去，我始終覺得他的推理是錯的。不存在三個時空，由始至終都只有一個。在九月十九日死去的是兩人，第一人是被我的鬼魂害死的烏盛林，第二人是之後隨他而去的我。

至於「囟手」也有兩人，第一人是我的鬼魂，第二人則是烏盛林的鬼魂，也就是剛剛依附在烏盛林的身體跟我談話的存在。

不，也許還有第三人，那就是我。我的鬼魂從九月十九日跳躍到七月二十五日後，並沒有附我身，而是一直以幽靈姿態活動。我的鬼魂當然會在烏盛林跟另一個何凱瑩相處時自動走開啦。我很清楚自己醋意是很強的，就算那是另一個自己也一樣。

剛剛烏盛林向我坦白了一切。在未來近兩個月，我早就知道自己會在「光復元朗」邂逅他，也知道自己和他一起參加「香港之路」，他會在淘大花園被捕，最後跑到康宜花園天台企圖殺死我。這樣我就能配合那對鬼魂二人組的計畫，做出應驗鬼魂的「我」所預言的行動。

我的鬼魂並沒有很聰明。她就是未來的我，知道烏盛林的鬼魂曾經找過我，也知道我會配合他的故事，在未來將近兩個月會扮演著一無所知的自己，與烏盛林邂逅。一切都是命中註定的。

說不定是我解開了後門鐵門的鎖，讓烏盛林可以輕易潛入康宜花園一座。

我們一同死掉，再一同殺掉自己。我們之所以會死，是因爲我們死後回到過去弄死自己。烏盛林之所以被誤導，是因爲他死後回到過去，化身計畫的參與者，甚至將這個誤導的計畫告訴我。（見下頁附圖）

這是循環的因果。

烏盛林在酒吧門前見到和我親熱的那個男生，其實是他自己的鬼魂。我才沒有一

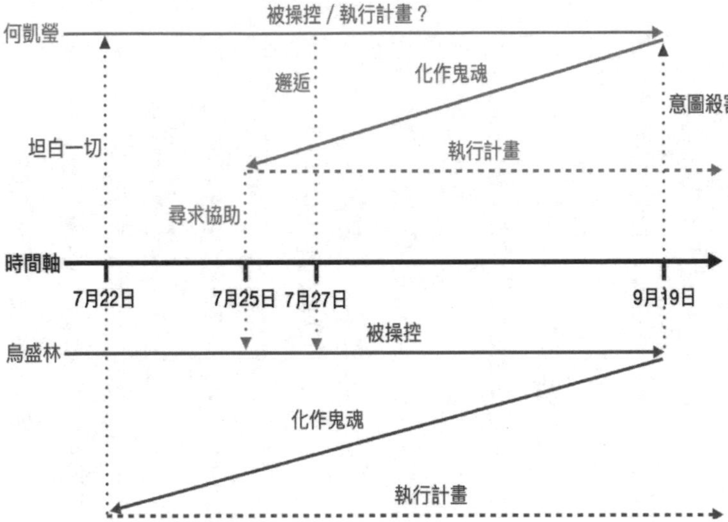

腳踏兩船，從頭到尾都很專一。

眞是的，居然覺得我是什麼「天使」，太過分了！待我變成鬼魂之後一定要教訓一下烏盛林。

不過話說回來，這個烏盛林完全是我喜歡的類型。雖然看起來呆呆的，但其實並不笨，關鍵時刻會變得很可靠。那種隨時都想睡覺的眼神也很可愛。唯一缺點是不讀香港文學，但這可以慢慢來。

當然，害死他的人是我（正確點說，是我的鬼魂）。爲了補償罪過，我必定隨他而去，在樓頂上一躍而下。那是不折不扣的自殺，沒有任何可疑之處。

除了這個「自殺計畫」外，我還有一個重要任務。

我要尋找那個即將在九月十九日死去的女孩。無論是還活著的她，還是不知道跳躍到哪一個時間點的她的鬼魂。

但可悲的是，如果我的推理沒有錯，時空就只有一個。那女孩無論做什麼、多努力，都無力扭轉她的悲劇。

但總要盡力而爲。

去年我讀過黃碧雲的《盧麒之死》。它是一部將一九六六年上吊死亡的盧麒當年的新聞報導、法庭紀錄等等資料拼貼而成的非虛構小說。縱使搜集了這麼多資料，盧麒究竟是自殺、被殺還是意外，最終依舊是沒有定論。就算如此，黃碧雲也仍然努力把小說寫出來了。

英國有句古老的諺語：「眞相是時間的女兒」。

但在香港，時間除了會誕下眞相，也會扼殺眞相。查案者可以一路拖延，直至所有線索已經消失殆盡，就能以「沒有可疑」結案。

所以，我必須找到她。

幸好，就算連扭轉時空的力量都無法挽回眞相，也還有Plan B。

至少，我和烏盛林的鬼魂可以在另一個世界，和黃雨衣男一起陪伴著她。

15

九月二十二日，一名男子在油塘釣魚時，發現魔鬼山對出的海面有一具全裸的女性浮屍[23]。

〈女兒之死（外傳）〉完

23 作者註：如欲知「正傳」，可在搜尋引擎輸入這一段文字。

陰陽盲

——

陳浩基

「大新聞！C班的阿廣死了！」

肥強甫衝進班房[1]便大聲嚷道。他這句話打斷了班房裡三個小圈子那些缺乏營養的聊天、兩個正在抄功課的懶鬼同學的動作，以及某個剛在手機十連抽也抽不到SSR角色的傢伙的咒罵——嗯，最後的那個某人正是我。

「天啊！」

「是阿廣？那個陰沉的傢伙？」

「怎死的？」

原本在閒聊和抄功課的同學們七嘴八舌地向肥強追問。

「不知道，他仍未開口！」肥強將書包丟到自己的位子上，然後笑著再往班房外跑。「我們快去湊熱鬧！」

「好耶！」大伙兒雀躍地跟肥強跑去，只有跟我要好的黑仔跑到一半停下來，回頭望向我。

「阿龍，你不去嗎？」他問。

我嘛嘛嘴，皺一下眉，亮出一副怪責他明知故問的表情。黑仔這時才察覺自己失

1 班房：粵語中指教室。

言，尷尬地笑了笑，跟我擺擺手再隨著他人走出走廊。

然後偌大的班房裡，就剩下我一人。

人類的適應力眞是高得不可思議，才不過兩年，本來的異常卻變成正常了。

兩年前某天，一則毫無新意的都市傳說在網上流傳，說有人在晚上見鬼。就像老掉牙的恐怖片情節，討論區某帖聲稱有的士司機在郊區公路上看到半透明的人影截車。起初沒有人在意這話題，但漸漸地，越來越多類似的報告浮上。

在街道看到鬼魂、在大廈走廊遇到幽靈、在家瞧見死去的親人……人們發現，這不是惡作劇，也不是集體幻覺——死者的靈魂，正徘徊於現世之中。一開始市民陷入恐慌，畢竟「鬼」是傳統禁忌，有人言之鑿鑿稱這是末日到臨的先兆，陽界即將化成陰間，亦有人以爲見鬼者時日無多，那些幽靈是勾魂使者、黑白無常；但後來城中每個人都看到相同的現象，於是迷信被理性擊倒，人們轉向尋求科學解釋。

然而，沒有學者能提出任何可靠的理論去說明這詭異的狀況。

就像鬼故事的套路，雖然大部分鬼魂有已死的自覺，能夠向我們這些活人講述死亡經歷，但也有不知道自己遭遇不幸的死者，搞不懂自己的狀態。鬼魂們沒離開，似乎都是因爲有心願未了，或是對人世有強烈執念，不過亦有一些不知道原因無法升天或下地府的孤魂。鬼魂殘留世上的時間長短不一，聽說有死者跟太太和子女告別後便消失得無影無蹤，但也有工作狂老闆病故後回到公司持續指示公司運作超過一年，至今每天仍在刷新紀錄。

這現象就像傳染病，從香港蔓延出去，不經不覺間，全世界數十億人都能看到這些半透明的死者了。

除了當中的0.001%外。

不知何解，世上有數萬人始終無法見到鬼魂。看不到他們的身體，聽不到他們的聲音，無法感應到他們的存在。過去，我們稱能見鬼的人擁有「陰陽眼」，如今反過來，看不到的被稱爲「陰陽盲」。

而我就是那0.001%的其中一個。

現象開始時，我們都對能看到的人感到恐懼，認定他們是被詛咒的傢伙，是異常者。可是兩年後的今天，不能看到的人才被當成不正常，是身體有缺陷的殘障者。

「似乎是病死。」數分鐘後，幾個同學先回到班房，其中一人淡然地說。「眞是無聊的死法。」

因爲我沒見過，所以不知道實際情況，但聽說鬼魂身上會殘留死亡一刻的特徵。假如是上吊死的，舌頭會老是掉到嘴巴外，被車輾過的，身上會留下輪胎痕。據說留下全屍的死者，鬼魂的外貌通常和死前沒分別，最凄慘的是被分屍的傢伙，手腳經常脫落，大意的魂魄有時會遺下斷肢在另一處，於是人們對在路旁看到半透明的手掌或腳掌甚至頭顱已經見怪不怪。

隨著上課鈴響起，去看熱鬧的同學們陸續回來，上午的課堂如同往日平淡地開始。老師或校長都沒有針對C班阿廣的死亡或歸來發表任何意見，學校如常運作。

沒有人再重視死亡了。

鬼魂現身後，世界自然變得很不一樣，但倒不是我們之前預想的不一樣。過去的靈異小說、恐怖電影會將這種「人間鬼域」描寫成活地獄，又或是像喪屍電影中那種末世風貌，但現實卻是理性得可笑，當人們發現鬼魂除了變成半透明和觸摸不到外，幾乎和人沒分別之後，本來對死者的忌諱也漸漸消失，甚至有老闆對聘請不用吃喝拉撒的幽靈擔任只要出一張嘴的服務業深感興趣。

而且因爲鬼魂能跟活人溝通，於是大部分謀殺案都能輕鬆解決。死者的證言能直接說明他死時的環境，是自殺還是他殺，只要找鬼魂聊一下便知曉。固然鬼魂可能說謊，可是就像活人一樣，撒謊者容易在表情、聲調上露餡，在追問下亦往往不小心被抓到自相矛盾的說法，所以「死亡眞相」好找得多。更何況死者大都沒有動機去隱瞞死因，畢竟他們是受害者，恨不得爲自己伸冤。除非是死得莫名其妙的糊塗鬼，否則都能釐清眞相。

同時全世界的自殺案大幅減少了。

因爲人們發覺，自殺不能解決問題。爲了逃避壓力去死，但死掉化成鬼魂仍留在陽間，要繼續面對未解決的難題，那死亡便不再是出口。

可是，相對地人們對殺人罪的憎恨也逐漸減少，變得漠不關心。「死者會回來」是常識，除了一些因暴怒而衝動殺人的個案，沒有凶手會笨得執行有計畫的殺人。另一方面，因爲死者只是換個形態存活，人們也不覺得剝奪他人生命像以往般十惡不赦。死人能爲自己討公道，「爲死者發聲」的迫切感就漸漸失去。

對我這種「盲人」而言，這是無法理解的。黑仔和其他同學可以鬧哄哄地「欣賞」化成鬼魂的阿廣，我覺得很可悲，生命好像變得毫無價值。我從沒將這想法宣之於口，因爲我知道一旦說出來，只會招來他人的訕笑，嘲諷我不能與時並進。

□

「阿廣一直坐在班房靠窗最後一排的座位，平日沒有同學理會他，他變成鬼魂跟沒變幾乎沒差別。」午飯時，在學校飯堂裡餅人一邊大啖咖哩飯一邊說。「搞不好死了的他比平日更受歡迎哩。」

「這說法未免有點那個吧……」我停下手上的筷子，覺得這對死者太不敬。

「反正現在死人不過是換個形式過活，『死者爲大』之類的說法過時了啦，我有鄰居還和女鬼談戀愛，正煩惱該辦一般婚禮還是冥婚哩。我見過那鬼新娘，不是說笑，樣貌身材都一流，難怪那位先生會迷上。但我替他不值啦，摸又摸不到，新婚洞房是要蓋棉被聊通宵嗎？」餅人咻咻地笑道。

「咳，餅人。」黑仔瞪了餅人一眼，大概示意別在我面前談這話題，畢竟我是「陰陽盲」。

「阿龍不會介意的啦，對不對？」

餅人和黑仔都是和我一起長大的童年玩伴，小學時已經相識，到今天讀到中五[2]仍是同校同學，只是餅人跟我和黑仔不同班。餅人原名姜秉仁，小時候我們替他改花名「薑餅人」，再省略變成「餅人」。至於黑仔，他本名裡根本沒有跟「黑」諧音的字，只是因爲他自小跟父親行山，曬得一身古銅色皮膚，我們便稱他作「黑仔」。餅人個性粗枝大葉，經常亂說話，相反黑仔則心思細密，有時我也覺得奇怪，我們三個怎會當上知己。

「阿廣爲什麼回來了？」我將話題拉回來。「不是說死者沒消失都是因爲有心願未了嗎？他在學校一向被孤立，爲什麼死後仍回來學校了？」

「嘿嘿嘿，那不是心願，而是依戀吧。」餅人不懷好意地笑了笑。「雖然他今早和生前表現沒兩樣，默默地坐在角落，但我敢寫包單他一直注視著右前方的『那個人』。」

「『那個人』？」

「比比，C班的班花啊。」黑仔插話道。

我記起了，C班那個叫Bibiana的漂亮女生。我記得她文武雙全，既是學校泳隊王牌，亦是紅社社長，不論男女生都仰慕她。雖然有帥氣的洋名，她卻喜歡「比比」這個暱稱，沒有半點架子。假如那個阿廣暗戀比比，倒是人之常情，只是死了仍爲了她而留在現世，這份執念又未免有點過火。

「說起來，那個阿廣不是跟阿龍你同社的嗎？」餅人問道。

「嗯。」我點點頭。我們學校有「社」的制度，中一入學時所有學生會分進紅、藍、綠、白四社其一，陸運會、水運會、開放日或校內球賽之類都以「社」當成單位分組，就像《哈利波特》裡霍格華茲學校那樣子，只是我們沒有宿舍。我和那個阿廣都隸屬藍社，餅人被編進紅社，而黑仔很諷刺地是白社社員，中一時我和餅人就笑說他可以考慮在社際戲劇比賽中飾演熊貓或斑馬。

「阿廣從沒出席過任何會議，」我邊說邊啜了一口冰奶茶，「明明水運會快舉行，中五生都要當籌備人員，他卻一直缺席。」

「對了，提起水運會，你們負責什麼工作？」餅人突然問道。

「道具製作，像橫額、打氣棒之類的。」我無奈地聳聳肩。我不熱衷於課外活

2 中五：爲香港學制術語，對應台灣教育制度爲高中二年級學生。

動，只沉迷電玩，這種傢伙都會被社長踢去做這些無聊的支援工作。

「我沒負責社內工作，因爲我是學生會成員，要負責協調各社人手。」黑仔回答。

「對，難怪你會記得比比，她是社長，時常跟學生會開會吧。」餅人摸了摸下巴。

「那你又負責什麼？」我問餅人。

他揚起一邊眉毛。

「嘿嘿嘿，你們一定羨慕死了——我當紅社的選手支援，要在泳池邊待機，可以近距離欣賞穿貼身泳裝的女孩子們。」

「我呸，有什麼好羨慕？又不能躲起來玩手機。」我說。

「對，而且我肯定有女生負責相同的工作，餅人你只會負責給臭男生遞毛巾。」黑仔補上一刀。

「哼，到時自有分曉！紅社出名多美少女，搞不好某個師妹[3]遇溺，我來一招英雄救美便能抱得美人歸……不過你們不用擔心，我不會冷落兄弟，他日再介紹她的好姐妹給你們認識，週末來個Triple date……」

餅人是個好人，缺點就是太愛幻想。

我們飯後將餐盤送到回收架，三人一邊繼續聊屁話一邊回班房，餅人一如往常跑來我們這邊，待上課鈴響起才回去。他在我們A班也算半個名人，除了因爲跟我和黑仔廝混經常露臉外，新學年開始時他更搞怪地假扮成我們班上一位因病缺席的同學作弄新老師，偷偷拍影片放上網。這種個性讓他很受歡迎，我知道我班上有幾個女生其實對他滿有好感，只是我和黑仔故意不告訴他，免他得意忘形。

餅人愛搞笑的個性，大概遺傳自他的外公。我和黑仔小時候到他家玩，見過他外公很多次，但每次都覺得不可思議——餅人外公老穿著印著什麼「大哥控股公司」或「傑弗遜飛船」之類的T恤，戴著一副鏡面只有五元硬幣[4]大小的怪異太陽眼鏡，留著一頭及肩的稀疏白色長髮，完全不是一般老人家的模樣。餅人說外公以前是個嬉皮士，上世紀七十年代留學美國，不知道吸過多少大麻。他外公一年多前病故，但他連死掉都不改他的嬉皮士個性，亡故翌日便以鬼魂的姿態回家，待了半年才消失——原因是他斷氣時某部他追看多年的劇集最後一季正演到一半。

我去年到餅人家作客，就被這老頑童作弄。那天黑仔臨時有事不能來，餅人突然說要跟我玩撲克，他手氣好得令人難以置信，我連輸二十局後才知道原來他外公一直站在我背後，大剌剌地告訴餅人我拿著什麼點數和花色。兩年前現象剛開始時，能看到幽靈的人們就是用類似的方法去證明鬼魂存在，只是後來沒必要再證明，這手段反

3 師妹：即台灣的「學妹」。

4 五元硬幣：港幣五元銅板直徑約為二十七公釐，台幣十元銅板直徑約為二十六公釐。

而被他們祖孫倆拿來欺負我這個「瞎子」。

跟餅人的外公相反，黑仔的外公完全是另一個世界的人。黑仔外公是位有名的法官，個性嚴肅得要命，我好像從沒見過他露出笑容。黑仔自小立志要讀法律，準備將來當律師，之後再當法官——我猜，他一定是受他外公潛移默化，再不就是黑仔媽在家不斷祭出父親的名字來譏諷丈夫，令黑仔有此志願，出人頭地。聽黑仔說，他爸爸在家甚無地位，強勢的媽媽管束一切。

黑仔外公至今仍健在，尚未退休，他的名字近年更是無人不識。原因是，他是第一個接納鬼魂當證人的法官。

某宗童黨[5]殺人案裡，被殺的少女化成鬼魂，回家哭訴如何被那些可怕的凶手們虐待毒打。該案缺乏目擊者，凶手很可能獲判無罪，律政司受輿論壓力提出讓死者上庭作供，答允的法官正是黑仔外公。聽黑仔說他也有去旁聽這場「世紀審訊」，他爲了準備明年考進大學法律系，這幾年經常到法院旁聽，未雨綢繆觀摩律師和法官的言談舉止，以應付將來的大學面試。

我很羨慕黑仔和餅人，他們一個有著明確的人生目標，奮力前進，一個隨遇而安，活得寫意。只有我半吊子，老在鑽牛角尖，既沒有追求卻又擔憂未來，結果只好宅在家打電玩麻醉自己。兩年前開始我對這世界愈感陌生，更不想去思考將來了。

□

下課後，爲了製作水運會的道具，我到了學校主樓二樓的藍社活動室。雖然水運會尚有兩個禮拜才舉辦，但我們道具組必須提早準備。

「三幅橫額、一百八十支打氣棒，還有三十對啦啦隊的彩球……這數量好多喔。」個頭矮小的Johnny說。道具組只有八個人，六男二女，一律是中五生。

「我和小敏負責橫額，你們六個人也不過是每人製作三十支打氣棒和五對彩球，分幾天工作，時間上綽綽有餘啦。」道具組組長麥兜瞪了Johnny一眼。道具組裡，除了美術部的麥兜和小敏外，其餘成員都是拉雜成軍的。

「三十支打氣棒……我們又不像麥兜你是熟手技工，哪能做得那麼快？」

「我們已經將設計圖簡化了，連猴子也能做到，Johnny你不是連猴子都不如吧？」麥兜吐槽道。「本來我還想弄一個吉祥物頭套，但忽然減少了一名人手，還是保守一點，只弄三條橫額算了。」

「少了一名人手？」我問。

5 童黨：指青少年聚眾滋事。

「C班的阿廣啊。」小敏替麥兜作答。「他本來也是道具組的。」

「雖然那傢伙很陰沉，但我見過他的畫，畫得很不錯。我打算讓他弄橫額，我製作頭套……嘖，怎料平白無端病死了。」

「但他今天也有回來啊，怎麼不要他來幫忙？」Johnny說。

「廢話，鬼魂又碰不到實物，叫他來又如何？」麥兜笑了笑，直盯著Johnny，「況且光說不練的廢物只要一個就夠了。」

眾人大笑。我也附和大家發出笑聲，可是我始終不像他們，能夠安心地隨便拿死者開玩笑。

打氣棒是用塑膠汽水瓶改造，扭開瓶蓋放一些塑膠珠子進去，再用色紙包覆瓶身，貼上裝飾，真的不難弄，但我們這些門外漢還是需要多留一點時間——Johnny就老是弄錯色紙底面，弄了老半天才完成了兩支。

「Johnny你好像是C班的？」我一邊剪裁色紙一邊問。

「嗯。」

「你跟阿廣相熟嗎？」

「班上沒有人跟他相熟啦。怎麼了？」

「沒什麼，只是好奇，想知道他的鬼魂怎麼回來了。」

「因爲比比囉。」Johnny想也沒想，斬釘截鐵地說。

「他暗戀比比？所以對現世有所依戀？」

「九成是了。不過他那才不是『暗戀』，是『明戀』，只是比比不在乎。比比一向受歡迎，班上『明戀』她的男生少說也有十二個……」Johnny聳聳肩，「女生也有五個吧。」

我也不理解自己為什麼這麼在意。過去兩年，我聽過身邊很多死者歸來的消息，在親戚和鄰居也有好些例子，可是我就是很想弄清阿廣對人世間有什麼執念。

或者因為我是陰陽盲，所以對陰陽的界線變得如此模糊感到不快，希望所有死者得到安息，回到他們理應所在之處。

不過換個說法，也可能只是我有潔癖罷了。

「這橫額設計好髒好噁心喔。」

就在我們仍在弄那些汽水瓶時，Johnny偷懶跑到正在帆布上用鉛筆畫上底稿的小敏身邊，偷偷瞧了桌上的設計圖。

「什麼噁心！這是風格！」麥兜反擊道。我肯定他便是設計者。

「這些密集的黑色圓點算什麼風格？」

我伸長脖子瞄向那設計圖，一看之下，不由得笑了出來。

「麥兜，你抄襲草間彌生啊？」我說。

「不是抄襲，是致敬！致敬！」

草間彌生是日本著名藝術家，她的風格就是利用大量密集的圓點構成不同的圖案。去年餅人跟我參觀過展覽，不過我們不是為了欣賞美術品，而是餅人打聽到當時在追的女生會去，於是「二仔底死跟」[6]，希望裝作偶遇。當然他奸計沒得逞，雖然那天我們的確遇到他的心上人，可是對方身旁已有男伴。

隨著Johnny和麥兜的吵吵鬧鬧，這天的活動室開放時間快要結束，我們只好解散，明天課後繼續。時間已是黃昏六點多，天色漸暗，我們學校又在一座小山丘之上，無人的校門外顯得格外蒼涼。

道具組的同學們都搭地鐵回家，我卻住在學校附近，我們在校門外便分道揚鑣。他們往北走向地鐵站，我則沿著南向的下坡路信步而行，想著該直接回家，還是先到商場看看新的電玩軟件發售了沒有。

然而，當我轉過彎角後，不由得止住腳步。

一個穿我們學校校服的短髮女生，背著我直愣愣地站在行人路正中。她似乎想往前走，可是踏出半步又退回來，似是前方地上有蟑螂或是毛蟲似的。學校向南的道路兩旁都沒有建築物，只有樹木和混凝土造、防止山泥傾瀉的石壁。

「要幫忙嗎？」我趨前輕聲問道。我的聲音令她嚇了一跳，她慌張地回過頭，我才赫然發現對方便是我們今天老在談論的C班班花比比。

「啊、你……」比比欲言又止，一副不知所措的樣子。

「是有毛蟲嗎？還是四腳蛇[7]？」我低頭瞧向地面，卻沒看到這些小動物。我抬頭望向比比，卻見她一臉錯愕地瞧著我。

「是他啊？」

「什麼？」我循著比比的視線，望向下坡道無人的方向。

剎那間我明白了。

「抱歉，我是陰陽盲。」我對比比說。她怔了一怔，但我沒等她回應，便轉身向著空蕩蕩的前方喊道：「麻煩你讓一讓路，別騷擾這位同學。」

我完全不知道這樣喊話有沒有用，但看到比比的視線沿著下坡路往下移，表情轉趨緩和，我便知道奏效了。

「謝謝你，龍同學。」比比說。

「咦，妳認識我？」

「學校裡只有一個人看不到鬼魂，我當然不會不認識。」她笑著說。「幸好你經過，不然我也不知道會跟他在這路上對峙多久。」

6 二仔底死跟：粵語俗語，有死纏不放之意。

7 四腳蛇：即台灣的「蜥蜴」。

「雖然我看不到，但我猜……是阿廣嗎？」

比比點點頭。

「剛才紅社的會議結束晚了，我獨個兒離開學校，走到這兒時，發現阿廣就站在前面。我以為他有事情要跟我說，但他卻默然站在路中心，表情怪怪的，害我不知道怎麼辦。」

「他是鬼魂，觸碰不到妳，其實妳直行直過便可以了？」我說。

「碰不到，但心裡總有點毛毛的嘛。」比比苦笑一下。「我自小便怕鬼。」

難得有人跟我有類似的看法，覺得鬼魂是異物。

「妳要去哪邊？我陪妳走一段路吧？」我邊說邊向前走。

「我住彩富花園。」

「咦？這麼巧？」我有點詫異。「我也是。我住B座。」

「我住H座！」

我們並肩沿著坡道回到市區，一路上有說有笑。不過我心底有點鬧彆扭，畢竟對方是學校裡才色兼備、屈指可數的美女，我卻是不起眼的宅男，走在一起未免太不相襯。

「你送我到這兒就好了，我可以自己回去，這邊人多，阿廣應該不會胡來。」我們來到B座的入口，但我沒有進去。

「不……我只是想順道去商場看看今天推出的電玩到貨了沒。」我有點尷尬地說。

「咦，是《集合啦！魔物大亂鬥ＳＳ》？」

我作夢也想不到這名字會出自比比之口。

「妳、妳也知道？」

「我也要去！」比比滿臉笑容。「我是鐵粉，上一代平衡度超差，追加角色和道具太ＯＰ[8]了，這一代我期待了好久哩！」

天啊，文武雙全、交遊廣闊、待人親切還是個電玩玩家，難怪她班上的男生都拜倒石榴裙下。結果我們買了新的遊戲，交換了線上ＩＤ，約好之後連線遊玩。

「線上見，張同學。」告別時我說。比比本名張詠琛。

「叫我比比就好。線上見，阿龍。」比比笑著對我揮手，然後消失在Ｈ座的入口。

我踏著輕快的腳步，回到Ｂ座的家。本來想說這天未免有點太完美，可是，在等電梯時卻聽到一段讓我內心一沉的對話。

「剛才差點被那個男孩鬼魂嚇死！」

「可不是嘛，靠在牆角一直偷看這邊，我拐彎才看到，幾乎撞個正著。」

「是Ｂ座某家的孩子嗎？但最近好像沒聽到哪一戶有十來歲的男孩子過世吧？」

8 ＯＰ：遊戲用語，是太過強大（overpower）的縮寫。

兩個大嬸在我身後說著。我回頭望向B座入口的玻璃門，門外風景一如往常，只有花槽和屋苑的告示板。

雖然我看不到，但我總覺得阿廣正站在那告示板旁邊，向我投來怨恨的目光。

□

「阿廣的鬼魂今天還在嗎？」翌日午飯時，我向餅人問道。我們這天沒光顧學校飯堂，到了附近的偵探冰室。飯堂雖然便宜，但餐點選擇不多，我們每週有一、兩天會到外面用餐。

「在啊。你好像很在意似的？」

「沒什麼。」我不想說出昨天黃昏遇到的事情。「好說歹說死了一個同級生，在意也是人之常情吧？」

「阿龍，你還是改一下你的生死觀較好。時代變了，太執著於他人的生死只會被當成怪胎。」黑仔一臉認眞地說。

「我是『瞎子』，就當是殘疾人士的特權可以嗎？」我有點動氣。「或者至少讓我知道阿廣患的是什麼病吧，莫名其妙地死掉一個同學，虧你們還可以視而不見。」

「『視而不見』的是你啊。」餅人吐槽道。「不過嘛，假如你問他患什麼病，我倒知道。」

「你知道？」

「我昨天下課後在教員室碰巧聽到。是非常無聊的心臟病，好像說是家族遺傳，他老爸也是被心臟病殺死。」

「阿廣是單親家庭？」我有點意外。

「不，聽說是更糟的『無親家庭』。他和爺爺同住，好像說他媽媽在他幾歲時便跑掉了，而數年前父親病死。」

我突然覺得，阿廣的陰沉或許不是天生的性格，而是被惡劣的環境塑造出來。

「你昨天還聽到什麼？」我向餅人追問。

「你當我是死因研究庭還是家事法庭？我哪知道那麼多啊。」

「話說回來，餅人你昨天課後怎麼在教員室？」黑仔插嘴問道。

「哎喲……沒什麼啦，只是惡作劇有點過火，被豹頭抓去訓話罷了……」

豹頭是訓導主任的別號，好像是十幾年前已畢業的師兄師姐留下來的，我倒不曉得出處。

「你幹了什麼？」

「我將教員會議室白板的水性馬克筆全換成油性，再將美術室的洗筆水全換成水喉水[9]。」

我想像到老師們開會時發現筆跡擦不掉，甚至從美術室拿來有機溶液一樣於事無補的焦急模樣。

一如昨天，我課後來到活動室，繼續做那些手工作業。

「麥兜，雙面膠紙似乎用光了？」我在雜物堆翻了好一陣子，仍沒法找到。

「奇怪了，雖然數量不多，但至少夠今天用嘛。」麥兜放下繪了三分之一面圓點的帆布橫額，伸手翻另一個雜物堆。

「是Johnny啦，他用得超凶的。」一位正在織彩球的同學說。

我和麥兜回頭一看，只見Johnny將長長的雙面膠紙貼滿一張色紙的底面。明明只要貼四邊便穩妥，他卻像要密鋪平面似的，不讓色紙餘下半寸空間。

「怎麼啦，怪我囉？」Johnny攤手聳肩。

麥兜嘆一口氣。「阿龍，可以麻煩你去超市買五卷膠紙嗎？」

「沒問題。」我拍掉黏在身上的紙屑，往活動室門口走過去。

「我也去！」Johnny迅速走過來。「大家工作辛苦，我順便去買些飲品、零食給大家吧？」

「你……唉，好吧。阿龍，你別讓Johnny買太多，記得keep單。學生會的傢伙統統是吝嗇鬼，帳目管得緊，一個不高興便會砍撥款，到時社長和財政又會唸我。」麥兜大概察覺讓Johnny當跑腿，大伙兒工作會進行得比較順利。

我們離開活動室，往校門走去。路上Johnny不斷說麥兜壞話，說他假公濟私，打算藉爲水運會製作的道具當成履歷，增加入讀大學設計系的本錢云云。

「……所以之前才說弄什麼吉祥物頭套，假如被校報攝影師拍了照，他就可以拿校報給面試官看，印象分大增嘛！橫額什麼的就丟給阿廣和小敏處理，如今奸計落空，就抄襲什麼日本大師的設計，企圖利用橫額替自己——啊，見鬼了。」

Johnny突然站住，眼神空洞地瞧著前方，像是想起什麼事情。

「怎麼了，錢包忘了在活動室嗎？」我問。

「見鬼啦。」他回過神來，以下巴向前呶了呶。

我還沒反應過來，只見Johnny對著陰暗無人的梯間喊了句：「喂，阿廣，你別躲在牆角嚇人好不好？」

Johnny靜默數秒，然後眉頭一皺，面色難看起來，就像跟人吵架的反應。

「喂，我在跟你說話！你現在是鬼，給我有點自覺！如果你這麼閒就去活動室找麥兜，你本來就是道具組的，因爲你擅自嗝屁了害我們人手不足……喂，喂！別跑，我還沒說完！」

9 水喉水：即台灣的「自來水」。

Johnny邊說邊往梯間走過去，但數步後便停下。

「剛才阿廣在那兒？」我問。

「你不也……啊，對了，你看不到。」Johnny搔搔頭髮。「那傢伙站在轉角，他明明跟我對上眼卻不理會我，生前死後都是一個樣，完全不聽人話，眞難相處……」

「他……剛才面上掛著什麼表情？」

「什麼表情？沒什麼啊，還不是同一副蠢樣。不過他一直在瞧著你，你昨天也問起他，你們是朋友嗎？」

「不，我幾乎從沒跟他說過話吧。」

我不敢說出心底話——阿廣可能因爲我昨天替比比趕跑他，含恨在心，所以「作祟」的對象換成我了。

六點多我們完成今天的工作分量，離開學校時，我心裡實在不安。因爲我要獨個兒走坡道回家，而且我無法看到阿廣——他很可能仍尾隨著我。我唯一慶幸的是，自從全人類都能看到鬼魂後，我們終於證實「厲鬼殺人」是無稽之談，鬼魂根本無法觸碰實物，更遑論人體。我本來有點擔心他會偷偷跟我回家，但我父母都不是陰陽盲，有幽靈闖進家裡不會沒看到，就算萬一阿廣硬闖，他們也能找「專業人士」處理。道士、神父、和尚之類宗教人士驅邪治鬼的手段有效是這兩年來另一件被人類證實的事，好像說鬼魂不會被打至「魂飛魄散」，但會感到不適，只能逃離驅魔現場。

好像說政府正推動立法，在警隊增設神職部門，用來驅趕鬼魂。我猜，權貴們應該害怕死人的執念吧，畢竟人類的權威對法外的鬼魂束手無策，而且無法噤聲、不能收買，只要幹了什麼骯髒事，死者都能抖出來。

□

接下來兩天的週末假期，稍稍讓我忘掉阿廣的事。難得買了新電玩，自然玩個沒日沒夜，而且我更在線上和比比一起闖關，玩得不亦樂乎。比比確是老手，不過她只在晚上登入遊玩，她說早上要到泳池練習，下午則用來溫習。跟我這種「廢宅」相比，她真是徹底奉行「一天只玩一小時電玩」的模範生啊。

可是送別愉快的週末後，迎接我的只有鬱卒的週一。

即使我是陰陽盲，我也知道阿廣不時跟著我。我早上到校時，發現每個來校的同學都偷瞄門口旁的一根柱子，彷彿那兒站著某個隱形人，然後我回到班房後，聽到同學們都在竊竊私語，討論「那傢伙在門外想做什麼」——而我明顯看到門外走廊上沒半個人影。今年校內就只有阿廣一個死者，所以我肯定他們談論的不是別人……或「別鬼」。

「我似乎被阿廣纏上了。」午餐時，我對餅人和黑仔說。我將早上的發現告訴他們，亦說出上週五Johnny跟阿廣拌嘴的事。

「你不用擔心啦，鬼又沒什麼好怕的。」餅人啜著麵條，咖哩烏冬的湯汁四濺，但他不介意白色的襯衫被沾污。

「餅人說得對。那傢伙可能是無所事事，隨便找個人來尾隨一下。你玩開放世界的電玩，不也時常做這種無聊事嗎？」黑仔說。

「更何況你看不到，假如看到還算有點不便，既然對方對你而言是個透明人，那就不用煩惱了。」餅人再說。

「你們眞是『好兄弟』啊。」我反諷道。

「當然是好兄弟，阿龍你之前問的事情我已查到，看我多麼爲兄弟著想。」餅人故意順著我的反諷說道。

「我問過什麼事情？」

「你問我阿廣怎麼死嘛。」餅人漫不經心地嚼著大片牛肉，口齒有點不清。「他原來是上週二急病身亡，只是週三我們放假，所以才不知情，然後他週四化成鬼魂回來。」

「上週三不就是課外活動日嗎？」我問。學校在學年間訂定數個課外活動日，學生到校出席早會後，便各自參與課外活動，像球類比賽、電影欣賞、名人校友座談會之類，中午便解散，翌日則爲假期。

「嗯。聽說他午飯後離開學校，在下坡路那邊走到半路時氣喘心悸，然後便倒地。當時有其他學生看到，立即跑回學校找老師，再召來救護車將他送院。」

「啊，原來那天我聽到的警笛聲是那個啊，應該是下午兩點左右吧？」黑仔說。那天我和餅人一到中午便跑到快餐店吃新推出的漢堡，黑仔因爲學生會事務滯留校內，之後才跟我們會合，在快餐店無所事事虛度青春到黃昏。

「時間我不清楚，但我想沒錯。」餅人啜掉湯碗中最後一條烏冬。「據說送到醫院時已沒救了。校方知道阿廣有遺傳性心臟毛病，我猜是他入學時爺爺向校方報備吧，只是事發時人不在學校裡，學校即使有藥品也來不及。這只能說阿廣運氣不好。」

雖然餅人的結論很殘酷，但或者這是眞理。我們無人能預知死亡，而生死之間，往往只是一個機會率的數字偏差。可能阿廣心有不甘，沒來得及向比比表白便死了，這份執念便成爲他歸來的原因。

「嗨，阿龍！」

一道清脆的女聲打斷我的沉思，我抬頭一看，是笑容滿面的比比和另外兩個女生。她們捧著餘下一點剩菜的餐盤，大概是剛用完餐，正將托盤拿到回收架。

「啊，比比。」在餅人和黑仔驚訝的目光下，我帶點靦腆地跟比比打招呼。

「昨晚眞高興呢！阿龍你好厲害。還有，謝謝你送的戒指，晚點再見！」

女生們離開後，我費盡唇舌才能說服我的好兄弟相信我和比比沒有約會、「好厲害」是指我操控的角色、「戒指」是遊戲中的防護道具，我和比比之前就只有碰過一次面而已。

「難怪你被阿廣盯上啊，恐怕你之後更會與C班全體男生爲敵吧。」在餅人還在怨天怨地罵著爲什麼這種好運沒降臨在他身上時，黑仔淡然地丟出這句話。我隱約感覺到他語氣中有點嘲笑我「活該」的味道。

課後道具製作過程順利，從Johnny對我依然友善的態度可以看出，我和比比的傳聞尚未傳進C班的男生耳中。麥兜和小敏已著手製作第二幅橫額，他們好像週末也有回校趕工，那張密密麻麻以大小不一的黑色圓點併成「藍社No.1」字樣的天藍色橫額暫時掛在牆上。第二幅橫額的設計是一堆長著笑臉的卡通花朵，我和Johnny猜搞不好又是「借用」某位著名設計師風格的「致敬作」吧。

「咦，黑仔？」我們離開學校時，我發現黑仔正站在校門外滑手機。

「我正要給你發訊息，問你是否仍在學校。」

「你等我？有事嗎？」

「沒事，只是活動室六點關門，時間差不多我便看看會不會碰上你。」黑仔提起擱在腳邊的書包。「一起走吧。」

「你走這邊？你不是坐地鐵回家的嗎？」

「你家附近也有巴士站嘛。」

我突然想到，也許黑仔是擔心我在意阿廣的事，特意來陪我。

「道具組工作順利嗎？」在路上他問我。

「還好吧，除了有人偷偷說組長假公濟私，將道具製作當成履歷內容。」我笑道。

「組長……是B班姓麥的那個男生？」

「對，就是麥兜他啊。你怎麼知道組長是他？」

「各社的籌委人員名單有送副本到學生會嘛。我早知道你和餅人負責什麼工作，上星期我對餅人說的那句是客觀事實啊。」黑仔嘴角揚起，一副偷笑的模樣。他之前說在泳池邊當助手的餅人一定只能給臭男生遞毛巾，原來不是吐槽。

「剛才你說那個姓麥的想將道具製作當成履歷，其實也沒有什麼問題。」黑仔說。「課外活動一向是大學面試官重視的環節，所以不管有沒有私心，只要他盡好本分就行。」

麥兜時常在背後埋怨學生會，但學生會一員的黑仔卻替麥兜說好話，眞是諷刺。

「可是剽竊就不好吧。」我補上一句。

「剽竊？」

我將麥兜的設計抄襲日本大師的事告訴黑仔，他的表情頓時一沉。

「唔，萬一鬧出醜聞……或者我明天課後來你們的活動室看看。」

「不，我勸你別來較好，」我搖搖頭。「你還是跟我們社長談談，讓他處理吧。」

「你認爲這不是學生會監管範圍？」

「我不知道，但理由不是那個。這是爲你好。」

黑仔聳聳肩，表示沒所謂。

「你上星期就是在這兒遇上比比？」我們在下坡道走到一半，黑仔問。

「對，就在這兒，她當時站在那個位置，直瞧著前方……」

我指了指路的盡頭，黑仔怔怔地直瞧著前方。

「對，當時她就像你這樣子，瞪著前面——」我沒把話說完，因爲我察覺黑仔似乎真的瞧見了什麼。

「你是C班的吳耀廣同學吧？」黑仔突然對前方喊道。「我知道你每天都跟蹤這位龍同學，你給我放聰明一點，否則我不客氣。」

我回頭望向無人的前方，再緊張地回望黑仔。

「我是學生會成員，我自然要管！而且阿龍是我的好朋友，你再纏著他，我便找道士將你消滅。你別以爲鬼魂無敵，論耍狠我比你們這些遊魂更狠。」黑仔板起臉，語帶威嚴，就像教官訓斥新兵。

「喂！你別跑！給我承諾不再找他麻煩——」

黑仔跑了數步，可是他的視線轉到道路旁的山壁上。

「鬼魂眞方便，這麼陡的斜坡也能一躍而上。」黑仔抬頭望著石壁嘆道。

「可是你碰不到他，即使追上也沒意思啊。」

「這個也是。」黑仔苦笑一下。

「謝謝你啦。」我說。

「別客氣。」

「剛才對方說了什麼？」

「沒什麼，只是什麼『你別管』、『這是我和他之間的恩怨』、『不干你的事』之類。」黑仔頓了頓，再噗哧一笑。「怎麼輪到我當你的『護花使者』了？你又不是比比那種美少女。」

我也忍不住笑了出來。假如阿廣不是鬼魂，剛才倒像三個男的在爭風吃醋，旁人看來一定很好笑。

我回家後，覺得自己好像想通了。就像餅人說，既然我看不到鬼魂，那根本就不用在乎阿廣是不是纏上我。若我一直神經兮兮，反而害身邊的好朋友擔心。阿廣有什麼執念、對我有何怨恨，就由他好了。

□

如我所料，翌日社長臨時召道具組開會，麥兜的橫額設計全數被更改，完成了的那一幅更沒機會曝光。

「雖然這可能只被當成模仿，但天曉得會不會被某人在『名校Secrets』爆料，炒作之下我們便麻煩大了。」我們的社長如是說。

麥兜的道具組組長一職被撤下，小敏頂上，社長更豪氣地自掏腰包，叫小敏盡快用電腦繪製兩幅新的橫額，讓他委託坊間那些印製商業橫額的業者印刷。麥兜淪落到跟我們一起弄打氣棒和彩球，諷刺的是，他的加入令速度倍增，一百八十支打氣棒和三十個彩球得以提早完成。

接下來幾天滿平靜的。阿廣似乎仍在暗中尾隨我，不過我沒理會，其他人也好像對C班的他時常在我們A班外的走廊徘徊見怪不怪。我、黑仔和餅人依舊每天一起吃午飯，在飯堂中遇見比比便會打招呼，有天更剛好和她及她的好友們坐在一塊兒，就像男女生聯誼似的。比比也有兩個形影不離的女生朋友，每天一起用餐，一個叫嘉文，一個叫Roxanne，兩個都是游泳隊成員。

「我說，那個阿廣死了還不消失，眞是可惡。」在談到比比和餅人班上有同學死去，化成鬼魂回來後，嘉文吐出一句。

「嘉文，人家已經死了，便……」比比面露難色，似乎不想嘉文繼續說。

「我是實話實說而已！那種變態早死早著，可是鬼魂留下來死得不夠徹底也是白搭啊。」

「那個阿廣師兄做了什麼嗎？」Roxanne問。她比我們小兩歲，現在唸中三。

「他是個跟蹤狂啦。」嘉文啐了一口。

剎那間，我以爲她是在談我被跟蹤的事，但看到比比的神情，我才了解嘉文談的是阿廣生前的行爲。

「阿廣他以前……跟蹤過比比？」我問。

「沒那麼嚴重啦。」嘉文開口回答前，比比先說道。「只是我和嘉文去逛街，曾碰上阿廣兩、三次。可能是巧合吧。」

「對，那才不算是跟蹤，我也——」

我在枱底踹了餅人一腳，防止他自爆。兄弟一場我自然不會說，但偷聽到心儀的女生去看展覽，假裝偶遇正正是跟蹤狂的行徑啊。

「妳們每天都在飯堂吃飯嗎？地鐵站那邊開了一家新的快餐店，他們的豬排超好吃。」我努力轉移話題。

「是嗎？我好想吃，但比比不會去啦。」嘉文苦笑一下。「她要控制卡路里。」

「身爲泳隊主將，要做好榜樣給後輩看啊。」比比難爲情地笑了笑。她剛才點的是雞胸肉三明治餐，伴碟的沙律[10]也沒吃完。「我請明嬸給我少點沙律，但她總說『年輕人要多吃一點才長肉』，我被迫當『大嘥鬼』[11]了。」

明嬸是飯堂主廚，盛飯菜總是有多沒少，深怕我們餓壞似的。

「我倒覺得飯堂的沙律不錯，那芝麻醬挺好吃的，分量再多我也吃得下。」我說。

「那阿龍你替我吃就好……」比比話說到一半，突然臉上一紅，略帶慌張地說：「啊！不，我是說下次先分一半給你，不是要你現在吃我『口水尾』！」

難得看到精明的比比露出窘態，害我也不好意思起來。

我和比比不時晚上連線打電玩，我們還打開語音，邊玩邊聊天，發現我倆滿投緣的。我們在校內偶然碰面也會多聊幾句，感覺上我和她越來越接近，但相反地，我卻察覺餅人有點異常。他連續兩天缺席我們三人慣例的午餐聚會，甚至沒在小息或午休時來A班跟我們胡混。

因爲道具組的工作已完成，下課後我打算直接回家打電玩，沒料到在走廊遇上兩天不見人影的餅人。

「餅人！你這幾天怎麼消失了？」

「阿龍，你跟我來一下。」餅人的神態有點詭異，雙目無神，我認識他多年也沒見過他這樣子。

「怎麼了？你還好嗎？」我拍了拍他的臂膀，但他甩開我的手。

「我沒事。跟我來。」他的聲線冷冷的。

「要找黑仔嗎？不過他正在學生會當值……」

「我說跟我來。」

餅人的態度很奇怪，彷彿有一股無形的壓迫感。無奈之下，我只好跟著他，看看他究竟什麼葫蘆賣什麼藥。

我們走到四樓的一個儲物室外，餅人不知道從哪兒弄來鑰匙，將房門打開。走進房間的我被書架包圍，架上放著大量蒙塵的文件夾和舊校刊。

「什麼事？」我對正在關上門的餅人問道。「有什麼祕密要在這麼隱蔽的地方談？」

「我怕其他人看到。」

「屁啦，我們和黑仔整天聚在一起，怕什麼其他人看到？」

「我是怕『他』被其他人看到。」

我心下猛然一凜。我緩緩回頭，望向餅人視線所及之處，卻空無一人，只有透過灰濛濛的窗子射進室內的陽光，以及一堆用雞皮紙包裹的印刷品。

「阿……阿廣在這兒？」我緊張地問道。

「嗯。」餅人臉上仍沒流露半點感情。

「他……他要你叫我來？」我稍稍冷靜下來，雖然對方是鬼魂，但我其實不用怕他。

10 沙律：即台灣的「沙拉」。

11 大嘥鬼：香港環境局於二〇一三年推出的反面吉祥物，用來推動珍惜食物、減少浪費的運動。「大嘥」在粵語中是浪費的意思。

「對。」

「餅人，你們到底……」

「阿龍，別裝了，他已告訴我一切。」

一切？什麼一切？

「你對你幹的好事心知肚明吧？」

「什麼？」我緊張地不斷轉頭，一邊瞧向餅人，一邊回望無人的身後。「我不知道你在說什麼……」

啪。

餅人突然抓住我的肩膀，直視著我的雙眼，露出詭譎的表情——

「你這混蛋，居然交女朋友了。」

咦？

「而且對象還是那個比比！是我們的班花啊！可惡！你們上星期吃午餐時眉來眼去我就知道事情不單純了，不過想著兄弟一場，你交女友一定第一時間告訴我吧，結果你一直瞞我！脫單情有可原，但獨食罪無可恕！混蛋！爲了補償，你們下次約會一定要帶上我，而且我不管你用什麼方法，一定要讓比比帶Roxanne出來……」

餅人一副又哭又笑的表情，害我完全搞不懂狀況。

「等等等等！我和比比沒交往啊！你聽誰說的？」

「他囉。」

餅人指了指那無人的角落。

「阿、阿廣？」

「對啊。」

我像個傻瓜似的對著那個無人角落喊道：「你造什麼謠啊！是要讓我被C班的男生敵視嗎？還是想用這些流言令比比不再接近我？阿廣，你人已死了，爲什麼還要對比比這麼執著……」

「阿龍，等一下，阿廣沒有到處宣揚，他只跟我一個說啊。我讓你來這密室，就是怕你擔心跟比比交往的事被其他人聽到嘛。」

我回頭瞧著餅人，完全不理解當中的因由。

「什麼？只有你？」

「他說有事要跟比比的祕密戀人說，但奈何你是陰陽盲，所以只好向我求助，託我當中間人。」

「慢著，暫停一下。」我頭腦一片混亂。「阿廣以爲我跟比比交往了？」

餅人轉頭瞧向另一邊，再回頭對我說：「他反問『不是嗎？』。」

「沒有啦！我們只是連線打電玩吧！餅人你替他翻譯，他說一句你重複一句，否則這種對話好累人。」

「『我注視比比多年，從沒見過她露出那種表情，那是戀愛中少女的特徵……』喂，阿廣，原來你只是因為這種間接觀察，認為他們交往？」

「所以請你以後不要再跟蹤我吧！」我打斷餅人的疑問，「雖然我看不到你，你跟不跟我都不知道，但你的行為會影響我的朋友們，假如你有什麼事情要跟比比的男友說，拜託你找那個人，別找我。」

「『假如你不是比比的男朋友的話，那她一定沒有和其他人交往，你應該是跟她最要好的男生，所以跟你說也一樣。』可惡啊阿龍！你們是在搞曖昧吧？對吧對吧？嗚，羨慕死人了，我也要跟女孩子搞曖昧……」

好吧，我得承認阿廣這麼說讓我有一點高興，只是我和比比未免太不相襯，跟我交往一定害她被人譏笑吧。

「阿廣，你有什麼話想說？說完便早日升天，別在人世當孤魂野鬼。」我說。

「『我要懺悔。』」餅人說畢，也直愣愣地盯著那角落，就像對阿廣的話感到驚訝。

「『我偷拍過很多照片……』天啊！阿廣！你——哦，沒有嘛。」

「什麼？」我趕緊追問。

「他說他只是偷偷拍比比的日常照片，沒有任何猥褻成分的，就連泳裝照也沒有。」餅人頓了一頓，恍似想起某事。「你一定也有趁比比和嘉文逛街時偷拍吧？」

「他怎麼說？」我問。

「他承認了。」餅人噘噘嘴，再轉向牆角。「看樣子你還有做其他事吧？」

我們靜默了一陣子，就像在等阿廣開口。也許是羞於啓齒的話？

「哎喲，阿廣，就算你多喜歡人家，這已是犯罪啊。」餅人搖頭嘆道。

「他……」

「他說他偷了好些比比的物品，像鉛筆、橡皮擦、刷汗用的毛巾、丟棄的塑膠飲品瓶……他拿這些東西幹什麼，我想還是別問較好……」

我對阿廣的自白稍稍愕住。一方面對他的行徑感到可怕——難怪嘉文用「變態」來形容他——另一方面沒料到他有勇氣坦承這一切。人家說人之將死，其言也善，或許人死後更會反省生前的過錯，爲自己的行爲負責。

「『我本來想親自向比比謝罪，但我實在無法面對面承認做過這些事。我猜我一定是做得太多壞事，所以老天才會懲罰我，讓我急病病死。我想請阿龍你替我向比比道歉，並且歸還我偷去的東西……』阿龍，你怎看？」

我低頭想了想，點點頭。「可以，不過我認爲你不要百分百坦白較好。毛巾、瓶子、偷拍之類，你說出來只會傷害到比比，我不容許你對她造成二次傷害。文具之類就OK，她可能會感到討厭，但至少冒犯性低一點，比比是個明事理的女孩，她大概能原諒你。」

「阿龍你還不承認，你完全是一副正印男友的姿態啦。」餅人吐槽道。「『我不容許你對她造成二次傷害』……你們快快結婚，給我爆炸吧。」

「那些東西你放在哪兒？」我沒理會餅人，對著我看不到的阿廣問道。

「他說在家。」餅人說。「我們現在一起去？」

「嗯。」我剛踏出一步，突然想起一事。「我還有一事想問。」

「是？」餅人擺擺手，示意他會替我傳譯阿廣的答案。

「我要問的是你。」我搭著餅人的肩膀。「你剛才說什麼我跟比比約會要帶上Roxanne……說，你是不是看上人家了？」

「阿龍哥哥，這事就別深究，不過假如你們真的約會，願意帶上小弟，並且請來那位可愛的小師妹，在下感激不盡……」餅人掛上一副嘻皮笑臉。

阿廣住在富澤邨，跟我家相距四個街口，他生前都是步行回校，也時常在比比家附近等候，希望有緣遇見他的女神。我們在路上的對話都靠餅人傳譯，所以談的內容其實不多，倒是我覺得這傢伙沒我想像中的壞，只是過度鑽牛角尖，甚至跟我有點相像。他在學校沒有朋友，所以性格才會如此孤僻，我不由得想，假如我沒有自小認識餅人和黑仔，也許我也會像阿廣一樣，變成被同輩忽視的陰沉傢伙。

「這兒是那件著名案件中死者住的屋邨吧？」我們走進屋邨大堂後，餅人說。

「哪案件？」我問。

「童黨殺人那宗啊。死者鬼魂上庭指證犯人那一宗……」餅人轉頭瞧向另一邊，

「嗯，阿廣也說是了，還說被殺的女生跟他住同一層，死者回來當天他有看到。」

因爲知道這事，我們走在走廊時，我不由得聯想到那個可憐的死者回到家裡，父母知悉女兒遭遇的不幸時的痛苦情境。隨著犯人被判刑，那死者的鬼魂應該已消失了，但我就是忍不住想像到冤魂的哀號仍在走廊迴盪著。

我們來到阿廣家門外，正想著按門鈴，餅人卻突然伸手從鐵閘上方摸出一把門匙。

「阿廣說他爺爺有點老人病，時常忘記帶門匙，所以收藏了一支在門框上。家裡現在沒人，他爺爺正在上班。」

阿廣家雜物很多，而且看來並不富有，家具有點破落，像是撿回來的棄置物。狹小單位裡沒有任何亮眼之處，唯獨書桌旁邊的牆上，貼著一幅幅令我意外的素描。

是畫得非常漂亮、逼真的素描畫。

那些畫裡面，有街景，有自然風景，也有人像。我一眼便看到比比的肖像畫就在其中，而且超過一幅，每幅都畫得十分動人，捕捉到比比的神態。

「這是阿廣你畫的嗎？」我問。

「他說是。」餅人答。

「你說要向比比賠罪，我想不如將你畫的這些畫送她吧，這樣會顯得較有誠意。」

「他問這不會嚇怕對方嗎？」餅人邊說邊翻閱桌上的畫簿。

「你人已死了，應該不會。況且收到這種高水準的畫，沒有人會不高興的。」

我開始理解麥兜找阿廣進道具組的原因，很明顯阿廣的美術才能比麥兜高得多。

「可是像這種變態的畫，還是別送人吧。」餅人翻到某頁時說道。

我心下一驚，心想阿廣這傢伙不知道是不是移花接木，將比比的臉孔接上裸露的女體，但我趨前一看，卻看到另一種「變態」。

那像是恐怖片中的一幕，一個人形的異物半爬半跪著，身上附著破爛的衣服。這怪物兩條手臂、胸口和腹部都滿布密密麻麻的大大小小圓孔，臉上則橫七豎八地滿布筆直的疤痕，嘴巴兩端被割開，延伸至顴骨。

「這是什麼怪物？」我一臉嫌惡地說。

「這……阿廣，這不會就是那個吧？啊……真的是嗎？天啊，那未免太慘了。」

「什麼那個？」

「童黨殺人案的死者啊。」餅人說。「你沒看新聞嗎？死者被酷刑虐待，人家用菸頭施虐，這群混蛋卻用焊接電路板的『辣雞』[12]，不斷在受害者的身上燒出一個個傷口，又用刀子割臉。新聞文字報導，跟真實看到的模樣感覺完全不同，唉，真可怕。」

我倒抽一口涼氣，將畫簿合上。即使只是素描，這是我第一次看到鬼魂的真實模樣，假如阿廣沒誇大，那我實在無法想像每天在街上看到這種異象的人如何保持理智。

恍惚間，門外好像傳來那女孩悲慘的嚎哭。

我將殘酷的影像、淒慘的聲音驅出腦海，告訴自己來這兒的目的，快快辦好便離開。餅人依阿廣指示，從抽屜取出一個紙盒，裡面放著阿廣偷來的那些「寶物」。

「三角尺、筆記本……啊，這晴天娃娃吊飾是比比掛在書包上的那個吧，我還記得因爲她說不見了，半班男生替她做地氈式搜索，原來罪魁禍首就是阿廣你啊。」餅人邊翻邊說。

「那這個便一定要歸還了。」我將物品分門別類，然後看到令我怔住的東西。

「麥果棒包裝紙？天啊，阿廣，你眞的有病啊。」餅人說。

「阿廣，我有事問你，你老老實實答我。」我對著阿廣應該所在的位置說。「你偷這麥果棒時，它是不是未被吃完的？」

「他說是。」餅人說。「阿廣你這傢伙一定吃掉餘下的半條吧？阿龍你怎知道？」

「比比跟我提過，說她爲了控制熱量吸收，零嘴會分開吃，但有時吃掉一半便糊塗地忘了餘下的放在哪兒。」我們連線打電玩時，她曾說過這一件瑣事。

「他說對不起。」

「我未問完。」我緊張地繼續問：「你有沒有在飯堂吃過比比的二手飯？」

餅人聽到我的問題，不由得瞪大雙眼，但他接下來的表情更是誇張，嘴巴張得老

12 辣雞：即台灣的「烙鐵」。

大。

「他……他說有。他說比比幾乎每頓飯都有剩菜，某天忍不住趁沒人留意，將餐盤回收架上比比吃剩的沙律拿走吃掉，自始便上癮了……」餅人露出鄙夷之色，「阿廣，你不只變態，還很不衛生啊。」

「阿廣，你心臟病發當天，是不是也偷吃過比比餘下的沙律？」我按捺住內心的激動問道。

「他說是。這眞是報應……」

「跟平時有沒有什麼不同？我說那沙律。」

餅人盯住我，似是對我的疑問感到奇怪。

「他說沒留意，只是好像比平日更甜更合他的口味……阿廣，你不是要痛改前非嗎？怎麼還一臉想到美好回憶般喜孜孜的樣子？」

我沒有理會餅人跟阿廣鬥嘴，內心不住往下沉。

我好像瞥見了那被覆蓋起來的眞相，而且是讓我難以接受的眞相。

□

翌日下課後，我和餅人走上學校主樓的天台。餅人偷偷複製了學校的多支鑰匙，不管是天台、儲物室還是教員會議室，他都能竄進去。

「我們還要等多久？」餅人問我。

「快了，應該差不多要來了。」

我話音剛落，天台的鐵門「咿呀」一聲打開，那人踏進陽光之中。

「怎麼了？有事找我嗎？」

「嗯。」我點點頭。

「爲什麼要在這兒碰面？」

「因爲我不想我們接下來談的事情被第三者聽到，黑仔。」

黑仔一臉狐疑地盯著我和餅人，可是我們都盡力控制情緒，不讓心頭的紊亂浮現臉上。

「那有事趕快說吧，我還要回學生會辦公室，過兩天便是水運會了，很多瑣事要處理……」

「黑仔，阿廣是你殺死的吧？」我說。

「阿龍你發什麼神經？阿廣不是病死的嗎？」

「我認爲那是僞裝成心臟病的謀殺。」

「這是什麼？扮偵探遊戲嗎？」黑仔臉上仍掛著笑容。「對了，我記得你也很喜歡玩那些解謎電玩吧？是模仿那個嗎？」

「別岔開話題。」我以平板的聲調說：「阿廣是被人毒殺的。」

「毒殺？」

「他迷戀比比，經常暗中偷吃她午餐吃剩的菜。犯人只要在吃剩的沙律裡投毒便能令阿廣自行服毒，而且他更知道即使死者死後察覺沙律有問題，變成鬼魂也不會說出事實，畢竟偷吃心儀女孩的二手飯實在不光采。」

「等等，阿龍，你是推理遊戲玩太多了？哪有毒藥能偽裝成心臟病？」

「有。我查了一整天，找到條件吻合的毒藥——顛茄生物鹼。一旦誤服便有致命危險，發作時間從五分鐘至六十分鐘不等，視乎劑量多少。這種生物鹼會令人心跳加速、心悸、呼吸困難，甚至癲癇發作和陷入昏迷。由於阿廣有家族心臟病史，毒發時被誤當成心臟病，沒有人察覺他是中毒。」

「這毒藥要上哪兒找？淘寶或Amazon有售嗎？」黑仔笑著問。

「這生物鹼在好些野生植物中也有，最明顯的就是洋名Belladonna的顛茄，它的果實外形一如普通漿果，而且據說味道甘甜，不容易察覺有毒。」我頓了頓，直視黑仔那清澈的眼神，「你自小熱愛行山，有不少山野知識，要找這類植物不困難吧？」

「好，就當你說的都是事實，你怎麼懷疑起我來？」黑仔失笑道。「頭號嫌犯不正是比比嗎？被變態跟蹤，還偷吃剩菜，這麼噁心，用毒藥懲戒對方很合理吧。又或者犯人是嘉文，你們也聽到她罵阿廣變態，她也有充分的殺人時機和動機吧？」

聽到黑仔將矛頭指向比比和嘉文，令我感到一陣反胃。

「我一開始也懷疑過比比，但很快發現，犯人可以是任何人，而且比比反而嫌疑最小。」

「爲什麼？」

「我們在飯堂吃完飯後，要自行將餐盤放到回收架，換言之，如果犯人察知阿廣有吃二手飯的癖好，那就很容易下手，只要跟在比比她們後面，在放上自己餐盤時將有毒果實放進比比吃剩的沙律裡，那便大功告成。假如阿廣沒上鉤，那些毒藥只會被送到垃圾桶，不會引起麻煩。至於爲何比比的嫌疑最小，因爲她要殺阿廣的話，一是要瞞過每頓飯都一起吃的嘉文和Roxanne，一是將二人拉成共犯。」

「那兩者都有可能吧？」

「不，這兒的大前提是『犯人早知阿廣偷吃剩菜』，假如比比她們察覺這件事，一定會發現麥果棒消失之謎的眞相，如此一來毒劑便不會放在沙律中，而是吃剩的麥果棒內，這樣子更能減低敗露的風險。」

「什麼麥果棒消失之謎？」黑仔稍稍露出詫異的表情。

「阿廣有偷拿比比在課室吃剩的麥果棒的習慣。C班的人也許聽過比比說不見了半條麥果棒的事，但我們A班從不知情，換言之，黑仔你的嫌疑比比比或其他C班討厭阿廣的人更大。」

「慢著，這太跳Tone了吧？你剛才說的所謂證據，就只有『我喜愛行山』和『毒藥是容易在山上找到的那什麼顛茄』，這怎可能立證啊？」

「對，但我想起一件事，便知道你有可疑了。」

「哪件事？」

「你在下坡道替我罵走阿廣的事。」

黑仔的臉色一變，我知道我說中了。

「那天阿廣根本沒有跟蹤我，你只是利用我有陰陽盲的缺陷，企圖加深我對阿廣的誤解，以爲他對我心懷怨恨。黑仔，你大意了，我細心回想一下，便發現無論是我替比比趕跑阿廣，或是Johnny跟阿廣的對質，都跟你那次不一樣。」

「什麼不一樣？」

「阿廣回嘴。」我嘆一口氣。「阿廣是個消極陰沉的傢伙，不擅長跟人對抗，遇事只會賠不是，或是轉身逃避。假如他會說出什麼『你別管』、『這是我和他之間的恩怨』、『不干你的事』，那太陽也會從西邊升起。」

「你說得你好像很清楚他個性似的。」黑仔嗤笑一下。

「不清楚，但我們已談過。我跟他確認，那天他沒有在下坡道堵截我。說謊的人一是你一是他，但客觀看來，他的說法比較可靠，相反你當天的舉動充滿疑點。」

「你……跟他說過話？你不是陰陽盲嗎？」

「找一個中間人便可以了。」我對我必須一一戳破黑仔的謊言感到悲哀，彷彿他變成一個我不認識的陌生人。「你當天的做法，令我思考核心的問題——爲什麼你要增加我對阿廣的誤會？我只想到一點，亦是你的殺人動機：你要阻止我們有碰面交流的機會。」

黑仔沉默不語，我只好繼續說下去。

「學生會早收到各社的水運會籌備人員名單，你也承認早知道我和餅人的職責，換言之，你亦很清楚我和阿廣一起被編進道具組。我本來無法理解爲什麼你要阻止我們接觸，但我在阿廣家裡找到原因了。」

我從衣袋拿出一張捲好的紙，打開，放在黑仔面前。他瞄了一眼，後退半步，呼吸變得急促，連忙將視線錯開。

那是阿廣畫的那幅童黨殺人事件受害者的畫像。

「請……請你收起來。」黑仔語氣焦灼不安。

我將畫紙反過來，無奈地看著這幅殘酷的畫。一般人大概以爲黑仔跟這死者有什麼關係，令他無法面對，但事實卻不是這樣，而是更單純的理由。

黑仔有密集恐懼症。

只要看到密密麻麻的圓點或孔洞，黑仔的恐懼症便會發作，就像逼畏高症患者從三十八樓望向地面，黑仔只要看到密集的東西都會出現噁心恐懼的生理反應。

我和餅人自小已知道黑仔有這心理病，所以平日也會小心保護他。去年餅人只約我沒找黑仔去那個草間彌生展覽，就是知道那些藝術品很可能讓他不適，我叫他不要來活動室找麥兜看那幅「致敬」橫額，亦是出於相同原因。

在阿廣那幅素描裡，死者鬼魂身上那些被「辣雞」弄成的密集傷痕，就像蓮蓬那般令人倒胃口。

「黑仔，你不知道阿廣畫了這樣的一幅畫，但大概知道他和這個死者是鄰居吧。即是說，你害怕阿廣知道這幽靈的眞實模樣，假如我從阿廣口中知悉這事，便會發現你的祕密，那個你一直隱瞞的祕密。」

黑仔喘著氣，一臉凝重地瞪著我。

「黑仔，你跟我一樣，是陰陽盲。」

黑仔說過他有到法庭旁聽那件童黨殺人案，死者鬼魂破天荒上庭作供，他一定有看過那少女慘狀，而且殘留在鬼魂身上、手臂上的傷痕一定會引起他的密集恐懼症。然而他不但毫無異樣地看完審訊，事後也沒跟我們提起，說明他根本沒看到鬼魂的樣子。他大概事後從他人口中——很可能是擔任法官的外公——知道死者的眞實模樣，便發現他的反應存在矛盾。

「假如阿廣跟我每天課後待在一起從事沉悶的道具作業，說不定我們會變得熟稔，即使他向我提起那少女鬼魂的事、而我又察覺跟你的心理病有矛盾的可能性微乎其微，你也不願意冒險，寧願採用最保險的手段來阻止我和他接觸。在這時代，殺人不能滅口，但對我這種『盲人』而言是個例外。」

「阿龍你……這一切只是猜測吧？」黑仔漸漸回復，冷靜地問道。

「是推理。」

「那即是沒有證據了。」黑仔笑了笑。

「要證據很容易。」我本來希望黑仔不會找藉口，結果還是要祭出這最後手段。

「請你現在指出阿廣所在的位置吧。」

「咦？」

「阿廣就在我們身旁，他一直都在，聆聽著殺死他的你的狡辯。」

「你騙我，他根本不在。我知道你是用什麼逆向心理學……」

我從口袋掏出一副撲克牌，隨便洗了洗，抽出約十張像扇一樣打開，牌面向著他舉起，放在他面前。

「你這是什麼……」

「紅心8、葵扇4、梅花9、紅心J、紅心K、階磚2、小丑……」站在我身後遠處的餅人喊道。

黑仔的眼睛張得老開，我稍稍將牌反過來，確認餅人剛喊出的牌順無誤。我沒留意原來小丑牌也混進去了。

「阿廣他就在我旁邊……」黑仔這時終於察覺到這事實。在他來之前，我和餅人已跟阿廣談好，要他站在黑仔身旁，以「撲克牌測試」證明鬼魂的確存在。從黑仔踏進這天台一刻開始，我便確信我的推理無誤——他完全沒對「阿廣在場」這件異事有任何反應。

「爲什麼你爲了這點小事便殺害阿廣？那是人命，是人命啊！看不到幽靈有什麼大不了？假裝自己和其他人一樣，對你來說有這麼重要嗎？我也是個陰陽盲啊！」憤怒和哀傷的感情湧上，我顫聲地質問道。「你怕被歧視、被孤立嗎？黑仔，原來你是一直如此看我的嗎？我是一條有缺陷的可憐蟲？」

「不是！我跟你不一樣！我不能看不到鬼魂！」黑仔情緒忽然爆發，奮力大嚷道。

「爲什麼？」餅人問。

「因爲我將來要當律師，我要成爲不輸我外公的偉大法官……」黑仔無力地跌坐地上。

我這時才明白。既然法庭接納鬼魂當證人，先例一開，未來律師、法官或其他執法人員必須有能力看到鬼魂、跟鬼魂溝通。陰陽盲的人不可能勝任這些職位，就像色盲患者不能當飛機師，瞎子不可能考車牌……

「黑仔，就算如此，你有權剝奪阿廣的生存權嗎？他日你當上法官，能公正不阿地判案嗎？你要不斷以謊言覆蓋謊言，讓自己的人生變得虛偽嗎？即使阿廣明天消失，他的影子也會纏繞你一輩子啊……」

黑仔跪在地上痛哭，我和餅人無力地低頭瞧著他。

我不知道阿廣這時露出什麼表情。或者，我看不到也是一種福氣，因爲無論他是憤怒還是悲傷，那表情也會烙在我心底一輩子。

□

黑仔翌日便沒再回校，課室裡我旁邊多了一個空位，午飯也只餘下我和餅人兩個。除了我和餅人，校內沒有人知道黑仔退學的眞相。據說他去了警局自首，但阿廣好像放棄作證，所以能否立案也成疑問。當然，也有可能礙於黑仔外公的特殊身分，律政司要多加考慮才決定是否起訴。

政府提出修例，建議改動謀殺及誤殺相關的法律，爲罪行減刑，其中的理由是死者不過是換個形態繼續「生存」，那就有違立法原意。社會上正反雙方意見均等，我也不知道事情結果會變成如何，但似乎其他國家也有類似的爭議。

也許這眞的是末世吧。生與死的界線不再清晰，生命變得廉價。

我代阿廣將偷來的物品歸還給比比，她收到時甚爲驚訝，但她接受了阿廣的歉意，縱使我和黑仔對質當天後阿廣的鬼魂已沒再回校。比比對我轉交的幾幅出自阿廣手筆的肖像畫更感意外，但如我所料，她對這些漂亮的畫感到欣喜，也惋惜阿廣早逝失去成爲畫家的機會。

在這時代，仍願意爲他人之死灑下一掬同情之淚、心存憐憫的人實在難能可貴。我和比比沒有交往，但仍在曖昧之中，幾乎每天都會碰面。我想，或者我該盡快表白，合不合襯我也不在乎了，畢竟在這怪異的世界裡，無人能知道明天會發生什麼事，人類又會愚蠢地犯下什麼錯。在世界土崩瓦解前，能找到靈魂伴侶是人生的唯一幸福。

「大新聞！D班的阿健死了！」

某天早上，肥強甫衝進班房便大聲嚷道。班上的傢伙們一窩蜂跑出去湊熱鬧，只有我待在班房裡。我不禁低嘆一聲，因爲那個會回頭問我去不去的笨傢伙已不在了。

〈陰陽盲〉完

那陣揚起黃色斗篷的陰風

——望日

1

「呀！一定是我們觸怒了靈體，現在他回來報復了！」盧小姐雙目瞪得圓大，微微縮起雙肩，呼吸急速，神色慌張地驚叫。

「妳、妳冷靜點……妳的思維未免太跳脫了吧？怎麼、怎麼會忽然說到靈體？」雖然Peppe口裡勸人冷靜，身體卻很誠實，他整個人都因爲內心的驚恐而顫抖起來。義大利男子Peppe移居香港十年，外形高大壯健，平日看來穩重可靠，卻對幽靈等異界之物完全沒轍，神情跟盧小姐一樣虛怯，說話時也變得斷斷續續。

「喂！你們不要亂說好嗎？我們跟『凌同學』是同一陣線，就算他回來復仇，也不會找我們吧？」平野小姐竭力保持冷靜，然而她的說話速度明顯比平日快，似乎也有點動搖起來。

「不，也不一定。凌同學可能覺得我們是在吃人血饅頭[1]，利用他的死來宣傳，增加我們的生意額。」從商多年的蔡小姐不急不徐地說，希望能鎮住現場的焦慮氣氛。

可是，她這句話不單無法安撫人心，反令原本驚魂未定的眾人倍感不安。中文不大

1 人血饅頭：指利用他人的不幸來獲得好處，特別常用於跟政治有關的話題上。

靈光的平野小姐更把話聽錯了，驚叫起來：「什麼人肉饅頭？我們沒做這種東西啊！」

聽得懂的Peppe則焦急地反駁蔡小姐：「但我們會捐款啊！而且我們是『良心社區』的商戶，生意變好不是好事嗎？」

「靈體才不會在意我們是否良心社區的一員，畢竟他的死是我們整個社會的共業。」蔡小姐無奈地嘆了一口氣。

聽著聽著，盧小姐的呼吸變得越來越急促，她已嚇得不顧儀態，縮起雙腿抱在懷內，低聲說：「我們不如不要再談什麼靈體好嗎？」

平野小姐聽到此話後忽然無名火起，乾脆縱容心中的怒意膨脹來蓋過恐懼，白了盧小姐一眼道：「哼，好像是妳先提起靈體啊！」

盧小姐猶帶著哭音地道歉：「對不起，但我們不可以用較科學的角度去看這件事嗎？我真的不想再提起那種可怕的東西了。」

平野小姐卻繼續狙擊對方：「那妳告訴我，妳是怎樣從科學的角度，讓凌同學的左手平空消失？」

「我怎知道呢？我也不想弄丟他的左手啊……」盧小姐一臉委屈。

「唉，不見了左手那天，我就勸大家要小心保管其餘部分。」平野小姐望向蔡小姐，續道：「好了，現在雙腳都消失了，不是靈體作祟，還會是什麼？」

「我……我……」蔡小姐自知理虧，只好把罪責轉移到別處：「我早就說過不要把凌同學『肢解』的了！好端端的一個人，為什麼不能完完整整，偏要把他分成五截交由我們不同人看管？」

「肢解什麼的！」Peppe忍不住高聲打斷對話：「不要說得這麼恐怖好嗎？我們現在還不夠慌嗎？」

忽然，就跟凌同學離世前的那刻一樣，一陣強烈陰風在深夜寂靜無人的街角驟起。它透過那道沒關好的門縫擠進眾人所在之處，發出了尖銳而淒厲的怒吼。

風聲刺進圍坐在圓桌旁眾人的耳窩，捲起了陣陣悲哀和寒意。坐得最接近且背向著大門的盧小姐，嚇得不自覺地挪動椅子，靠到Peppe身旁，用力地抓住對方的上臂。Peppe的身子也徐徐仰後，亟欲遠離大門。

不一會，風聲稍緩，卻緊接傳來什麼在外面摩擦著牆壁的聲音。在危險和恐懼的壓力下，眾人的五感特別敏銳，幾乎可以清楚聽到是什麼毛茸茸的異物正逐漸逼近。

「颯……颯……」那東西持續靠近，當中還夾雜舔嘴的貪婪之聲。

「夠了……對不起，不要找我們……」盧小姐低吟著，抓著Peppe的手越握越緊，快要到達崩潰的邊緣。

黑色的異物已然步到門前。它透過大門的磨砂玻璃，展示出聳動的身影和急於闖進室內的高漲欲望。

Peppe這時終於留意到大門露出的縫隙，急忙地高呼：「門！門沒關好啊！」

然而眾人還未來得及反應，那毛茸茸的異物已經透過門縫慢慢鑽進來——先是長在黑色毛髮中的兩個尖長器官，繼而是一雙遠比人類圓大的眼睛，直瞪著眾人。

盧小姐尚未看清眼前的東西為何物，已嚇得猛然撲向Peppe，把本已仰後身子的Peppe再推向後。Peppe在衝擊下失去平衡，二人雙雙掉到地上。在Peppe倒下之際，翻倒的椅子滑向眾人圍坐著的圓桌，椅腳和桌腳互相碰撞，發出數下鏗鏘的金屬聲。一直努力按捺著恐懼的平野小姐再也忍受不了，在混亂中歇斯底里地驚叫。在平野小姐尖叫聲的刺激下，倒在地上的盧小姐放聲痛哭，Peppe吐出了一連串外語髒話，蔡小姐亦不禁彈離座位，跳到遠處隔岸觀火。

不過，當眾人驚魂稍定後，就看到剛鑽過門縫進來茶餐廳的並不是什麼詭異之物，而是大家都認識、全身黑色的流浪狗「太陽花」。牠一臉疑惑地望著狼狽不堪的眾人，然後就自顧自地走到店內收銀櫃台的後方安靜地等候晚餐。

黃先生從廚房走出來，清楚看到整幕鬧劇，笑得差點把手上的牛排打翻。

「你們真是的！太陽花有這麼可怕嗎？」他一邊嘲諷，一邊走向太陽花，把食物放下：「我剛才在廚房聽你們說得繪影繪聲，旁人不知道的話，真的會以為我們肢解了誰——現在只不過是丟失了凌同學模型的左手和雙腳而已。」

2

黃先生是這家茶餐廳的店主，店內的裝潢跟一般港式茶餐廳相似，兩邊設有卡座，中間則放有圓桌和圓椅。這裡的天花本來裝有多把吊扇，黃先生在十年前接手時就已存在，但因爲看起來有點古舊而且搖搖欲墜，令不少顧客尤其是小孩子感到不安，他才在早幾年翻新店舖時不捨地把它們順道拆除。

至於店內的其餘四人，包括Peppe、盧小姐、平野小姐和蔡小姐，他們分別是義大利餐廳、港式糖水店、日式甜品店和台式茶飲店的店主。這五家店同位於深水埗光州街，皆是良心社區[2]的商戶，專門爲擁抱同一政見的「同路人」[3]服務。

近年網上流傳一句話：人會死兩次，一次是肉體的凋亡，另一次是被世人遺忘。

---

2 良心社區：借代「黃色經濟圈」，反送中運動支持者以政治取態區分不同商家，建立擁抱相同政治理念的經濟體系。在日常消費中，反送中運動支持者優先光顧政見一致的商家（俗稱「黃店」），同時杯葛親中、支持修例，或支持香港警察的商家（俗稱「藍店」）及中資背景的商家（俗稱「紅店」），希望藉此達致經濟互助及把資金留在支持運動的一方。

3 同路人：借代「手足」，反送中運動支持者互稱彼此爲「同路人」。

凌同學去年以自己的生命，對漠視民意、殘暴不仁的政權作出控訴；當日他身穿黃色斗篷，在金鐘立法會綜合大樓地下示威區（俗稱「煲底」）留下抗議標語後，潑油自焚而亡。事隔快將一年，眼見有些同路人已逐漸「回到正常生活」，黃先生自覺身爲良心社區的一員，不忍凌同學被世人忘記他的犧牲而再死一次，於是發起製作凌同學的模型，供光顧的食客換購，作爲紀念和提醒之餘，同時讓同路人多認識這良心社區內的不同商戶，讓各商戶都能均衡發展。另外四名店主後來響應這次活動而加入。

凌同學模型的製作比例爲一比八，站立時約二十二公分高。模型參照了他英勇赴義時的衣著，一身黑長袖衣、黑長褲、黑布鞋，佩戴著安全帽、護目鏡、口罩和全黑色的隔熱手套，肩上披有黃色斗篷，模型左手上臂的衣服亦割開了一道縫，模擬他當日在較早時間被襲擊時上衣遭割破的模樣。

爲了秉承良心社區的成立目的，模型在香港本土製作；同時爲了尊重凌同學，避免因粗製濫造而製作出容貌詭異的「邪神模型」，他們找了行內相當資深的專業人士監督，所以做出來的模型可動性很高。雖然模型的衣飾和配件不能拆下，但大部分關節採用球窩關節，可以自由轉動。由於他們第一次舉辦這種活動，怕反應不佳而不敢大量生產，模型製作數量不多，只有三百套，而且人手上色，因此製作成本相當高，每個就要三百多元。

他們把模型分成五部分：頭、身軀、左手、右手與雙腳，分別置於黃先生的茶餐廳、Peppe的義大利餐廳、盧小姐的港式糖水店、平野小姐的日式甜品店和蔡小姐的台式茶飲店供顧客換購。換購模型的方法很簡單，顧客只須惠顧該店特設的「香港加油套餐」，即可獲贈由該店負責的模型部件；店家每賣出一份套餐，亦會捐出五十元予支援同路人的組織。活動爲期十五日，由六月一日星期一開始，每家店每日限量銷售二十份套餐。模型則由黃先生統籌、儲存和分發予各商戶。

蔡小姐剛才說到的「肢解」，就是把凌同學的模型分成五部分置於不同店家的這個安排。在籌劃活動前，他們起初是建議以積分卡的形式，顧客集滿五家店的印章後，就可換領一個完整的凌同學模型。但他們考慮到這樣做的話，就必須委託其中一家店負責換領工作，增加了其中一人的負擔；有些顧客可能不會光顧全部店舖，例如不愛甜食的顧客就無法收集糖水店及甜品店的蓋印；還有採用積分卡的話，在每日售出的套餐數量和捐款方面將會衍生出各種難題——假如每家店每日只蓋二十個印章，活動完結後勢必有大量蓋不滿的積分卡，最終三百套模型就無法全數送出；如果不限制每日套餐數量，改以換完即止，顧客可能會一窩蜂在頭幾天擁去光顧，令店舖在準備食材方面失去預算外，也有可能造成部分店舖售出異常數量的套餐，捐款將會對店家造成財政壓力。就這方面的捐款問題，他們亦有想過改爲每家店做定額捐款，與售出套餐數量脫勾，但由於香港加油套餐其實是稍微調高了售價來回收模型的部分成本，售出量多的商戶可能會因此獲得較大利潤，到時候不單無法讓各參與商戶均衡發展，更眞的會變成吃人血饅頭。

當然，把模型分拆成五個部分送出也會有集不齊一套的問題。他們於是計畫在網路上建立群組，也在五家店舖門外設置交換告示板，方便顧客之間交換。他們希望透過這種交換，促進良心社區內人與人之間的交流，壯大良心社區。

不過，蔡小姐當時對分拆模型這個決定很反感，覺得這樣跟肢解凌同學沒有分別，對死者不敬之餘，顧客獲贈手手腳腳的感覺也很不祥。四位店主也有同感，然而積分卡衍生的實務問題實在太多，也難以解決，最終眾人投票後以四比一決定把模型分成五部分贈送，唯在包裝各個部件時，他們要求生產商使用半透明的灰色膠袋，這樣既看得到膠袋內的東西，又不至於令顧客過於不安。

此次活動在網路上宣傳後，網民的反應正面，特別是因爲模型做得很精細，換購時又能夠同時光顧良心社區及捐款予支援組織，可謂一舉三得。不少人表示，事隔一年，眞的開始對事情逐漸淡忘，希望換購到整套模型後放在當眼處，時刻提醒自己及身邊的同路人要繼承凌同學的遺志，不能輕言放棄。雖偶有一些人提出跟蔡小姐相似的想法，但網民普遍理解商戶的難處，認爲「肢解方案」儘管不完美，但可以接受。

六月一日，活動正式開始，實際反應跟網上宣傳時同樣熱烈，每日限量的套餐很快就賣光。大部分向隅的同路人都表示稍後會再來，甚至鼓勵他們「加碼」，趕製更多模型。

眾人滿心歡喜，覺得事情應該會一直如此順利。沒料到，活動到第五天就出了岔子，港式糖水店店主盧小姐發現丟失了兩隻模型左手，當晚五名店主馬上舉行會議，但沒有任何結論，只著眾人小心一點。到今日，即活動的第七天六月七日，台式茶飲店店主蔡小姐也發現缺了兩對腳，事態開始嚴重，眾人於是在晚上第二次齊集，在黃先生的茶餐廳研究問題所在。

3

誤把流浪狗當作詭異之物而嚇得倒在地上的Peppe和盧小姐狼狽地慢慢爬起。在旁的蔡小姐這時才如夢初醒，連忙上前協助，但平野小姐卻只是搖了搖頭後袖手旁觀。

二人簡單地檢查了一下身體，發覺沒有受傷，Peppe就協助盧小姐重新安坐在圓桌旁。他緊接著一邊放回椅子，一邊爲自己的糗事辯護：「但剛才的確是起了一陣怪風，大家又一直說著什麼靈體，我才……哈哈……」

盧小姐自知事情多少因她而起，也爲Peppe說項：「其實是我膽小在先，推跌了Peppe，眞對不起。」

蔡小姐憶起平野小姐早前間接責怪她丟失了模型的雙腳，頓覺機不可失，這時直望著平野小姐。

平野小姐向來感覺敏銳，馬上明白蔡小姐的意思，眼神閃爍著解釋：「我是有尖叫，但我是看到他們二人倒地，椅子直飛過來，我才吃了一驚⋯⋯」

「好了，既然大家沒事，就當什麼都沒有發生吧。」黃先生打圓場過後，瞥了太陽花一眼，看到牠開始進食，就走到店中央的圓桌坐下，但還是忍不住再次調侃Peppe：「今日是星期日，太陽花會來我這裡討吃，所以我們才會選在這裡開會。你眞是貴人多忘呢，竟被牠嚇倒。」

Peppe和黃先生大約於十年前的差不多時間在光州街開店，二人當時初到此地互相扶持依靠，十年來一同在這裡經歷過各種風風雨雨，自然建立了深厚的情誼，Peppe也當然不會對黃先生的玩笑當作一回事。他笑了笑後反擊：「都怪你！哪有茶餐廳門面的玻璃用磨砂的啊？」

「我也不想的啊，但半年前這裡被人惡意破壞，大門和門面的玻璃碎裂一地。爲了可以盡快重新營業，我匆匆走到附近的裝修公司，當日他們店內卻只有磨砂玻璃有現貨，在別無選擇下，唯有死馬當活馬醫，磨砂玻璃也照用，就一直用到現在。只能等到下次再被人破壞時，我再換回透明玻璃吧。」黃先生笑著說，但在座的人都知道這是苦笑，因爲他在那次事故後不久再次遇襲，他飼養了三年多的狗更爲了保護他而喪命，但這是別話了。

「放心吧，這條街跟半年前已截然不同，不少店鋪倒閉後由同路人接手，現在到處都是自己人，對方沒有那麼容易得手的了。但說起來，剛才我的確是有點害怕，因為那陣陰風，真的很像凌同學當日……」Peppe回應，卻不小心觸碰到眾人的痛處，尷尬地別過臉去。

其餘四人聽到這番話後，臉色自是馬上一沉，畢竟沒有人能輕易忘記當日的那個畫面。

在凌同學潑油自焚當日，他留下抗爭標語和遺言後曾兩度點起火——在他第一次點火的瞬間，一陣不知從何而來的強風突然襲向「煲底」，令火焰無法點起之餘，同時把凌同學身上的黃色斗篷高高揚起。在那一刻，隨風飄揚的黃色斗篷彷彿化成一面國旗，凌同學的這道背影亦成爲了這場運動的象徵之一。

「是神嗎？」「是上天動了惻隱，不忍他離我們而去嗎？」一直看著新聞直播、擔心凌同學安危的同路人，都不禁提出相似的疑問。

當刻在場外的立法會議員和同路人見狀馬上利用擴音器在外圍再次遊說，希望凌同學能回心轉意，跟大家一起繼續走下去。可惜凌同學這時已被警方和所謂的談判專家重重包圍，沒有人知道外圍的聲音到底能否順利傳遞進去，而凌同學心意已決，他抬頭望向天，不一會第二次點起火，黃色斗篷就再沒有揚起……

這個火光熊熊的畫面，那一陣揚起黃色斗篷的強風，都在眾人心中烙下一道難以磨滅的傷痕。

事後，有當晚在場的人憶起，當日的社會氣氛雖然受低氣壓籠罩，天氣卻是晴空萬里、風平浪靜，那陣強風確是沒有來由。而且，那時正值六月初夏，那一陣強風卻不知爲何充滿寒意，吹拂過後，不少人都直打哆嗦。不過，這番話到底孰眞孰假，會否只是心理作用或穿鑿附會，就不得而知了。

黃先生當然不會忘記這一切，但身爲這次活動的發起人，實在沒有必要爲眾人徒添不安，加上他剛才身在廚房，完全感受不到什麼陰風，也不便多言。他於是把早前在報章看過的說法，套用在這個環境上：「光州街兩邊建滿了高樓，街道就成了跟峽谷相似的環境，形成狹管效應，令這裡不時感受到強風。所以就算有強風，也不一定代表什麼。」

「哦，原來是這樣，是我們想得太多了，哈哈。」機靈的蔡小姐馬上和應。

Peppe和盧小姐聽罷面面相覷，想了想覺得似乎也有道理，就微微點了一下頭。

平野小姐不置可否，沒好氣地說：「那我們可以回到今日會議的正題吧？」

黃先生遂正式開始主持會議：「我們這次會議的目的，是希望調查盧小姐和蔡小姐的模型爲何會消失，從而避免問題再次發生。說起來，上次盧小姐丟失了兩隻左手時，我們以爲只是個別事件而沒有太在意。事隔兩日，我想大家都未必記得詳情，不如我們先請盧小姐再說一遍，妳當日發現少了兩件模型時的詳情吧？」

「沒問題。其實也算不上詳情，因爲我知道的亦不多。」盧小姐說：「我是在早兩日，也就是活動的第五日，六月五日星期五晚上，發現裝著模型的紙皮箱[4]內缺了兩隻左手，於是立刻通知大家，看看大家會否有同樣的問題，結果似乎是我弄丟了。」話畢，盧小姐微微低下頭，好像感到有點不好意思的樣子。

盧小姐的說法有點簡略，黃先生於是替她補充：「我們五家店負責贈送的模型部件雖然不一樣，但都是裝在一個長、闊、高皆約四十公分的正方體紙皮箱內，每箱一百包。由於我們各店每日限量出售二十份香港加油套餐，也就是說每日限量贈送二十個模型部件，一箱就能用上五日。所以盧小姐應該是到了第五晚，箱內的模型所剩無幾時，發現不敷派發，才知道缺了兩包，對嗎？」

「對。我查看過收銀機紀錄，當晚確認了過去四日每日均售出二十份，並不是因爲我賣多了。」事實上，因爲這個活動的反應熱烈，五家店由活動開始至今每日都賣光二十份的限額，而且接下來的日子看來都會是這樣。

蔡小姐這時加入討論，追問盧小姐：「在活動的首四日，妳有點算過箱內的模型

4 紙皮箱：即台灣的「瓦楞紙箱」。

數目嗎？」

「沒有啊。」盧小姐解釋：「你們都知道吧，我的店很小，只有我跟廚師二人，平日哪有餘暇去檢查呢？而且，這幾天店內都沒發生什麼事，我以爲一切順利……」

平野小姐嘖了一聲，卻沒有說話。

蔡小姐沒有理會，只就事件做出推論：「那就是說，兩隻模型手其實不一定是第五日才不見了，可以是活動中途不知道哪一天不見了，又或者其實一開始紙皮箱內就缺了兩個。」

黃先生回應：「這點我在早兩天的會議後向生產商查詢過，他們指因爲我們的訂量少、單價高，加上是人手上色，數量不像一般機器生產會有偏差，他們在入箱前亦點算了不只一次，所以可以保證每盒不多不少，就是一百小包。不過，大家如果擔心的話，我建議可以在開箱時點算一下。」

平野小姐又是嘖了一聲，然後不屑地暗諷：「現在已經是第七日，我們都在用第二箱了，如果之前沒點算，那就只剩第三箱才可以點算了。」

蔡小姐開始有點按捺不住，反問平野小姐：「那妳的意思，是妳這兩盒都有點算過啦？」

平野小姐話中帶刺：「當然有，我無論做事還是做甜品都是一絲不苟的啊！」

「不要說得我們其他人好像都是亂來的好嗎？我有隔日點算，我也有認眞做茶飲啊！」蔡小姐不忿地反擊。

「大家不要爲我爭吵好嗎……」盧小姐一臉不安地呢喃。

黃先生眼見盧小姐那邊也問得差不多了，爲了避免她們二人吵起來，於是順勢轉換提問對象：「那蔡小姐，妳剛說妳會隔日點算，所以妳是在今晚點算時發現少了兩對模型腳嗎？這兩日店內又有發生什麼特別的事嗎？」

「沒錯。今晚點算時，我發現紙皮箱內本應還可以用三日的模型，只剩下五十八包，有兩包不翼而飛。我的店這兩天也沒有發生什麼令人在意的事，一切如常。」

黃先生推論：「換句話說，兩對模型腳是在第六或七日不見了，但原因也不明。」

「假設生產商沒說謊的話。」平野小姐插嘴。

黃先生保持平靜地回應：「我們相信生產商好了，否則討論就難以推進下去。」

蔡小姐倒是白了平野小姐一眼後才建議：「這樣吧，我們全部店都隔晚點算箱內的模型數目；稍後我們開啓第三箱模型時，也先點算一下。這樣的話，應該能確保每兩日贈送和剩下的模型數量都正確吧。」

「每日點算不是更好嗎？」平野小姐質疑。

盧小姐聽到此話後，不禁爲工作量之繁重倒抽一口涼氣。黃先生瞥了牆上的月曆一眼後，覺得蔡小姐的建議較好，和議道：「畢竟我們都是小店，每晚點算的話恐怕會對大家造成沉重的工作壓力。就由明晚開始每兩晚點算一次，我想應該足夠了，大家同意嗎？」

平野小姐噘了噘嘴，但沒有再回應。

Peppe對這個建議雖然沒有反對，卻察覺到問題根本未有解決：「但定期點算只能夠提早發現問題，卻不能阻止模型消失，是治標不治本。說到底，我們應該研究一下它們爲何會消失才對吧？假如不是……」他沒把話說完，但在場的人都猜到他沒說出來的是靈體作祟。

蔡小姐一直不相信什麼靈體之說，忍不住嘲諷：「東西不見了，最簡單的原因當然是自己丟失或者被偷去吧，怎會一下子跳到什麼靈體呢？」

平野小姐藉機反擊：「當日好像是妳先提出不要『肢解』凌同學的啊。」

「沒錯，是我提出反對，但這是爲了尊重死者，不代表我認爲這樣做了就會得罪靈體。從來人比鬼可怕，我才不怕什麼靈體。」蔡小姐斬釘截鐵地反駁，說到最後兩句時更直視著平野小姐，彷彿暗示比鬼可怕的就是對方。

Peppe已經對她們的爭吵感到煩厭，趕緊拉回正題：「現在模型左手和雙腳各遺失了兩包，我相信盧小姐和蔡小姐都已經盡力保管，應該不是不小心丟失，她們的店這兩天也沒有發生什麼事的話，那最大可能就是被人悄悄地偷走了。你們覺得會是什麼人做的呢？」

「喜歡這模型的人嗎？」盧小姐問。

「唔……」蔡小姐想了想後反對：「但喜歡這模型的人，應該都是同路人，同路人會做出鼠竊狗偷的事嗎？畢竟他喜歡卻付不了錢的話，跟我們說就好，就像我們本來就會爲窮學生提供折扣甚至免費餐。而且，模型不是必需品，這樣就要來偷的話不配當同路人。更重要的，是我們五家店都有在收銀櫃台上展示出完整的模型，喜歡模型而要偷的話，直接偷走那隻不是最簡單嗎？」

「我同意。」Peppe回應：「而且，賊人偷走的部件數量也很奇怪，爲什麼兩次都只偷走兩包而不把整箱偷走？」

「可能是因爲整箱拿走很容易被發現？」盧小姐反問。

「這有可能，不過，」蔡小姐道出另一個問題：「即使不整箱偷走，一般人一手就可抓走五包以上，爲什麼那個人只偷走兩包呢？」

Peppe和盧小姐沒有回應，黃先生和平野小姐也暫時沒有任何想法，一時之間，大家似乎都對偷竊者的行爲感到不可思議。

偷竊犯人和原因這條線看來無法推進，蔡小姐只好再次開腔，轉回實務措施：「那我們要做什麼來防範賊人嗎？例如把模型鎖起或者怎樣？」

盧小姐聽到這個建議，緊張地搶著說：「鎖起來太麻煩了！」

黃先生也有同感：「套餐都集中在繁忙時間售出，如果把模型部件鎖到別處，屆時我們就要不時來回收銀櫃台，守住了模型，卻可能會遺失金錢，只會得不償失。」

蔡小姐只好妥協道：「那我們就照之前所說，只隔晚點算好了。」

「但剛才Peppe就說過，定期點算並不會阻止模型消失……」平野小姐的話在場各人其實都心中有數，但考慮到運作上的困難，她這次說話的語氣沒有很強硬，眾人也自然不了了之。

五名店主忙碌了一整天，看來已有倦意，討論氣氛逐漸變得冷淡。黃先生這時看到太陽花已經吃飽，肚滿腸肥地步出店門，他於是藉機建議：「牠吃飽了，那我們今晚的會議也差不多解散，希望之後一切順利吧。」

蔡小姐在此開設茶飲店只有半年，加上之前發生了許多事情，又忙於籌備這次活動，心中有很多疑問都沒有機會問大家。既然剛說起太陽花，她就在臨別前問大家：「你們知道太陽花吃飽後會去哪嗎？話說牠逢星期六來我那邊討吃後，我總想跟上去看看，但我關店後還有很多東西要清潔，還沒有找到機會。」

「不要跟上去啊。」Peppe嘗試勸退她，並解釋：「牠在光州街附近應該有巢穴，但實際在哪我們都不知道，因爲牠察覺到有人跟在附近的話，就不會回去。我和黃先生最初已經試過好幾次，都無功而還，反而令太陽花起了戒心，好一段時間沒來討吃。我想我們還是不要打擾牠比較好。」

「噢，那你們爲什麼會叫牠太陽花呢？牠又是何時開始出現呢？」蔡小姐追問。

這道問題改由黃先生回應：「牠在大約六年前的一個晚上在這條街首次出現，那時候我和Peppe已在這裡開店。我還記得當晚街上的路人都在起鬨，因爲牠的身上不知爲何沾滿了黃色的油漆，狀甚可憐。我走出店外看，Peppe剛好也在，我們於是去附近看看還有沒有未關門的五金店，結果我們找不到，卻找到一家兼賣油畫布的布疋店，店內恰巧有松節油和其他清潔用品，我們就借了去爲那隻狗清去油污。事後，這隻狗就一直在這個街頭上流浪。正因爲牠首次出現之時，除了黑色的頭部之外全身都沾滿了黃色的油漆，看起來就像一朵向日葵，但向日葵一詞在粵語中不夠響亮，於是我們就改爲叫牠作太陽花，象徵光明和希望。」

蔡小姐又問：「那牠會這麼有規律地每週順著去不同的店討吃，是因爲你擅長訓練狗隻的結果嗎？」

「不是啊，我當時還未開始養狗。」黃先生說：「但因爲牠每晚都會在這條街上出現，有些店主覺得牠很可憐，就把賣剩又適合的食物分些給牠。久而久之，越來越多的店加入餵飼，後來甚至爭相餵飼牠，爲免爭執，於是我們輪流每星期一日負責準備食物，慢慢牠就習慣了這個規律，會自動自覺直接去找當日負責的商戶。因爲香港法例規定，不得讓狗隻進入食物業處所，所以我們最初都是在外面餵飼牠；但冬天的時候天氣很冷，這條街又風很大，我們後來就偷偷在關店後讓牠躲到收銀櫃台後吃，以免被那些不近人情的食環署職員看到。蔡小姐妳的店的上一手店主逢星期六負責餵飼太陽花，他結業後妳馬上就租下該處，太陽花也自動『過戶』來找妳，難得妳不介意就好了。」

Peppe補充：「其實起初也有些店不大喜歡太陽花，覺得黑狗不祥。但說來奇怪，自從太陽花來了之後，這條街就開始繁盛起來，除了食店，慢慢出現了其他地區容不下的文青小店，例如唱片店、書店、手作啤酒店等，去年這條街更很快建立了強大的良心社區。」

這晚的會議到此結束，眾人離開時已是十一時多，其他店舖早已關門，街上燈光微弱，他們離去之時都格外小心，怕會不慎跌倒或撞上什麼。可是，今晚的會議成果有限，除了鎖定模型部件消失的時間範圍，以及落實隔晚點算的措施外，並沒有什麼實質能夠避免事件再次發生的方法。或許在「眾人」的心中仍有一絲期盼，希望這兩宗只是獨立事件，是盧小姐和蔡小姐剛巧弄丟了模型部件。事實上，他們難以做出更周密的保安措施，也只好做出如此期盼。

不過，這個「眾人」實際上只包括是次活動中的四位店主，因為另一人清楚知道，模型部件突然消失的事件只是剛開始而已……

4

翌日晚上，活動的第八日，五家店的店主依照昨日會議的決定，各自點算紙皮箱內剩餘的部件數目。第二箱模型部件贈送到第三日，一百減去六十，內裡理應剩下四十包，五名店主都確認數目無誤，鬆了一口氣，當刻以爲事件已告一段落。

可惜到了活動的第十日，六月十日星期三的晚上，噩耗再次傳來。Peppe的義大利餐廳發現缺少了凌同學模型的身軀，而且同樣是兩包，只好在當晚各家店都打烊後再次召開會議。

逢星期三，太陽花會去他們五家店以外的星空書屋討吃。星空書屋是香港某家近年突然崛起的獨立出版社旗下的實體書店；在這條街內的星夢工房也是該出版社的另一家店，專門售賣圖文書和相關作家的精品，亦是太陽花逢星期一會去討食的地方。

他們五人今晚沒有照顧太陽花的壓力，Peppe建議去他的店開會，畢竟這次他是「苦主」。

這家義大利餐廳的裝潢跟一般的歐美餐廳差不多，燈光微黃，桌椅和裝飾充滿歐陸格調。店內四周的牆壁曾一度貼滿便利貼、文宣品、剪報等，但現在已被抽象油畫取代，眾人看到之時不禁百感交集。

他們安坐在餐廳後方的一張圓桌後，Peppe先向眾人道歉：「不好意思，我也不知道是什麼時候弄丟了兩包模型。」

上兩次的事主盧小姐和蔡小姐向他報以微笑來安慰他。在上次會議態度不甚禮貌的平野小姐這次也沒說什麼，她似乎開始覺得事情並不是疏忽那麼簡單，畢竟同類事情第三次出現，背後應該有著某種共通原因。

黃先生這時先循例問：「你的店在這兩天有發生什麼特別的事嗎？」

「完全沒有，而且因爲事發前一星期對我來說一切順利，爲免多生枝節，我盡量保持相同的工序，除了前兩日及今日收工後增添的點算措施。」Peppe回應。

「有沒有可能是你超賣了套餐？」

「不會。我在活動開始前已在收銀機系統內加設了這套餐和每日限額，剛才我已查看過紀錄，可以肯定每日都是賣出了二十份，不多也不少，除了今日因爲缺了兩包模型才少賣了兩份。」

平野小姐這時忽然瞟了Peppe一眼，卻什麼都沒說，然後又快速地移開了視線。

黃先生看不到這個畫面，繼續集中討論遺失事件：「也就是說，兩包模型身軀應該是在第九至十日期間消失。時間範圍鎖定了，但我們又回到老問題：模型到底是怎樣消失的呢？」

「這點我們在上次會議已經有結論吧？模型沒腳不會走，不是店主自己丟失，就只能是被偷走了。」蔡小姐說。

Peppe說：「我也覺得是，但這兩日我留意不到有可疑人士接近過那箱模型。」

「賊人才不會讓你發現吧……」蔡小姐說罷，突然靈機一觸，發現一直忽略了一個能找到犯人的方法：「對了，你剛才有檢查閉路電視片段嗎？這樣就可能看到賊人的樣貌啊！」

Peppe搖了搖頭：「我的店沒裝閉路電視。」

「什麼？」蔡小姐面露驚訝的表情。

「Peppe很注重保障顧客的私隱，不希望拍下食客的樣貌和食相。這十年來經我多次勸告，甚至去年發生了不少事情後，他仍不肯安裝……咦？」黃先生代爲解釋過後，想到可以把同一問題轉給另外兩位受害人：「那蔡小姐和盧小姐妳們有查看過閉路電視片段嗎？」

蔡小姐回應：「我也是剛剛想到可以查看閉路電視，當然還沒有。不過，以我的記憶，我的店雖然有一台閉路電視從外向內拍攝收銀櫃台，但裝有模型的紙皮箱是放在閉路電視拍攝不到的位置。」

盧小姐接著說：「對不起，最近增加了點算模型的工序後比較忙，我還未有空查看。」

黃先生無奈地嘆了口氣，安撫二人道：「不要緊，其實我覺得不會拍攝到什麼。既然賊人選擇分三日行事，代表他相當有信心不會被發現。檢查閉路電視片段很花時間，有空再做吧。」

「可是，我還是想不通，賊人爲何要偷走模型部件呢？」Peppe不解地問。

蔡小姐認眞地分析：「話說上次我們曾懷疑是不是有人因爲喜歡凌同學的模型而偷走它，當時我們的結論是否定的。事後我再深思這道問題，才想到另一個可能性——恰恰相反，賊人是討厭這個模型或活動，故意來搗亂。」

「搗亂？有人要來破壞我們的活動？」盧小姐驚訝地反問。

Peppe這時忽然想到什麼似的，大呼：「啊！有鬼！一定是被鬼偷了！」

盧小姐聽到Peppe的話，迅即緊皺著眉提出反對：「之前不是說過不要再提靈體嗎？我不想談這麼可怕的事啊……」

「我說的不是靈體那種鬼，是指內奸那種鬼。」Peppe澄清。

「你是懷疑我們之中有內奸？」蔡小姐問。

Peppe回覆：「妳剛才說賊人可能是討厭這個模型或活動，黃先生又認爲賊人相當有信心不會被發現，我於是想，賊人說不定在我們之中，就能同時滿足這兩點。」

黃先生連忙勸止：「雖然你說的有道理，但我覺得我們還是不要『捉鬼』[5]比較好，對我們百害而無一利。」

「呀！我想起了！」蔡小姐沒有聽從勸告，反而狀甚興奮地繼續獵巫：「我的模型部件是在第六或七日遺失，我記得平野小姐在六月六日晚上來過我的店，還曾經靠近過收銀櫃台！」

一直沒多言的平野小姐解釋：「太陽花會一連三日依順序去找盧小姐、我和妳，我們爲了環保使用同一個食物盤給太陽花。我當晚去找妳，是因爲我要把食物盤交給妳而已，才沒有偷走妳的模型啊！」

「原因是沒錯，但不能排除妳藉機接近藏有模型的紙皮箱啊。」

「不是！我才不是鬼！」平野小姐不快地大喊。

Peppe這時也想起了什麼，加入道：「說起來，平野小姐早幾天好像在Twitter上用日文寫了些什麼。」

他說罷拿出手機，不一會就找到了，一邊說，一邊遞上前給眾人看：「是在六月七日踏入午夜前寫的，但我看不懂。」

平野小姐的臉色越來越難看，黃先生想出手阻止他們，但盧小姐和蔡小姐已靠近Peppe，看到畫面上平野小姐留下的文字——

あぁ、つかれた。ほんとうにめんどくさいひとたち！

「是什麼意思呢？盧小姐妳懂日文嗎？」蔡小姐迫不及待地問。

「我懂一點點。」

「那妳快說是什麼意思吧。」

---

5 捉鬼：在粵語中，鬼除了靈體，也指內奸（內鬼）。捉鬼因此有抓內奸的意思。

「大約意思是，『呀，我累了。眞麻煩的一群人！』。」

「那一晚我們開過會，平野小姐是指我們吧？原來平野小姐就是鬼！」蔡小姐激動地疾呼。

平野小姐本來不想多作解釋，但被指名道姓是鬼，不可能不爲自己辯護：「不是，我不是說你們。當晚我回家時有點不舒服，怕生了病，不想傳染別人，於是戴上黑色的棉口罩，卻被警察截查，我的tweet[6]說的人就是指他們。如果我這麼討厭你們，就不會加入這個活動啦。」

「那妳這則tweet爲什麼全用假名而不用漢字？很明顯是怕用漢字我們會猜到意思吧？」蔡小姐追問。

「不，我只是一時手快，沒轉換而已。」

蔡小姐卻繼續狙擊平野小姐：「妳剛才說『被警察截查』，良心社區的人對那班不是人的東西都恨之入骨，怎可能還會用『警察』這個詞？妳『僞良心』啊！」

「說起僞良心，」Peppe緊接著搬出另一證據：「我忽然想起，在贈送模型活動開始前的一天我去了太子，剛巧看到平野小姐。我起初以爲她去太子的目的跟我一樣，沒料到她竟然走進了良心社區的死敵之一：『黑心蛋糕』去買東西！」

平野小姐雙眼逐漸變得通紅，焦急地解釋：「你們聽我說，那天我的店生意太好，甜品都快賣光，卻有不少顧客說要支持我，不介意等候，我只好趕緊加製。因爲沒時間再自己烤焗，附近的店都找不到，才去了該處買海綿蛋糕回來加工。事後我很後悔，怕顧客吃到我的甜品後，覺得品質下降，之後我已經沒有再去，也決心下次寧可提早關門。」

「哎喲！原來妳的甜品都是買現成的回來轉賣，妳不如直接加盟黑心蛋糕啦。」蔡小姐冷嘲。

「就只有那一晚的蛋糕類甜品，而且唯獨海綿蛋糕是買現成，上面的忌廉[7]、果醬等配料全都是我自己製作的！」

「誰知道啊？說不定其他甜品都是粗製濫造。」

平野小姐激動得站起來大喊：「我做的都是正宗日式甜品，你們沒資格批評我！」

「我們怎會沒資格批評？我賣的茶飲當中也有甜的。」

「妳賣的牛奶抹茶是用茶精和奶精沖的，根本不正宗！」

「我……」蔡小姐一時間無法反駁，只好找救兵：「盧小姐，妳也來評評理。妳賣糖水，一樣算是甜品，有資格評論一下。」

6 tweet：在社群軟體推特（Twitter）上發布資訊。

7 忌廉：香港稱鮮奶油爲忌廉。

平野小姐沒望上盧小姐一眼就說：「她也不見得比妳好多少！她的店之前推出了什麼抹茶紅豆沙，竟在紅豆沙上蓋上抹茶粉，顧客一攪拌，抹茶粉就和紅豆沙結合成一坨深褐色糞便一樣的異物，那是人吃的嗎？」

盧小姐自知不足，客氣地回應：「眞對不起，但那個抹茶紅豆沙在顧客反映意見後已取消了。日式食材不是我的專長，可能會有未盡善之處，還望妳多多提點呢。」

平野小姐卻不領情：「不懂就不要賣啊，而且我怎可能無償教導妳？」

「我知道妳也有想過在日式甜品內融入香港元素，我可以反過來教妳做港式糖水……」

「我才不用妳教！」

蔡小姐這時再次抓住平野小姐的痛處：「但無論如何，妳去黑心蛋糕買東西，就是僞良心，還有資格說自己是良心社區的商戶嗎？」

「哦，我明白了！」忽然間，平野小姐想通了什麼似的，轉守爲攻，進行反擊：「你們三人一直針對我，說我是鬼，其實是想掩飾模型根本是你們三人故意弄丟的。」

「神經病，我們爲什麼要故意弄丟？」蔡小姐反問。

「理由很簡單，你們三人預先合謀丟掉部件，就是爲了少賣出套餐，因爲每賣出一套，就要捐出五十元；丟掉兩包，就能省回一百元捐款。」

Peppe否認：「我眞的不是故意弄丟的，也沒跟她們二人預先合謀。」

平野小姐回應：「我猜起初只是蔡小姐跟盧小姐合謀，但你後來發現了，她們就拉攏你加入，所以你的確沒預先合謀，是最近才合謀！」

「這是詭辯，我眞的沒有啊！」

「夠了！」黃先生終於無法忍受，喝止眾人的同時，用力拍向桌子。桌子發出巨響，還被擊打得彈離了地面。

四人因著這震撼靜止下來，黃先生馬上教訓眾人：「我不是說了不要捉鬼嗎？你看你們吵成什麼樣子？良心社區都不團結，要如何宣揚理念？」

蔡小姐有點委屈地說：「但不把內奸抓出來的話……」

「那我問妳，假設我們五人之中眞的有內奸，妳抓到之後打算怎樣？」

「我會……痛罵那人一頓，問他爲什麼要這樣做。」

「然後呢？」

「然後把他趕出這個活動，並通知其他人，逐他出良心社區。」

「再然後呢？」

「唔……」蔡小姐猶豫了半晌，才道：「沒有了。」

「妳覺得這樣有意思嗎？」黃先生反問。「他可以去其他地方開一家新店，再加入當地的良心社區，結果我們只是把禍根轉移到別處。」

「那……」

黃先生不待她回應，突然提出可怕的建議：「妳應該把他……最好也……這樣他今生今世都不能再妨礙其他良心社區。」他說著之時，可能是怕店外面剛巧有人經過聽到而誤會，刻意放輕聲說，只有坐在他身旁的盧小姐和蔡小姐能聽到完整的內容。

「噫……」盧小姐不禁發出感到厭惡的聲音。

蔡小姐也不認同這個建議：「好像太過分了吧？」

「所以我就叫你們不要捉鬼。」黃先生這時才說明他眞正的意思：「選擇了加入良心社區的人，本性善良，難以狠下心腸對付內奸。在這個前提下，就算抓中了鬼也沒有意義；反之，抓錯了，就像剛才那樣，同路人對罵，傷了和氣，更可能會有人感到心灰意冷從此離開良心社區，値得嗎？」

稍頓一下，黃先生續道：「就算我們之中有鬼又怎樣？他要繼續裝下去，就得跟我們做著一樣的事情，捐款、贈送模型部件等，這樣反過來利用他，不是更有意思嗎？我們與其花時間捉鬼、互相批鬥，不如互相鼓勵；不要批評人家僞良心或不夠良心，畢竟每個人的能力和背景不同，能夠爲良心社區付出或犧牲多少因人而異；遇到投誠的人也要廣於接納，這樣我們才可以逐步擴展良心社區嘛。」

盧小姐聽罷低下頭來，不一會率先認錯：「對不起。」

平野小姐也跟著道歉。

蔡小姐想了想，雖然好像有點勉強，但也低聲說了句：「不好意思。」

大家始終是成年人，黃先生自覺已經說得太多了。不過，他沒聽到Peppe的回應，感到奇怪，於是回頭一望，卻發現他已經不見了。

在黃先生左顧右盼找尋之際，Peppe這時從廚房拿出了幾杯淺黃色有點像布丁、上面放著小餅乾和水果的東西出來，放到桌上眾人面前說：「我們一起吃點義大利甜品，剛才的事就當粉筆字一樣抹掉吧。」

平野小姐看著這幾杯她沒看過的東西，雙眼忽然閃亮起來，好奇地問：「這是什麼呢？我好像嗅到微微的酒香。」

「對，甜品專家的鼻子果然靈敏。」Peppe高興地跟大家介紹：「這是義大利特色甜點Zabaglione，由蛋黃、糖和甜酒隔水加熱而成。」

平野小姐看來相當興奮地回應：「不就是沙巴翁（Sabayon）嗎？我們做慕絲類的甜品時也有機會用到。」

「沒錯，Sabayon其實就是法國版的Zabaglione。大家快來試試吧。」

蔡小姐已不客氣地拿了一杯，之後黃先生和Peppe合力把剩餘的四杯分到各人手上。

盧小姐和平野小姐可能因爲本來就是做甜品的專家，對這東西顯得興致勃勃，二人一邊試吃，一邊討論著什麼，似乎已把剛發生的誤會拋諸腦後。

盧小姐問：「Peppe，這個Zaba……很難唸呢。有沒有中文名字？」

「有啊，中文叫薩巴里安尼。」

「噗哈哈哈！」盧小姐彷彿被刺中了笑穴，傻笑起來。「這算是什麼中文啊。」

「這東西只有音譯，我也沒辦法啊。」

眾人高興地笑著，現場的氣氛總算和緩下來，除了蔡小姐。在她的心目中，賊人就在另外四人之中的可能性非常高，所以對平野小姐仍有戒心，只是因爲黃先生的話才不好意思繼續獵巫。

吃過甜品後，時間已經不早。會議解散前，盧小姐問：「那我們剩下來的日子須要有什麼新對策嗎？」

Peppe說：「賊人的用意始終未明，但他既然連續三次偷走了不同款式的部件各兩包，似乎是有計畫要儲齊兩套模型。這樣推想的話，賊人接下來的目標就是平野小姐和黃先生了。」

黃先生嘆了口氣道：「有道理。可是，考慮到實際運作的需要，我們實在很難再有新對策。不過，以我所知，大家現時都把那個紙皮箱放在一般顧客難以觸及的位置，應該尚算安全，我們多加留意就好。」

「其實……」平野小姐這時有點戰戰兢兢地說：「我已私自採取新的措施了。」

「什麼措施？」黃先生緊張地問。

「我買了一個塑膠盒，盒子裡面有很多小格，一格剛好可以放進一包模型，我就把模型右手排列在塑膠盒內。我的店沒有收銀機，只有錢櫃，平日賣出了套餐後都會即時在小本子上記錄。現在有了塑膠盒，在記錄的同時能夠馬上比對到剩下的數量對不對，也能省卻晚間點算的麻煩。」

黃先生追問：「妳放了在哪？那個塑膠盒是怎樣的？」

「那個盒的長和闊跟紙皮箱差不多，高約十公分，我把它置於紙皮箱內，在外面不易看出來。塑膠盒嘛……那個盒本來有個蓋子，但爲了方便拿取模型，我把蓋子拆掉了；盒內有四十個小格，以十乘四的方式排列；每日開店前，我都會盡量把空格塡滿，當日賣了多少，就有多少個空格，一目了然。」

「眞有趣，我也想參考一下。不過現在太晚了，我明日下午可以去妳的店看看嗎？」

「沒問題。」

今晚的會議結束。眾人正想離開之際，Peppe用手肘碰了一下黃先生，他於是故意放慢腳步，留在店內。

三位女士剛打開義大利餐廳的大門時，一陣怪風吹過，它就跟揚起凌同學的黃色斗篷那陣風相似，強大而且陰寒，站近大門的三位女士都不禁打了個寒顫。

Peppe站在店內較內的位置，感受不到那陣陰風，所以沒有被嚇怕，更挺起胸膛地說：「我記得，這是因爲狹管效應。大家不用怕！」

原本正在三位女士心中萌生的恐懼，都被Peppe這個自信而有點滑稽的舉動驅散了。盧小姐和平野小姐笑了笑，然後向Peppe揮手道別。

待所有人離開後，Peppe才向黃先生說：「對不起，我剛才跟她們一起胡鬧。」

「沒事，你們也是擔心這個活動才會如此大反應。而且你把她們都沒見過的甜品拿出來，總算是將功補過了。」

「不過，其實我們一開始是否不應該跟她們三人合作呢？」Peppe問。「她們本來就有點不和，現在接觸多了，好像反而增加了摩擦。」

黃先生卻笑著回應：「不，正好相反。」然後拍了拍Peppe的肩，就逕自步出餐廳回家，卻沒有詳細說明。

5

六月十一日下午，黃先生去找平野小姐，參考一下那個塑膠盒。他看過那東西後覺得很實用，向平野小姐查詢了哪裡有售，表示稍後也想去買一個。

談妥正事後，黃先生想起自己其實沒有太多機會跟平野小姐交談，那段時間剛好顧客不多，二人就多聊幾句。閒談間，平野小姐透露了她其實是偵探小說迷，黃先生說他自己也是。平野小姐打趣道，如果他們五人的故事就是偵探小說的話，盧小姐、蔡小姐和Peppe就是死者；黃先生則鼓勵平野小姐要一起活下去，不可讓凶手得逞，成功偷齊整套模型。

不過，當刻他們沒預料到，接下來竟出現了一般偵探小說難以發生的情節——死者再一次遇害。

在第十二日晚上，盧小姐發現又有兩包模型左手消失了。

黃先生得悉事件後，馬上通知眾人當晚關店後召開第四次會議。

黃先生比約定時間提早了十五分鐘到達平野小姐的店門外。當時日式甜品店雖然已打烊，其他員工都離開了，但平野小姐仍在結算當日生意。站在收銀櫃台後的平野小姐看到黃先生後微微吃驚，馬上開門道：「咦？你這麼早啊？」

「嗯，我聽到竟然又是盧小姐的模型被盜後，一直心緒不寧，就乾脆早點過來，因爲我很喜歡這店的裝修，彷彿眞的去了京都的茶屋，令人很舒服。會打擾妳嗎？」

「你太過獎了。我這裡只是利用牆紙和裝飾來模仿，跟眞正古色古香的京都茶屋還差得遠呢。」平野小姐說罷示意歡迎他進來，她則回到收銀櫃台後站著。

這時太陽花也到達了，溜到平野小姐身旁。然而平野小姐一直佇立在原地，未有爲太陽花準備食物。

「妳不去拿食物給牠嗎？」黃先生不解地問。

「這個嘛……」她面有難色地瞥向那箱模型右手，卻又察覺到這個動作有點失禮，趕緊抬起頭澄清：「我不是懷疑你，但如果因爲我走開了，讓你跟模型有獨處的時間，事後又出了什麼岔子的話……」

黃先生明白她的意思，安撫她道：「正所謂『君子不立危牆之下』，我也不應該讓自己有嫌疑。我不如跟妳一同進廚房拿食物？」

「也不行。廚房內看不到收銀櫃台。你跟我進廚房，萬一其他人這個時候到來，就換成他們有嫌疑了。我實在不想懷疑大家。」

「那妳去把門鎖上……呀！」黃先生說了一半，才發現問題更大：「這樣孤男寡女獨處一室，會引起其他的誤會……」

幸而黃先生這時留意到甜品店的廚房採用半開放式設計，廚房內外可以透過玻璃看到另一邊，終於想出了可行的方法：「這樣吧，我站在店的正中央，妳去廚房拿食物時就能透過玻璃看到我，我就沒有接近模型的機會了。」

「這方法可行。那就辛苦你罰站在店中央了。」平野小姐笑著回應過後，就走到廚房去拿太陽花的食物。

過程中，雖然平野小姐有數秒的時間背向著店面，但因爲店中央和收銀櫃台有數米的距離，那段時間絕不足夠讓黃先生跑到收銀櫃台後方偷走模型，再裝作什麼都沒發生過站回店中央。而實際上，平野小姐每次看到黃先生，他都站在原地，直視著廚房，向平野小姐展現著微笑。平野小姐可以百分之百肯定，黃先生完全沒有接近過那箱模型。

不一會，平野小姐帶著食物出來，放下給太陽花。她當刻還是有點不放心，確認紙皮箱內的塑膠盒上，左半邊安好地放著二十件模型，右半邊則是二十個空格，正好代表著今日賣出的香港加油套餐數量。

模型一件沒多也沒少。

此刻她才終於安心回到店中央，找了其中一張桌子，和黃先生一同坐下，等候其他人到來。

經歷了剛發生的事，黃先生安撫平野小姐道：「妳好像有點太緊張了，放鬆一點吧。其實就算模型不見了，也不是什麼大事。」

「我也覺得自己有點誇張，」平野小姐點頭承認，並解釋道：「但我眞的很想盡力去證明一件事。」

「是什麼事？」

「我想證明，無論我如何努力，模型最終還是不見了。」

黃先生歪了一下頭，以爲自己聽錯了，因爲這句話好像沒有邏輯。

平野小姐看到黃先生的反應，緊接著解釋：「盧小姐、蔡小姐和Peppe他們三人都說過，模型消失前沒有可疑人物接近過箱子。如果我負責贈送的模型都消失了，那就能證明他們沒有說謊，還他們一個清白。」

「妳的想法有點道理，但……」黃先生托著頭整理了一下思緒，才道：「眞的如此的話，就代表根本不存在賊人，我們距離模型到底如何消失這個答案就越來越遠了。」

平野小姐搖了搖頭，表情變得凝重地說：「盧小姐和Peppe在的時候我不想嚇怕他們，但或許眞的是靈體作祟。」

「誒？妳相信靈體之說？」

「我是擁有敏感體質的人。」

「啊！」黃先生追問：「妳的意思是，妳看得到靈體？」

「也不是，我只是屬於敏感體質，還未到靈異體質的程度，也沒有陰陽眼，但我可以感應得到靈體。簡單點說，如果有靈體在附近，我會感到很不舒服、很不安，感覺到好像有『人』一直站在背後盯著我，背部也會不期然滲出冷汗。在活動第七日晚上的會議，我雖然拒絕承認，但我其實是跟他們一樣害怕那陣陰風，因爲當時正好有這種感覺。」

「那……我們會有危險嗎？」

「我覺得，人和靈體本來就身處同一空間，只是平日大家……用你們中文的一句話，就是『河水不犯井水』，兩者共存卻互不相干，一般情況就算有靈體在附近，也不會發生什麼事。不過，我們把凌同學做成模型，還把他分成不同部件隨套餐贈送，他可能不喜歡這種安排，於是用他的方法讓模型平空消失，對我們做出警告。又或者，他覺得我們多多少少是藉他的死來間接宣傳店鋪，是吃人什麼饅頭……」

「人血饅頭。」

「對，人血饅頭。總之，他就是不高興了，所以要破壞這個計畫。我眞後悔當日投票贊成了這種贈送方式。」平野小姐嘆了一口氣。從她的反應看來，她當日純粹是爲了跟蔡小姐「打對台」才贊成方案。

「那爲什麼他每次都是令兩包部件消失，而不是更多呢？」黃先生追問。

「我猜淩同學覺得我們始終是良心社區的商戶，大家本是同一陣線，沒必要做得太過分，所以只令少量部件消失來嚇嚇我們。而且，現在盧小姐的部件再次消失，我更確信賊人的目的不是貪戀模型，而是要破壞計畫，所以根本沒有集齊一套的必要，反而透過重複偷取同一部件，減少最終能完整拼湊的模型，才能造成最大破壞。」

「有道理，我們之前確實沒想過重複偷取相同部件這一著。我們稍後告訴他們三人這個想法吧。」

「但靈體之說……」

「Peppe和盧小姐很怕，蔡小姐卻會批評不科學。」

「我覺得……」平野小姐躊躇了半晌，還是決定分享自己的想法：「科學可以解釋很多事情、解決很多問題，但不代表科學就是萬能。科學本來就在不斷改進和演化，曾經統治物理學界好一段時間的牛頓力學，現在也被相對論推翻了。如果有人認爲科學可以解釋一切，那只不過是人類的天眞和傲慢。靈體或許在未來會被正式確認存在，說不定是活在不同維度或更高維度的生物呢。現階段我們對靈體保持著敬畏的心，雙方和平共存就好。」

黃先生從沒想像過平野小姐會有如此洞見，也不能理解爲何平日中文好像不大靈光的她可流暢地討論這些抽象事物。不過，黃先生仍然對靈體之說不以爲然，最終建議：「那我們不要說是靈體，繼續說是賊人就好了。」

其餘三人在數分鐘後陸續抵達平野小姐的日式甜品店，平野小姐請他們一一安坐好後，才去廚房拿熱茶給大家——這次她不擔心模型被盜了，因爲他們四人能互相監察，除非他們四人都是內奸，那就只能自嘆倒楣。

平野小姐把綠茶端出來時，太陽花剛吃飽離開，而蔡小姐已迫不及待查問盧小姐有關模型消失的可能性：「會不會是這樣：第五日妳缺了兩隻手，賣少了兩份套餐，收銀機紀錄自然也少了兩套，妳卻忘記了這件事，這兩天多賣出兩套，結果因爲超賣了而缺了兩隻左手？」

「這個嘛……」盧小姐稍低下頭，盯著面前的綠茶思考了片刻後回應：「不對，我的收銀機內雖然有至今賣出的套餐總數，但我平日只會看著當日賣出總數來控制銷售，所以不會超賣啊。」

蔡小姐續問：「那麼這兩天也應該沒有什麼可疑人士接近過那箱模型吧？」

「沒有啊。我比之前小心，盯得更緊，肯定沒有人能靠近把模型偷走。」

「這就奇怪了。而且，賊人爲什麼又偷走左手呢？」

蔡小姐提出這道疑問後，黃先生和平野小姐就複述早前的想法，說明賊人可能是爲了破壞活動而來，那就沒必要偷齊所有部件。

「眞的是這樣嗎？」Peppe狐疑地說：「那麼賊人之前就不應該去找我和蔡小姐的麻煩啊！我的義大利餐廳因爲店舗面積較大、人手較多，賊人要避過所有人的耳目靠近收銀櫃台一點都不容易；蔡小姐的茶飲店則因爲沒有堂食[8]，調製室就跟收銀櫃台相連，她除了轉身拿茶飲的一刻外，長期都在收銀櫃台後，顧客亦不可能走進店內，我眞想不到任何可行的偷竊方法。我是賊人的話，就只會去盧小姐的店，不斷地去，不斷地偷。」

盧小姐知道Peppe是開玩笑，於是裝作不滿地回應：「喂！不要說得我那邊好像完全不設防好嗎？」

8 堂食：即台灣的「內用」。「沒有堂食」指的就是只能外帶之意。

平野小姐高興地笑了，她似乎已忘掉了早兩日的不快事件，也漸漸跟大家的關係融洽起來。

不過，蔡小姐仍一臉認眞，只集中於事件上說：「這樣不對，那樣又不對，我們現在眞是如墜五里霧中了。」

平野小姐誤會了這句話的意思，緊張地問：「蔡小姐妳在什麼地方跌倒嗎？我這裡有藥箱啊。」

「不是，」蔡小姐哭笑不得，但看到對方一臉眞誠，只好耐心地解釋：「『如墜五里霧中』是形容好像掉進了濃濃的迷霧中，不分左右，越走越糊塗的感覺。」

「啊！」Peppe這時忽然大叫起來：「是不分左右！」

「什麼呀？」蔡小姐皺著眉反問：「你來香港十年了，這句中文也不懂嗎？」

Peppe回應：「不是啊，我是說賊人可能覺得平野小姐這邊的戒備太嚴密，模型的右手看來無法偷到手，就乾脆不分左右，去多偷兩份左手。」

黃先生明白Peppe的意思，馬上請平野小姐幫忙：「妳可以拿一包妳的模型過來嗎？」

平野小姐走到收銀櫃台後，拿了最外面的一包模型過來。

Peppe把裝在半透明膠袋內的模型拿上手，本想一邊把玩一邊解釋剛才的話，卻發現膠袋上有點濕黏黏的感覺，脫口吐出一句：「怎麼是濕的？還好像有點臭味？」

「不會吧？我反而覺得這盒模型有牛排的香味……」話音剛落，平野小姐好像也察覺到有點不妥，改口道：「或許是我剛才拿茶出來時弄濕了手吧。」

Peppe對這種感覺還是感到有點厭惡，於是把模型放到桌子的正中，續說：「凌同學的模型雖然做得精細，但以一比八的比例來說，有些細節還是無法完全呈現出來，例如皮膚的紋理、肌肉等。你們看這隻模型手的手掌，雖然五隻手指長短不一，可以分辨到哪一邊是拇指、哪一邊是尾指，但由於手掌打開且戴著黑色手套，因此無法分辨手掌和手背，只要前後一百八十度轉動手腕，左手掌和右手掌基本上是一樣的。」

蔡小姐恍然大悟：「我明白了。同一道理，模型的前臂和上臂都有長袖黑衣覆蓋著，沒有前後之分，所以只須靠轉動手腕，這隻右手其實就跟左手差不多。」

不過，與他們二人相反，平野小姐和盧小姐的臉色卻越來越難看。模型製作雖然由黃先生安排，但眾人其實是知道模型上的各種設定，只是時間久了，接觸得較少的人或會慢慢忘記。蔡小姐和Peppe很少接觸模型的手，然而平野小姐和盧小姐至今已派出二百多隻，即使隔著半透明的膠袋，她們二人都察覺到不對勁之處。

二人目瞪口呆地盯著桌上的模型手，Peppe察覺到後，一臉疑惑地問：「這隻右手有什麼不妥？」

盧小姐仍驚訝得說不出話來，平野小姐勉強能開口，吐出她們震驚的原因：「不對，桌上放著的這件模型，是盧小姐的左手啊！」

今晚會議的焦點本來是盧小姐那邊再次不見了兩隻模型左手，沒料到在過程中，竟在平野小姐的紙皮箱內發現了本應屬於盧小姐的左手。

誠如Peppe所說，扭動模型表面上就能把左手變成右手、右手變成左手，但在實際設定上，左右手是有分別的。在模型左手上，上臂的黑色衣服被割開了一道縫，右手則沒有。剛才桌上放著的手正好有這道縫，所以慣於派發左右手的盧小姐和平野小姐馬上看出了異樣。

問題是，到底這隻左手爲何會出現在平野小姐店內、那個理應只有右手模型的紙皮箱內呢？是生產商一開始就在包裝時搞混了？還是因爲其他原因？

盧小姐和平野小姐都表示，在記憶之中，她們未曾在自己的箱內看過屬於對方的模型手。不過，由於模型被半透明膠袋包裝著，若非她們剛才一直盯著，在平日點算和派發時未必能百分之百肯定沒有出錯。

已派發的模型就如潑了出去的水，如今她們只好檢查剩餘的部件。由於時間也不早了，而她們兩家甜品店都是中午才開門，黃先生於是建議這隻左手暫由平野小姐繼續保管，她們明日早一點回來，合力檢查還有沒有其他模型手出現在對方的箱子內。

Peppe建議不如明日大家一起幫忙，但黃先生說他和Peppe的店在早上就開門應付早市，分身乏術，結果只有蔡小姐能夠加入協助。不過，距離活動完結只剩三日，模型剩餘六十包（盧小姐那邊則因在今晚結算時發現遺失了兩包而只剩五十八包），雖然隔著半透明袋要花點時間和眼力看，但三人合作應該可以在一小時內完成。

今晚的會議提早解散，三人同意在明日上午完成後通知黃先生和Peppe，明晚大家再開第五次會議。

6

六月十三日星期六，活動的第十三日早上，盧小姐、蔡小姐和平野小姐三人齊集在日式甜品店內，合力檢查剩餘的一百一十八隻手。她們花了約一小時，分別檢查及重複核對了一遍，結果在平野小姐本應只有模型右手的箱子內，包括昨晚剛巧看到的那一隻在內，合共發現了兩隻屬於盧小姐的模型左手；至於在盧小姐的模型內，則沒有發現混有其他人的模型。換句話說，把在平野小姐的紙皮箱中找到的兩隻模型左手歸還予盧小姐後，實際不見了模型部件的人應該是平野小姐，她的兩隻模型右手竟在嚴密監視下消失了。

當晚，他們五人又一次齊集。由於蔡小姐的台式茶飲店沒有堂食範圍，他們只好分站在店內和店外討論。這家店的店主半年前因故易手予蔡小姐後，這裡就跟Peppe的義大利餐廳一樣，再也找不到曾經貼滿通處的彩色便利貼。

「不好意思，要你們站著開會。」蔡小姐說。

「不要緊，」黃先生說：「反正我們事前已大約知道發生了什麼事，這次應該不會談太久。」

平野小姐這時一臉凝重地向大家道歉，還做出了九十度的鞠躬：「對不起。」

「平野小姐不用太怪責自己，我們這裡有四人都不見了模型嘛，哈哈。」盧小姐一邊安撫她，一邊想把她扶起。

可是，平野小姐仍保持著鞠躬的姿勢說：「不，我還是想跟大家道歉，因爲我之前一直覺得是你們看管得不小心，才令賊人有機可乘，我還猜度你們是故意丟失模型來省下捐款，但結果我也……對不起……」

「妳先起來吧，這樣我們聽不大到妳說什麼。」蔡小姐假裝冷淡地說。

「呀！」平野小姐聽罷馬上挺直腰板，認眞地問：「那我剛才的話，要再說一遍嗎？」

蔡小姐卻微笑著回應：「不用了，我騙妳的，只是怕妳這樣彎腰站著會背痛。說起來，我還欠妳一個正式的道歉。對不起。」

「妳們三人今晚發生了什麼事？爲什麼突然好像和好了？」Peppe不解地問。

蔡小姐白了Peppe一眼：「才沒有什麼和好！我們從來沒事！」

身邊的盧小姐和平野小姐都笑而不語。

Peppe皺著眉望向黃先生，黃先生也不知道原因，只聳了聳肩。

蔡小姐沒再理會Peppe，說回正題：「事情大家都知道了，我就直接說推論：犯人應該是知道平野小姐相當謹慎，加上模型放在那個塑膠盒子，如果貿然偷走模型，平野小姐馬上就會發現，於是先到盧小姐那邊偷走了兩包模型左手，再去換走了平野小姐的右手，這樣平野小姐那邊的模型數量看來就沒有變化了。」

「我同意事情大致上應該是這樣。」Peppe和應過後，卻指出當中一個不解之處：「不過，如果不是我們昨晚剛巧提到模型左右手相似，叫平野小姐去拿一隻模型手過來一起看，我們就不會有所發現。」

「平野小姐還要剛巧拿中被交換了的手呢！」盧小姐補充。

「那就代表賊人根本不在乎我們有否發現，重點是他成功偷走了第四款部件了吧？」蔡小姐說。

平野小姐這時忽然猶豫起來：「我有些話不想說，但又覺得可能跟事件有關……」

「妳說吧，沒用的話我們自然會忽略。」蔡小姐說話時的語氣還是有點衝，但大家似乎已明白她性格如此，其實並沒有惡意。

「我是把塑膠盒子直接放進紙皮箱內，在外面看不大到，所以……」

「放心，我們之間沒有賊人。」黃先生肯定地告訴眾人，並推測：「可能是妳每賣出一份套餐後，都會對著箱子唸唸有詞般即時點算數目，賊人看在眼內，猜到箱子內有什麼機制協助，才會想出交換的詭計。」

「原來是這樣嗎？那我就放心了。」平野小姐說。

「而且我們的損失仍限於兩套模型，活動只剩兩天了，大家都無謂太神經質。」黃先生說。

「不過，我們到現在仍想不通賊人是如何偷走模型部件，還有賊人現在看來真的想集齊一套，那爲何不直接偷走展示著的那些呢？」

眾人都沒有答案。

會議解散前，蔡小姐說：「對了，我們談了這麼久，太陽花還未過來，你們今天有見過牠嗎？」

「沒有，牠應該不會出了什麼事吧？」盧小姐擔心地問。

「那我多等牠一會吧，反正我還要清潔調製室。」

平野小姐建議：「現在夜深了，蔡小姐自己一個人留在這裡不大好。盧小姐，我們不如多留一會陪伴蔡小姐，我也有點關於紅豆沙的事想請教妳。」

盧小姐以爲平野小姐舊事重提，不安地說：「誒？那個抹茶紅豆沙我是不會再做的了。」

「不，」平野小姐解釋：「是我想跟妳合作做抹茶湯圓紅豆沙。如果我們能雙劍合璧，把我擅長的抹茶湯圓和妳的招牌紅豆沙結合起來，應該可以做出拍案叫絕的特色甜品。」

「好啊，當然沒問題，希望我們能好好合作呢。」盧小姐高興地回應。

在旁聽著的蔡小姐不禁取笑平野小姐：「雙劍合璧、拍案叫絕，這麼深的成語妳是什麼時候學懂的啊？」

看到她們和睦相處，黃先生和Peppe也不便打擾她們。不知道是否受她們的氣氛感染，Peppe也想約黃先生去酒吧促膝長談一番，但黃先生婉拒了對方的好意：「我好像忘了鎖門，要回去看一看。待活動完結後我再找天約你吧。」

平野小姐看到黃先生臨別前的背影，鼓勵他道：「對了，如果我們是暴風雪山莊一類偵探故事中的角色，現在就只剩下你仍然生還，你要好好活下去呢！」

黃先生舉手示意接收到對方的好意，卻沒有回頭。

7

黃先生離開了蔡小姐的茶飲店，回到自己的茶餐廳，推門進去。

他站在收銀櫃台內，背向著大門，望著牆上的月曆。

他熱愛這群良心社區的好伙伴，感謝眾人的付出和努力，也對平野小姐臨別前的話特別有感觸。他很想回應——

「平野小姐，多謝妳。不過，妳的關心是多餘的。」

因為黃先生知道自己就是這一連串模型消失事件的元凶。

在這個贈送模型計畫的構思初期，發起人黃先生的確只是為了紀念凌同學的犧牲而已。他們事先跟光州街的良心社區商戶提起這個活動，不少人都鼓勵他們盡快實行。可是，到活動正式召集商戶參加時，卻只有Peppe、盧小姐、平野小姐和蔡小姐四人有勇氣參加，畢竟過去半年來當權者的政治打壓、濫權濫暴變本加厲，再加上近月某項繞過正式立法程序來實施的法例，更令人心惶惶。人們為了避險，不得不改用良心社區、同路人等新詞，去取代過往一些慣用的「禁忌語」，以免招來牢獄之災甚至殺身之禍。那些曾一度隨處可見的便利貼和文宣品，自然也不復存在。人民現在只能把各種不滿藏於心中，這個城市從此成為「沒有怨言的美好國度」。

對於只有四人加入模型贈送活動，黃先生對此感到有點失望之餘，最令他頭痛的是盧小姐、平野小姐和蔡小姐三人的關係本來就不好。雖然同為良心社區的商戶，而且也會餵飼太陽花，但她們的交流就止於共用太陽花的食物盤，她們甚至連傳遞食物盤的一刻也不會多說一言半語。然而她們三人願意加入此次活動，黃先生沒理由拒絕；反之，他覺得她們三人巧合地同時加入了這個活動，或許正是凌同學的心意。如果他能夠把握這次機會，化解她們之間的不和，說不定他們五人能從此成為這區的

「鐵五角」，重新壯大良心社區。

黃先生事前以爲她們三人交惡是因爲三家店的目標客人和產品部分重疊，形成競爭互搶生意，但隨著她們在籌備活動時多了交集和討論，他留意到眞正的原因是她們對產品品質的執著，卻又互不了解。盧小姐膽小、蔡小姐說話硬綁綁、平野小姐對「正宗」的執著，令三人根本沒有機會好好溝通。活動第十日晚上，也就是眾人互相捉鬼的那一晚，從她們中途因牛奶抹茶、抹茶紅豆沙引發的不快，就可以看到她們如何在意自己的產品，甚至會因此吵起來。

得知這個原因後，黃先生就放心了，因爲要化解這種不和並不困難。她們三人願意爲良心社區付出，在強權打壓下仍勇於挺身而出，顯然擁有共同價値觀，只要她們能放低執著，坦誠溝通，心結就能迎刃而解。他於是在籌備這場贈送模型活動的同時，打算加插模型離奇消失的環節，令她們以爲自己無力看守模型，又無法找出犯人而感到自己的不足，變得虛心受教，同時因著擁有共同敵人而團結起來，就有機會讓她們三人和好。至於Peppe負責贈送的模型身軀也一同消失，則只是幌子，因爲盜竊事件只針對她們三人的話，恐怕有欠說服力，也會引起她們的懷疑。

那麼，黃先生是如何偷走模型呢？這道問題其實並不成立。儘管黃先生親手籌劃盜竊案，在第十三日晚上，他在會議上信誓旦旦地說賊人不在五人之中，這句話卻是眞的。因爲賊人——嚴格來說應該是「賊狗」——是太陽花。

黃先生想出偷走模型部件的計畫時，就知道單靠他一人是無法成事。雖然模型是由他負責派發給眾人，他可以在派發前就先在箱子內偷走，但他相當肯定這招無法逃過細心謹慎的平野小姐——結果她果然在開箱後立刻點算模型數量。

黃先生於是想到了太陽花。他和太陽花由六年前一直認識至今，加上他擅長訓練狗隻，有信心可以憑藉太陽花之力把模型偷回來。最重要的是太陽花每星期會固定規律地到光州街的七家店討吃，當中正好包括他們五人的五家店，足以完成這個任務。

偷竊過程大致上是這樣：太陽花已養成習慣，在店舖關門後不久溜進該店收銀櫃台後等候餵飼，由於關店後尚有大量清潔、收拾等工作要應付，各店主一般只會放下食物就回去工作而不會一直盯著牠，這就讓太陽花有機可乘。牠只要在吃飽後，按照黃先生的訓練，走到裝有模型的紙皮箱，把兩包模型含在口中，然後把贓物帶回來黃先生的店就成了。至於爲何每次偷走兩包模型，是因爲黃先生怕太陽花的口不夠大，偷取更多的話會有困難甚至害牠窒息；但只偷一包的話效果不夠明顯，如果相關店主剛好不小心派少了一包，更有可能抵銷了偷竊的效果。

過程中最大機會出的岔子，其實是把贓物帶回來時被發現或打擾。猶幸太陽花全身黑色，走在夜深昏暗的街頭上不易察覺。而且這條街的街坊和店主都知道，牠吃飽就會回巢，但如果有人跟蹤著牠的話牠是不會回去的，因此牠即使被發現，大家都不會去騷擾牠。

爲了確保模型是放在太陽花能夠偷得到的地方，黃先生也花了點心思，他要求模型生產商把模型包裝在長、闊、高皆爲四十公分的紙皮箱。事實上，紙皮箱根本不用這麼大。平野小姐自行購買的塑膠盒子，長闊跟紙皮箱相若，高只有十公分，但已經能放置四十包模型組件。可以想像，把塑膠盒子中間的分隔拿掉的話，模型組件能排列得更緊密，兩層盒子的高度（即二十公分）就足夠放置一百包模型組件有餘，代表著紙箱內其實有超過一半空間是多餘的。

由於裝有模型的箱子這麼大，加上他們要在收銀櫃台展示完整模型，收銀櫃台上應無空間再放這個箱子，只能放在地上；爲了不會被顧客輕易取走但同時又要方便提取，箱子不能放到遠離收銀櫃台或收銀櫃台之外。符合以上兩點的，就只有收銀櫃台內的地面，也就是太陽花習慣於各店進食的位置。這個位置被收銀櫃台擋著，而且平日一般不會放有什麼貴重的東西，很自然成爲了閉路電視的盲點，也是最佳的「犯案地點」。

第一個問題算是解決了，但黃先生還是擔心太陽花會找不到箱子，又怕牠吃飽了就走忘記要偷，同時也要想辦法不能讓牠每一次去其他的店時都偷走模型，於是想到在適當的紙皮箱上留下記號。爲了不讓其他人輕易發現，他想到利用狗隻敏銳的嗅覺。他在目標的紙皮箱上，留下煙燻高級牛排的氣味作爲記號。在活動正式開始前的一個月，他餵飼高級牛排予太陽花，同時進行特訓，利用味覺和嗅覺連結訓練成果。

六（五）月　　（商店名稱為太陽花討食地點）

日 黃先生： 港式茶餐廳	一 星夢工房	二 Peppe： 義大利餐廳	三 星空書屋	四 盧小姐： 港式糖水店	五 平野小姐： 日式甜品店	六 蔡小姐： 台式茶飲店
	1 ● 活動開始	2	3	35 ● 太陽花偷走盧小姐的模型	5 ● 盧小姐發現遺失模型 ● 第一次會議	6 ● 太陽花偷走蔡小姐的模型
7 ● 蔡小姐發生遺失模型 ● 第二次會議 〔故事開端〕	8	40 ● 太陽花偷走Peppe的模型	10 ● Peppe發現遺失模型 ● 第三次會議	11 ● 太陽花偷走盧小姐的模型	43 ● 盧小姐發現遺失模型 ● 太陽花換走平野小姐的模型 ● 第四次會議	13 ● 平野小姐發現間接遺失模型 ● 第五次會議 〔故事結束〕
14	15 ● 活動完結					

（下略）

一切準備就緒。不過，到實際執行時還是出現岔子。過程中眾人提出的建議和行動，令事件變得複雜起來——（見上圖）

六月一日，活動正式開始。黃先生把裝有模型部件的第一個紙皮箱交給眾人。在第一批箱子上，只有盧小姐的箱子沾有牛排的氣味，所以太陽花在第二日去Peppe的店時並沒有偷走模型。

活動的第四日，五月三十五日[9]，太陽花按照逢星期四去港式糖水店討吃的習慣，吃飽後偷走了盧小姐的模型左手兩包。到六月五日，也就是第一箱模型理應派光的日子，盧小姐終於發現箱子內的模型不敷派發，通知眾人，並於當晚在平野小姐的店內召開第一次會議，但沒有什麼討論結果。平野小姐的箱子沒有牛排味，當晚太陽花因此沒有偷走平野小姐的模型。

六月六日，黃先生向眾人派發第二箱模型，這次蔡小姐和Peppe的箱子皆沾有牛排的氣味；同日晚上，太陽花偷走了蔡小姐的模型。六月七日，蔡小姐在自行安排的隔日點算中，發現缺少了兩包模型，眾人遂在當晚於黃先生的港式茶餐廳開會。沒料到，蔡小姐在會議上建議大家也跟她一樣隔日點算，平野小姐更表示她一直以來每日點算，認爲大家都應該這樣做。這自然大大影響黃先生的計畫，因爲他無法估計店主到底會在太陽花進食結束前還是後進行點算，萬一店主在太陽花行動前就把裝有模型的箱子拿到別處點算，牠就無法成功偷竊，更有可能爲了找尋已沾有氣味的箱子而令計畫敗露。然而點算的建議有其實用性，在連續偷竊案出現後很難完全推翻。黃先生當時唯有向月曆查看過後，只好和議蔡小姐隔日點算的安排，但改由會議翌日，即六月八日開始隔日點算，這樣就不會影響到第九日的偷竊行動。至於原定第十二日偷取平野小姐的模型之計畫，黃先生當刻無法想到解決辦法，直到稍後他才找到突破點。

活動的第九日，五月四十日，太陽花順利按照計畫偷走Peppe的模型，Peppe則在第十日晚上點算時發現。當晚會議上，黃先生得知平野小姐原來剛購買了塑膠盒來存

9 五月三十五日：指的是六月四日。因故事背景是在「某項法例」實施後的香港，故某些特定日期成了禁忌語，只能以代稱稱呼；包含：六月四日（天安門事件）、六月九日（六九百萬人大遊行）及六月十二日（六一二佔領行動）。

放模型部件，並以此代替點算，終於找到偷竊的機會。他留意到這個措施的弱點，想出利用模型左手來換走平野小姐的模型右手，就能在不引起注意下間接完成盜竊。不過，他們在會議中獵巫，則在黃先生的意料之外，但能夠藉機讓他們明白不要捉鬼、不要比較誰較有良心，可算是額外的收穫。

六月十一日，黃先生把第三箱模型交給眾人，其中盧小姐和平野小姐的紙皮箱已熏上牛排的香味。雖然黃先生已偷有盧小姐的模型，但如果直接把手上的模型換進平野小姐的塑膠盒，賊人爲了儲齊一套模型的假象就不成立，可能會再次觸發他們獵巫，所以太陽花必須去盧小姐的店多偷一次。爲了確保計畫順利進行，黃先生於同日下午前往平野小姐的店觀看和參考那個塑膠盒。他離開後馬上前往購買同一箱子，但不是自己使用，而是在當晚太陽花成功再從盧小姐處偷到左手回來後，緊急訓練牠明晚去交換模型。交換訓練事出突然，黃先生花了不少時間和心力（以及額外的高級牛排），才成功讓太陽花學會如何將口中的模型與塑膠盒中的兩份模型交換。

五月四十三日，活動第十二日晚上，盧小姐發現模型再次被盜，黃先生馬上召開第四次會議。當晚黃先生提早前往平野小姐的店，當然另有目的。黃先生知道平野小姐非常謹慎，如果自己不前往干擾，她恐怕會一直盯著那個紙皮箱，太陽花交換的動作就會被發現。他於是提早到達，並建議她進廚房拿食物，爲太陽花製造機會，以便牠在進食前完成交換。由於採取行動的「人」是太陽花，黃先生站在該店正中讓平野小姐監視自然不會有異樣。在當晚的會議中，Peppe提到模型左手和右手相似，平野小姐繼而拿出了應屬盧小姐的左手，這表面上是巧合，但實際上太陽花進行交換的是最外面的兩包模型，平野小姐隨手拿到的機會很高；如果平野小姐拿不中，黃先生自會另想辦法，例如聲稱塑膠盒很好用，請她把整盒模型拿出來給大家參考之類；又或者Peppe沒有提到模型左手和右手相似，黃先生亦能自行提出。

至此，黃先生的計畫才大致完成。把模型的左右手調換的臨時計畫，因著事前一連串模型的消失，眾人不虞有詐，直接認爲是賊人所爲。檢查其餘左右手的措施，亦間接迫使盧小姐、蔡小姐和平野小姐在第十三日開店前合作，事後她們似乎已經和好，比黃先生想像中的快，令他非常欣慰。

黃先生實在很慶幸沒有人把所有案發相關的日子記錄在月曆上，否則就很容易露出兩大破綻：一、每次有人發現模型消失的前一天，都是太陽花前往該店討吃的日子；二、盧小姐再次發現模型消失，剛好是第一次的一星期之後。雖然鼻子靈敏的平野小姐曾指出她的第三盒模型有牛排味，但她怎樣都想不到竟然跟偷竊有關。

「終於告一段落了。」黃先生看著月曆，高興得把這句心聲宣之於口。他滿心歡喜，打算在明晚，即活動第十四日晚點算過後，假裝發現他的模型頭部不見了兩包，整場自編自導自演的鬧劇就圓滿地落幕。對另外四人來說，兩套模型爲何會無故消失將一直成謎，他們永遠不會知道偷竊的眞正目的已經達成。至於偷回來的模型，黃先生此刻仍未想好怎樣處理。

神經繃緊了十多天，黃先生此刻終於可以放下心頭大石。他的腦袋從緊繃放鬆下來的一刻，驀然憶起他剛才回來店舖時，門好像眞的沒鎖上，他隨手就推了進來。

「是我眞的忘記了嗎？大話變成了眞話，哈哈……」反正店內沒人，他毫不在意地自嘲。

就在這時，一陣強風襲來，風勢之大，竟把茶餐廳那道沒有鎖上的門吹開了一道縫。那陣揚起黃色斗篷的陰風直撲向黃先生的背部，他馬上直顫抖，不只是因爲肉體上的寒冷，也源自內心的驚悚感。

他想起最近兩次陰風襲來之時他都無緣體驗，沒料到竟如此難受。

冷汗在他的背部輕輕滑過，一陣莫名的焦慮驟然在心頭冒起。

他想起了平野小姐的話。

——我是擁有敏感體質的人……如果有靈體在附近，我會感到很不舒服、很不安，感覺到好像有「人」一直站在背後盯著我，背部也會不期然滲出冷汗。在活動第七日晚上的會議，我雖然拒絕承認，但我其實跟他們一樣害怕那陣陰風，因爲當時正好有這種感覺。

「啪！」冷不防間，黃先生身旁牆上的一顆釘子鬆脫，懸掛著的月曆應聲倒下。

「不要嚇我嘛！」他大叫了一聲來掩飾心底的恐懼，然後蹲下拾起。他蹲在收銀櫃台後把月曆拾起時，眼角掠過那個裝有模型頭部的紙皮箱，驚覺裡面好像變得空空洞洞。他緊張得馬上把整個箱子拉出來，嘩啦一聲把箱內的東西全數傾倒在店中央的桌子上。

在這個箱子裡，本應放有活動最後兩日贈送的四十包模型頭部，以及另外八包從盧小姐、蔡小姐、Peppe和平野小姐處偷回來的模型部件——最危險的地方就是最安全的地方，他把偷回來的模型放在這裡，就能時刻監察到。

黃先生焦急地翻著桌上的模型，卻完全找不著其他模型部件，眼底所見全都是頭。「頭，全部都是頭！怎會這樣？」他驚叫，心煩得無暇顧慮會否被其他人聽到。

爲免看漏，他把模型再次逐一檢查，然後排列起來。不一會，除了背部的冷汗，他的頭髮也逐漸濕透，因爲面前就只有三十八包模型頭部。他不單不見了偷回來的八包模型，頭部也缺少了兩個。

「怎、怎會這樣？」他吃驚得口吃著反問自己。

強風忽而再度吹拂。模型頭部消失一事和突然而來的陰風，兩者如合謀般同時襲向黃先生。

——莫非……真的有鬼？

當刻，他整個人動彈不得，只能怔在原地顫抖。他不敢回頭望向被強風吹得發響的大門，深怕瞧見沒有人想面對的異物……

「如果我們五人的故事是偵探小說的話，不就是《一個都不留》嗎？不對，因爲我不是……」他嘗試思考別的事情，以分散自己的恐懼，卻只令頭腦變得倍加混亂。

當然，此刻的他並不知道，除了模型消失之外，他的廚房亂作一團，還有其他東西也不翼而飛……

太陽花口中含著最後兩包模型部件，回到牠的巢穴放下。左手、雙腳、身軀、右手、頭部，牠依次偷回來的模型部件各兩包，此刻正齊集在牠的巢穴內。

太陽花的身體這時發生了一點異狀，兩隻像人類手掌的東西在無聲無息間從牠的背部鑽出，手指向外堅實地抓著牠的背，猛然用力扳開，然後有個像人的透明東西把握時機把頭和肩膀從夾縫中逃逸出來。他扭動著身體，像嬰兒離開母體般逐漸露出更多的身軀，繼而縱身一躍，終於完全脫離太陽花，飄浮在半空，疲憊地嘆了一口氣。

與之相反，太陽花在過程後狀甚輕鬆地扭動身子，絲毫沒有受傷，牠彷彿跟那個飄浮在空中的「人」分屬於不同維度的生物，互不干涉。

那個男孩看起來非常年輕——雖然他本來就很年輕，但現在比他去世時看來更年輕、活潑、開朗，彷彿重拾年輕人應有的快樂和幸福。他對黑狗說：「太陽花，不好意思，今晚沒空讓你去蔡小姐的店吃晚飯，還要你到處跑。但我預先準備了這些給你，希望你喜歡吧。」

他指了指身旁的一個食物盤，上面放有三塊高級牛排和一條大雞腿。太陽花見狀高興得蹦蹦亂跳地跑到盤子前，但仍不忘回頭望向男孩，彷彿等候著他的首肯。

「隨便吃吧，你應得的。」話音剛落，太陽花已貪婪地啃噬著牛排。

男孩的注意力這時集中到那些模型上，他利用念力，輕易把十個包裝袋同時在空中撕破，十份部件如花瓣般在空中飛舞。不一會，模型凝在半空，接而分成兩組同時碰向無形的圓心，兩具完整的凌同學模型在頃刻間已拼湊完成。

他笑了笑，爲自己這一年來操控念力的進步，以及模型跟自己的相似度感到滿足——除了模型的名字和斗篷之外。

「汪！」太陽花的叫聲傳來，彷彿也爲此歡呼。

男孩連同模型飄近太陽花，問：「你喜歡這模型嗎？」

「汪！」

「那我留一個給你留念吧。多謝你這一年來一直陪伴著我，又跟我交談。我不知道你聽不聽得懂我說什麼，但我是肯定不懂狗語啦，哈哈。」男孩露出天眞純潔的燦爛笑容。

「汪。」太陽花回應過後，咬了一口雞腿。

「那個黃先生眞是天眞和傲慢，以爲自己這麼本事。什麼牛排氣味？過幾天就消散了大半，加上食店內混雜著大量氣味，根本難以分辨，只有在甜品店氣味較少的地方才稍微明顯。如果不是我附身，太陽花可以如此準確地偷竊和交換模型部件嗎？還是平野小姐比較理解我。」

「汪？」

「算了，他畢竟是同路人，而且本意良好。是他說的，不要捉鬼，對同路人要寬容一點，那我只嚇一嚇他，給他一個小教訓就好了。」

「汪。」太陽花繼續低頭吃著第二塊牛排。

男孩把其中一個模型安放在牆邊、太陽花習慣睡覺的位置旁。另一個，他則再次用念力懸在半空。他突然雙眼一瞪，模型的頭部倒向肩膀，兩隻手腕接近一百八十度地折向後，雙臂和雙腿向兩邊扭曲成乙字狀。男子接著雙眼一眨，下一瞬間，模型失速直撲向水泥地上。

凌同學的模型像斷線木偶般失去了支撐，倒在地上，展現出不是正常人體可以擺出的詭異動作。

又或是，正常人體墜樓後可能呈現的悲劇形態。

「嗚……」

「不用替模型難過，因為再過兩天，我就會去把它送給『應得』之人。」

「汪！」

「唉！」男子想到了什麼，重重地嘆了一口氣，臉上稚氣頓時消失：「話說回來，我不是姓凌，不是披著斗篷，也不是自焚而死[10]。我會看到人們可以光明正大、安全無虞地履行『煲底之約』[11]嗎？太陽花，你覺得呢？」

話畢，那陣揚起黃色斗篷的陰風驟起。

儘管根本沒有黃色斗篷，本屬自然的風倒是會像那天一樣，一直吹拂下去。

〈那陣揚起黃色斗篷的陰風〉完

10 作者註：如欲知凌同學代表的眞正身分，可上網搜尋他打算把模型送給應得之人的日期。

11 煲底之約：反送中運動抗爭者之間的術語，指抗爭者約定在抗爭結束後，前往「煲底」脫下防毒面具、口罩等裝備一同慶祝的約定。

禮義邨的黑貓

譚劍

1

阿虎死那夜，雨下得很大。

最近一星期，大佬叫他不用去收數（討債），可以在白天去醫院裡陪阿珍。可是晚上他回到家，仍然緊張得要死。

醫生說距離預產期還有兩、三天，快生時會打電話給他，害他晚上一直守在電話旁邊。即使鄰居的電話響，也會把他從夢中驚醒。

他覺得阿珍體型比大肚前脹了差不多一半。她這時應該睡得香甜，他希望是生蘇蝦仔（初生男嬰），如果生女就是蝕本貨，無論怎樣一定要追返個仔，生多少也可以。反正生得多，可以申請轉去大點的公屋[1]單位。如果生到六個，就索性申請多一個單位。有個從大陸出來、花名叫「幹部」的兄弟常引用毛澤東的話，其中一句是「人多好辦事」，大家都很認同。

阿虎一邊抽菸，一邊思考他們一家人的未來。

在這個只有一百四十呎、小得連衣櫃也放不下的公屋單位，他和阿珍父母你眼望

1 公屋：公共房屋，類似台灣的國宅。

我眼，幾乎悶死。

這晚的《歡樂今宵》[2]很無聊，連〈蝦仔爹哋〉[3]也一樣。他心思全在醫院裡，根本笑不出來，但晚上也實在沒其他事可做。

抽完最後一根菸後，即使雨勢很大，菸癮仍然驅使他去士多[4]買菸，順便離開這個單位放風，就像大吉一樣。不知道那畜牲跑到哪裡去？這一團黑的傢伙是阿珍幾年前在路邊撿回來的，地位比他和兩老還要高。他曾經趁阿珍不在時把牠趕出門，但牠幾個小時後又會無恥地跑回來。

他沒帶雨傘出門，才不過走幾步路，希望這幾分鐘裡電話不要響。

禮義邨依山而建，屬於徙置區[5]，分八期共四十二座。從相距最遠的第四座走去第三十八座需要四十五分鐘。每晚都有獲分配兩個單位的家庭一家團聚吃完晚飯後要長途跋涉回家。七層高的公屋沒有電梯，令不良於行的老人家苦不堪言。阿虎曾經在其中一座的天台小學[6]讀書，每天早上都要經過布滿垃圾的樓梯。課室設備簡陋，冬天冷得教人打顫，夏天熱到汗水直流，不知道是來上課，還是被折磨。他未讀完小學就退學加入黑社會。慶幸早出生，不必接受政府推出的「九年免費及強迫教育」[7]。他雖然沒坐過監，但相信和返學一樣難受。

禮義邨其中三十九座被五個黑社會瓜分，每座由一個黑幫控制，你住哪座就加入哪座的黑社會，沒選擇餘地。每個黑幫人數由三十至一百不等。黑幫之間的勢力範圍由馬路、斜坡、球場、廣場、涼亭、冬菇亭[8]等隔開，一旦越界就會被毆打。阿虎有個兄弟有次想行捷徑，雖然做出對方的手勢，也說出暗語，但仍被認出不是自己人而打到掛彩。阿虎率領十幾個兄弟過去尋仇，但打了幾分鐘對方拖馬[9]後就趕著逃命。

幸好士多就在自己地盤裡面。

2 歡樂今宵：香港長壽綜藝節目，由一九六七年十一月二十日開播至一九九四年十月七日爲止。

3 蝦仔爹哋：《歡樂今宵》的趣劇，於八十年代中播映。

4 士多：來自英文字store，類似便利店的小店，多數爲家族經營，主要售賣菸、飲品、零食和小玩具。盛行於七、八十年代，大部分被現代化的便利店取代。

5 徙置區：香港早期的出租公共房屋，在一九五四至一九七五年間興建。

6 天台小學：在徙置區的大樓天台開設的小學，是因當時社會人口大量增加，但校舍環境和資源跟不上而出現的時代產物。

7 九年免費及強迫教育：自一九八〇年開始實施。

8 冬菇亭：是香港公屋特有的建築，屋頂外型如冬菇，常用來開餐廳。

9 拖馬：打群架、鬥毆時找人來助陣幫忙。

雖然天氣涼快，但老闆只穿一件白背心，一邊吹口哨一邊收舖，直到發現阿虎時臉色才變得很難看，但不用阿虎開口，就主動把三包「紅雙喜」[10]塞進「大大公司」[11]的膠袋裡遞給他。阿虎說要三罐青島時，老闆的臉色又更難看了。

說是買，其實是賒，阿虎已不知道賒了多少，大概超過一百蚊[12]。聽說十幾年前警察也是這樣，直到港督成立廉政公署[13]才停止。

阿虎腳踼人字拖，手挽裝滿菸和酒的膠袋，踏上回家的樓梯時，沒想到居然遇上伏擊。

對方有備而來，至少四個人。他們揮動開山刀，從樓梯上下夾擊。阿虎這輩子第一次後悔沒帶雨傘，也看不清他們的臉。

「我老婆就生，大家畀面（給面子）我，好嗎？」阿虎不想讓孩子見到自己斷手斷腳。

「你出來混沒有賞過人臉？」（你出來混給過人面子？）

阿虎不知道誰說這句話，只知道開山刀已經劈過來。本來以為這四個人只是教訓自己，頂多挑斷手筋腳筋，沒想到每一刀都是劈向他的頭和頸。

「大家出來混，有必要幹掉我嗎？」阿虎避無可避，不得不舉手護頭，手上的膠袋早已被劃破，菸和酒乒鈴乓啷掉到地上。他的手背、手臂被斬傷，傳來陣陣疼痛。

「你死十次都不夠呀！」對方喊道。

阿虎大聲呼喚兄弟的名字，希望他們聽到後會出來幫拖，可是雨聲太大，把他的聲音掩沒。

這些人是等這晚才向他動手，送他上路。

阿虎中了很多刀後才倒下。刀不只砍傷他的手，也砍遍他的背、後頸、雙腳。他不知道是遭誰暗算，只知道樓梯很硬，頭靠在上面很不舒服，但已沒有力氣爬起來。

他自知這輩子好事多為，遲早有人找他尋仇。最大的遺憾，就是沒有抱過自己的孩子。

10 紅雙喜：中國產的香菸品牌。

11 大大公司：香港華資百貨公司，於一九七四至一九八六年間營業。

12 一百蚊：一九八五年香港中產住宅黃埔花園售價由二十八萬元起，月供二千餘元起。「蚊」是港幣單位的口頭說法，書寫時用「圓」。

13 廉政公署：一九七四年成立，又稱「廉記」。

2

阿虎死後三十五年來，禮義邨經歷了翻天覆地的變化。

政府在原來的四十二座旁邊塡海造地，近海景觀開揚的靚地留給發展商蓋私人屋苑，近內陸的留爲禮義邨新邨，把舊邨的居民分期遷入。

新邨分成十二座，每座高三十層，大堂有街閘，也聘用外判（外包）保安員。走廊仍然有圍欄。六間天台學校合併成一間由慈善團體開辦的一條龍中小學。對居民來說，最重要的並非每個單位的面積都比以前大，而是每戶都有獨立廁所，冬天時不必再冒寒風來回地板長期積水的公廁。

搬遷安排並不是說舊邨某座居民就全數搬入新邨某座，而是用攪珠的方式讓居民挑選單位，破壞原有居民的鄰里關係。而本身就是禮義邨居民的黑社會成員也以同樣方式搬入新邨，對黑幫來說就麻煩了。五大黑幫本來瓜分舊邨其中三十九座，可是在這十二座新樓裡勢力該如何重新劃分，成爲五大黑幫難得要坐下來開會討論的話題。政府本來就希望藉此打破黑社會的勢力平衡，教他們鬼打鬼。果然其中一個黑幫的領導層因不願服從其他四大黑幫的規則，因此被逐出禮義邨的勢力範圍，底下的成員也不得不過底[14]。這件禮義邨黑勢力的大事，成爲香港江湖史上其中一個註腳。

由八十年代伊始到二十一世紀二十年代這四十年間，禮義邨居民的生活徹底改變，小部分居民發了大財後遷出，但大部分居民仍然無法脫貧，他們的子女成家立室後仍然住在禮義邨。這些禮義邨居民的想法幾十年來一直沒怎麼改變，逐漸生出一種屬於禮義人的生活態度來，爲邨外人難以理解。

3

阿玲從地上爬起來時，赫然發現自己站在屋邨的廣場上。可是她沒有印象自己怎會突然來到這裡、爲什麼來、什麼時候來。她不知何故竟然有點記憶空白。

晚上八點多九點，廣場上的人比平日多，有些向她圍攏過來，舉起手機，但目標卻不是她，而是倒在她旁邊的女人。

那女人面朝地背朝天，頭爆開，其中一隻腳以很奇怪的方式扭曲。那隻米色運動鞋和白色牛仔襯衫，阿玲都覺得似曾相識。

一陣記憶的片段突然竄進她腦海裡。剛才站在自己家七樓那層的圍欄旁邊，想看

14 過底：黑幫術語，轉去另一個黑幫。

樓下雜貨舖收工了沒有，不料被人從後提起，再往外丟下去。她才剛開始喊救命，就摔落到平台的廣場上。

這根本是謀殺，可是動手的人是誰，她根本不知道，只知道原來死後眞的會變成鬼。

幾個圍觀的街坊看來比自己更傷心。有個老人一邊揮淚，一邊想把報紙鋪在自己身上，卻被其他人阻止，說會破壞證據。有個人用手機報警，說警察正趕來。

阿玲奇怪涼亭那邊有些人繼續下棋，對自己的死毫無反應。很多人說禮義人冷血，似乎也沒錯。

可是那些人看來……她趁警察出現前走過去看，才發現他們早就死去。

「阿玲，沒想到妳這麼後生就過來。」

翔叔從棋盤石桌抬頭注視她。只有他們這些看著她長大的老一輩才會直接叫她阿玲，有些同齡的已經很客氣地叫她玲姐。

翔叔是兩年前因誤服藥物導致心臟病發在家裡走的，七十多歲，笑喪，但容顏卻屬於五十多歲，阿玲認得。

「翔叔你怎麼還在這裡？不是要去投胎的嗎？」

「我不知道，沒人趕我走，我也不急，就留在這裡下棋吧！」翔叔笑哈哈道。阿玲盯著他五十多歲時仍然不是很多白頭髮的頭頂，覺得像回到二十多年前。

涼亭裡的都是這幾年仙遊的老人。阿玲已經三十五歲，但仍然比他們年輕一大截，可是人死了，多少歲也沒分別。

他們那些棋子和衣服都不是實物，到底怎樣變出來，她暫時沒有興趣了解。

「看到是誰推我下樓嗎？」她問，可惜大家都搖頭。

「妳放心，殺妳的人，一定有報應，就算不是今生，也是下世。」和翔叔對弈的禿頭老翁說。他故意保留自己蒼顏白髮的老態，在這堆人裡很顯眼。阿玲認得他，但從來不知道名字。「即使他下世忘了今世的事，但仍會揹負今世的孽。」

禿頭老翁把「車」推到翔叔的底線，喊了聲「將」。翔叔打量了棋盤一陣，苦笑道：「不玩了，再下幾步也要輸。」

阿玲不懂下棋這種老人才懂的玩意。「下世有什麼用？你不用安慰我了。」

禿頭老翁抬頭，「到底妳下世是人，是動物，或跳脫輪迴而涅槃，雖然我們不懂，但既然輪迴存在，必然有其意義。」

阿玲不想聽這些長篇大論的道理，抱怨道：「做人好辛苦，我只希望投胎後會忘記上一輩的事。」

禿頭老翁沒再多話，只向她露出一個祥和的笑容。

「有些街坊在樓上休息，妳去上面問問吧！」翔叔指向身邊這些人：「我們這種街坊。」

阿玲點頭，去到另一世界，就要學另一套用語。

趁警察還沒來，她舉步回到七樓，在樓梯途中已經發現幾個「街坊」。有暴斃的道友，也有在家暴中被殺的婦女。和翔叔他們相比，這些人不只容貌醜陋得多，也死得更久。死後以什麼容貌出現，應該有一套規則，只是她這新鬼還搞不懂。她也很好奇現在自己頂著多少歲的臉。

七樓那層有兩「隻」女街坊坐在樓梯上。阿玲不想注視她們猙獰的臉，其中一個應該是去年勾佬（勾引男人）被丈夫發現後勒死的女人，但沒辦法不問。

「妳們一直坐在這裡嗎？」

她們沒理她，繼續聊天。

阿玲在她們面前蹲下來。「請問看到誰把我推下樓嗎？」

其中一隻女鬼瞅了她一眼後，繼續當她透明。

「妳們為什麼不回答我？看不到我嗎？有人殺了我！」阿玲氣急敗壞地道。

剛才瞅她的那隻女鬼站起來，張口露出長長的舌頭。

「我被老公打，叫破喉嚨喊救命時，你們正在做什麼？」她把臉湊得離阿玲的臉很近。「你們用力把門關上！警察問你們發生什麼事時，你們怎樣答？你們說睡了沒聽到！最後我被判斷為自殺，死得不明不白！你們根本是同謀！」

阿玲本來有很多話想說，但最後全部一骨碌吞進肚裡。警察雖然沒有上門問她，就算問，她也會這樣回答。

她和很多街坊一樣，一向都不理這條邨發生什麼事。她一個女人可以做得了什麼？即使她從小就知道邨裡有很多人被殺或者自殺，但一直覺得這些事情離她很遠。有些話說不出口，但如果有條蟲鑽進她心裡揪出她眞正的想法，就是「你死你事」四個字。

她只想在自己的小天地裡靜靜過與世無爭的日子。

4

阿玲沒有手錶，看不到時間，但能看到警車的警示燈發出的紅藍燈光射上七樓，再穿過她的身體映照到牆上。

阿儀從警車下來，哭得厲害，幾乎要女警攙扶。

阿儀常叫自己搬去市區和她一起住，說兩姐妹除了分擔租金，也可以互相照應，而她更不必在治安和衛生都差的屋邨獨居。可是阿玲認爲難得可以繼續住公屋，除了租金便宜以外，房間還可以從兩座私樓中間窺看到一格海景，而住市區只能看到密密麻麻的樓景。屋邨的治安雖然比不上外面，但比以前好得多。這裡很少爆格（入屋行竊），也沒有風化案。雖然有黑社會聚集，但只要不管他們，他們也不會搞自己，河水不犯井水。

阿儀用鎖匙打開家門，跟著她入屋的白衫警察沒料到一道黑影撲出來向他施襲。他馬上別過頭，罵道：「是什麼來的？」

「方sir，不好意思，我忘了。這是我家姐養的貓，只要見到陌生人入屋就會跳起來抓人的臉。」阿儀賠罪道，把黑豹抱起來。

高大的方sir氣得臉紅，問身後的管理員根叔：「公屋可以養貓嗎？」

「可以的，只要不放養。」根叔尷尬地道。

阿玲心想這是貓，不是狗。她湊近黑豹，呼喚牠，可是黑豹對自己完全沒有反應。牠是自來貓，阿玲趕過牠走好幾次也不成功，就讓牠住下來，花大錢帶牠去絕育以符合公屋要求，也許是前世欠了這傢伙吧！由於牠強烈的地域主義個性，所以阿玲無法招呼街坊入屋打麻雀（麻將）。雖然說不能放養，她也在鐵閘加上貓網，但有時打開門，黑豹就會像逃亡般衝出去。她不知道牠晚上怎樣過，聽其他街坊說牠是這屋邨裡的小霸王，沒有貓見到牠不被嚇得屎滾尿流。有時半夜黑豹會用爪抓門，吵醒她，叫她開門恭迎牠歸來，完全沒大沒小。

阿儀環視小小的單位，在客廳裡到處翻查，連廢紙回收箱也沒放過，最後打開雪櫃（冰箱），拿出昨天在超市買的食物。

「方sir，你們老是說我家姐是自殺，可是她昨天才買了這盒燒味（燒臘）雙併，要明天才到期，又約我後日星期一食晚飯。她怎可能自殺？」

方sir接過收據和燒味雙併，叫伙計拍照後還給她。

「可能她忘了吧！」

「我家姐讀書唔叻（不怎麼樣），但記性不錯。」

這是阿玲第一次聽阿儀讚自己，雖然太遲，但總算聽到，心裡感到一陣溫暖，好想抱一抱她。她遺憾以前沒怎麼抱她。誰會想到和親人擁抱這麼簡單的事，有一天也會變得遙不可及？

她不自殺還有很多理由阿儀不知道：訂了年底去沖繩的機票和酒店、在追的幾套韓劇還沒看完、便利店印花還沒有儲完，但最重要的是在Tinder上和幾個男人打情罵俏準備見面。每個人都有祕密，即使親如妹妹也不會說。

阿儀和警方退到走廊，方sir指著圍欄問根叔高度，根叔答不上來，只好叫同僚去量。一米五。

方sir伸頭出圍欄看，「她可能是經過圍欄時失去重心，跌了出去。」

「我家姐才五呎一（約154.9公分）高。」阿儀打平手掌比自己的耳珠，「這道圍欄的高度只夠她伸出頭來，有什麼可能自己掉下去？」

「可是小姐，現場沒有凶器，也沒有打鬥跡象。她的家也沒有財物損失。我認爲死因沒可疑。」

「有沒有搞錯？這明明是謀殺！」阿儀的淚水又開始掉下來。

「前日這裡有個叫『大山』的黑社會大佬被人斬死。妳家姐是黑社會嗎？和黑社會有來往嗎？有仇家嗎？」

阿玲知道大山這人。自她懂事起，大山就已經在邨裡打滾，是個相當老資歷的黑社會成員，他的體型也越來越重。現在只要他進電梯，就佔去幾乎一半的空間，大家如果不趕時間，都寧願不和大山擠在一起。阿玲試過一次，他身上那股肥油味和菸味教她出lift（電梯）後幾乎作嘔。

沒想到她身後傳來咻咻的笑聲。媽的，有什麼好笑？

她回望這隻二十歲出頭的男鬼，青靚白淨，很瘦，像發育不良，但鬼齡肯定比她大。這傢伙在生時她見過，多數在連鎖快餐店，是少數吃完會執枱（清理桌面）和叫同伴一起執的人，因此給她留下不錯的印象。後來她發現他在快餐店上夜班，特別留意他制服上的名字牌。單字John，後面沒有Wick。

阿玲不見John超過一年了，沒想到他原來早就離世。

「有什麼好笑？」

「大山只是個中坑[15]黑社會，但並不是大佬。」

「電視新聞說他是。」

「妳指『豉油煎蛋蛋』[16]台嗎？他們報的怎能信？」

「你和大山很熟嗎？」

「我有很多朋友都是黑社會，我也和他們有來往，但沒有經過正式的入會儀式，算半個吧！」

這傢伙的話似乎真有其事。

「你是自殺或是被劈死？」

「是急性肺炎病死。」John嘆了口氣道。

阿儀用紙巾擦眼淚，向方sir說：「我家姐只是一個普通人，很多老街坊都看著她大，讚她是乖女。」

「這就對了，妳家姐是好人，誰想殺她？」方sir忙轉口風。

「我怎知道？是誰殺她就要你們去查呀！」

15 中坑：對中年男性的貶稱。

16 豉油煎蛋蛋：「豉油」即台灣的醬油，香港某電視台的新聞台被譏為「事事旦旦」（隨隨便便），「豉油煎蛋蛋」取其諧音，是John改的。

一個女警走近阿儀，似乎有話想對她悄悄說。阿玲忙把耳朵對著那女警的嘴巴，反正女警又看不到。

「聽說妳家姐會和街坊打麻雀，我們懷疑她可能因錢銀問題像放貴利而被殺。」

阿儀停止拭淚的動作，反駁道：「怎會？她只是愛打衛生麻雀[17]。」

「可能她出面放了幾十萬街數（外帳）。有人不想還錢，就動手殺人。我們查下去，可能會找到妳不想挖出來的事。妳想她留下怎樣的印象給親朋戚友，好人或者高利貸？妳自己決定。」

「決定什麼？我是好人。」阿玲越聽越覺得生氣。她和老街坊打麻雀只是讓他們不會腦退化，完全不涉及錢銀。可是不管她怎樣大聲說，阿儀始終無法聽到。

「我家姐不是那種人。」阿儀冷靜而堅定地道。阿玲鬆了口氣。

阿儀帶警察再回去單位裡。警方開始搜查，最後在電視機旁的組合櫃第一格抽屜裡搜出一個黃加藍變綠的密實袋，裡面有幾十粒五顏六色的藥丸。警員把保鮮袋交到方sir手上，他提起來展示給阿儀看。

「雖然我不是毒品調查科，但也知道這是搖頭丸。原來妳家姐是毒后！」

阿儀想伸手拿來看，方sir的手向後縮，把密實袋平放在茶几上。「眼看手勿動。」

阿玲和阿儀一起俯身看這些藥丸。有些上面有笑臉，有些有鑽石的圖案，或者字體花俏歪歪斜斜的英文字母，一看就知道是不正經的玩意。

阿儀抬頭時，眼角又沁出淚來，喊道：「這不會是我家姐的！」

方sir叫手下把密實袋連同藥丸塞進證物袋。「顯然妳不熟悉妳家姐的眞正生活。妳是這條屋邨長大的，應該知道這裡黑社會多，毒販也多。他們爲免被警方搜出搖頭丸，就放在其他街坊屋企。癮君子向毒販付錢後，毒販就叫他們來這裡報上暗語，妳家姐收到短訊確認後給他們貨，每粒賺二、三十蚊佣金，一個月賣一百粒的話，積少成多也很可觀。」

阿儀輕咬嘴唇，「我家姐不做這種事情。她的手機呢？」

「跌爛了。妳剛才看到。」

「那就沒有證據，你們怎說都可以。」

「妳怎樣解釋這包好東西在這裡出現？」

17 衛生麻雀：指打麻將時不賭錢。

「我怎知道，這也是你們要去查呀！」

方sir點頭，「對，我們開記者會時，會讓傳媒朋友看，讓他們去推斷爲什麼這包好東西會在一個獨居的女人家裡出現，然後記者會把妳們兩姐妹的生活細節挖出來。妳準備好讓狗仔隊跟蹤嗎？他們說不定會去妳公司訪問妳這個『毒后親妹』呀！」

方sir作勢提起那包毒品，輕輕揮動。

阿儀考慮了一陣，最後黯然道：「好吧！算了。」

阿玲想罵阿儀，怎麼連家姐也不信，可是，爲什麼家裡會有毒品這點，連她也無法解釋。殺她這個女人有須要做這麼多事嗎？

女警把手搭在矮小的阿儀肩上，輕聲道：「節哀順變，快去準備後事吧！做得好好睇睇，妳家姐會以妳爲榮。」

女警的目光和方sir接觸時，他舉起大拇指。阿玲覺得噁心極了，不停摑他的臉，即使她的手根本碰不到他。

「我根本不是自殺。」阿玲幾乎是叫出來。「爲什麼要這樣對我？」

「如果妳被判斷爲自殺，警方就什麼也不用做。」John沒有阻止她，「我爸是公務員，最基層那種，老是說『多做多錯，少做少錯，唔做唔錯』。如果妳是自殺，就是妳的問題，而不是治安的問題，也不是社會的問題，警方不用花時間去處理，拍完照就可以拍拍囉柚走（拍屁股離開）。」

「這根本是草管人命。」

「是草『菅』人命呀！妳知道那些丸仔多少錢一粒嗎？」她停下手來，「佣金是三十蚊，一粒應該七、八十蚊，頂多一百蚊吧！」

「如果毒販都像妳這樣就餓死了。這些丸仔去年賣二百五十至三百蚊一粒，現在應該也差不多，那袋至少有三十粒。用差不多一萬蚊來陷害妳，大手筆得不合理。妳確定妳眞的沒有得罪黑社會？」

「我一個普通女人怎可能得罪黑社會？」

「沒和黑社會打過交道？」

「當然沒有。」她拚命回想，不知道是不是變了鬼後，很多事情都無法馬上想起來。「不，我和黑社會接觸過，就在昨天。」

5

阿蚊是在這屋邨長大的細路女（小女孩）。阿玲看著她由手抱嬰兒、學行、返學、拍拖，到抽荔、紋身、埋古惑仔堆。這個成長過程在禮義邨非常普遍。有些人無可奈何接受，有些人堅決抗拒。聽說有些公屋申請者就算被分派到禮義邨，寧願繼續排隊也不願搬進來，以免子女學壞。

阿玲覺得壞孩子學不好，好孩子學不壞，像她和阿儀兩姐妹就是天生天養。黑社會不會無緣無故搞她們這些普通人。她和很多街坊一樣，已經視黑社會爲禮義邨不可分割的一部分。現在這些黑社會和她小時見過的不一樣，以前的蝦蝦霸霸，騷擾街坊，現在這批雖然在屋邨裡招兵買馬吸收新血，也收小販保護費，但主要地盤是在其他地區。即使兩幫黑社會互毆，也很少傷及無辜。

其實有個黑社會在邨裡盤踞不是沒有好處。禮義邨已經很多年沒有非禮或者強姦案。最近一次已是差不多十年前，有個新搬來的居民原來是色狼，會尾隨夜歸婦女大肆非禮，結果被黑社會布局捉個正著，用家法侍候弄盲了一隻眼。這新聞被推上報，轟動全港。有些街坊在吃飯時還說黑社會比警察更有效率，商戶交保護費就和市民交差餉一樣合理。

說回昨天。

阿玲去倒垃圾時，一頭金黃長髮的阿蚊在走廊裡拔足狂奔，趁阿玲的家門打開時，直接竄進去。

阿玲不知道發生什麼事，小跑步回到家時，阿蚊正用手阻擋黑豹的攻擊，但阿玲顧不了這一人一貓的戰鬥，把門輕輕關上，以免招惹麻煩。沒多久，門外就響起一陣腳步聲，從遠至近，再由近至遠。

黑豹劃破了阿蚊的衣服後就停止攻擊，應該是覺得自己勝出一個回合所以收手。敗下陣來的阿蚊沒說什麼，只是怒視黑豹。這一金一黑互相看對方不順眼。

阿玲不會賠償，也沒問阿蚊發生什麼事，更沒趕她走。有些事不必打爛沙盤問到篤。

「妳們砍人要看清楚，不要連我們也砍了！」

「得啦！」阿蚊坐在電視前看《後生仔會撞鬼》，一邊吃阿玲請她的即食麵，一邊沒好氣道。「這一年我們好少劈友，眞係好得閒咩？」

「昨天大山在屋企被劈死，就是樓下那層。我一直以爲他是毒品拆家，看電視才知道他原來是很有分量的叔父輩。是尋仇嗎？」

「上面的事，我這些小的怎會知道？警方上門問過妳嗎？」

「沒有呀！」

「那時妳在家裡嗎？」

「我剛打完麻雀，正準備回家，聽到他喊『救命』時嚇死我了。」

「我可以在妳這裡過夜嗎？我可以睡地板。」阿蚊沒等阿玲回答，已經老實不客氣把手機放在電視機旁邊充電。不過，阿玲本來就沒打算阻止。

「妳要沖涼的話，我借毛巾給妳。」

「不用了。」

阿玲第二天要上班，就沒再管阿蚊。這個「和諧一型」一人單位沒有睡房。阿玲把梳化床（沙發床）攤開，把家裡最貴重用來捉精靈（寶可夢）的大芒[18]手機和錢包一起壓在枕頭底下。黑豹有自己的床，但喜歡睡在阿玲旁邊。這晚牠大概爲了捍衛領土，所以難得留在家裡，趴在阿玲旁虎視來歷不明的不速之客，阿蚊膽子再大也不敢過來。

6

阿儀在幾十個警員護送下，搭來歷不明的私家車離開，大部分好事的街坊都散去，只剩下零星幾個繼續用手機拍片。

阿玲本來以爲會有很多記者來採訪，沒想到一個也沒有。

她想隨阿儀回去，反正她已經死了，也無法復生，倒不如把事情放下。

John擋著她，「不要這麼快走。妳不想知道他們爲什麼殺妳嗎？」

「當然想知道，可就算我活著，也不見得他們會告訴我，更何況我已經死了。」

「妳以爲會有人面對面老老實實告訴妳眞相嗎？妳以爲會有superhero從天而降打

救妳嗎？一切都要靠自己。」

「怎樣靠自己？我什麼本事也沒有。我只肯定我被殺的理由很有可能就是收留阿蚊。」

「不可能。」

「你怎會這麼肯定？」

John沒回頭，但用拇指倒後指向他們後方不遠處的便利店門口。黃金頭正在和同黨抽菸，在地上遺留了幾十個菸頭。

「如果妳收留阿蚊而被殺，她怎能還活著？妳應該去推敲背後究竟發生什麼事，而不是下結論。我只能確定妳的死和黑社會有關，而原因並不是收留阿蚊。」

阿玲把最後一句反覆想了好幾遍。「有什麼分別？」

「那包丸仔爲什麼會在妳家的抽屜裡出現？」

「就是阿蚊把毒品放進去呀！除了她還會是誰？」阿玲越說越覺得不妥，「可是我今早打開那個抽屜時，裡面並沒有毒品。」

18 大芒：指的是大螢幕（monitor），大芒即爲大mon。

「那時候放一定會被妳發現呀！很多黑社會成員都很蠢，但不至於這麼蠢。」

「我知道了，在我死後，從我身上搜出鑰匙，打開我家門放下丸仔，再把鑰匙放回我身上。」

「當妳倒在平台上，那人要在眾目睽睽，甚至全程被人用手機拍片的情況下打開妳的手袋找出妳的鑰匙，再搭升降機或者爬樓梯上妳家放下一包丸仔後，把鑰匙放回原位，也就是妳身邊。My god，妳蠢到連黑社會也不會收！」

John的嘴角露出一絲恥笑。

阿玲很想反駁他的反駁，但他的反駁太合理。

「難道阿蚊根本不是被人追殺，而是用這藉口接近我，再趁我睡著時偷我的鑰匙從對流窗傳給外面的人去複製？」

「Bingo!」John用食指指向她。

「可惡，我幫她，沒想到她反而想殺掉我！」阿玲做了幾十年人，第一次開始感到心寒。

「在黑社會這種組織裡，每個成員都要忠心，聽大佬話。她只負責偷妳的鑰匙，對其他事一無所知。」

「既然是聽命行事，就算知道要把我殺掉，她也不會拒絕，對吧？」

「可以這樣說，不過，妳沒有趕她走，反而請她吃東西，留她過夜，根本是引狼入室。妳自問是不是也有一點巴結的意思，希望日後可以換取好處，像黑社會保護，不然的話，就是自己攞嚟（拿來），或者死蠢。」

John的話毫不拐彎抹角，像一把刀般直接又準確地插進她的心臟裡。

「你有什麼資格說我。你還不是黑社會嗎？半個也算呀！」

「他們威脅我說如果我不合作，就搞我個妹。我是被踢入會的，不像妳是自願。」

7

大部分警員搭車離開後，廣場開始回復平靜，彷彿剛才根本沒有涉及人命的案件發生。

方sir和根叔繼續竊竊私語，阿玲和John站到他們身邊偷聽他們講什麼。

「你知道，我以前是跟昆哥的。」根叔的額頭冒汗，但沒用紙巾去吸。「兄弟都畀面我。我一直都叫小虎哥和雷爺他們收斂。要不要看閉路電視？」

「想不到平日見根叔談吐斯文，原來曾經是江湖人物。」阿玲像發現新大陸。

「沒有在江湖打滾的經驗，怎可能在屋邨這種九反之地做管理員？」John解釋道。「妳以為他們可以像私人屋苑那些管理員上班玩手機準時收工嗎？很多你們不知道的麻煩都由根叔擺平。雖然過了氣，但大家見到他都很客氣的，不會教他難做。」

「不用了，你們的閉路電視只放在正門、後門、電梯大堂和電梯裡面，也就是說，是廢的。」方sir不客氣道。

「這句話是什麼意思？」阿玲問John。

「老虎仔和雷爺是同一個字頭（黑幫），都有手下住在這一座裡。只要動手殺妳的人走樓梯，就不會被閉路電視拍到。」

阿玲恍然大悟。她聽說過公屋由於死位（死角）處處，有些住戶曾經建議管理公司在走廊增設閉路電視，但遭以「侵犯私隱」為由而被拒。那些住戶死心不息，在自己單位鐵閘外裝，被管理公司出警告信要拆掉，否則會扣分。要是兩年內被扣滿十六分，單位就會被收回，所以沒有人敢抗命。即使住公屋的是人生勝利組，一樣有痛腳被人揸手（在人手上）。

沒有閉路電視，只好靠居民報料，可是誰敢說話？就算是阿玲自己也不敢，天知道會不會有人尋仇？

「大山前日才死，老虎仔和雷仔是不是想把這條邨裡所有人殺清光？」方sir很不滿意地道。「你叫他們兩個死過去管理處那裡。」

「這個有點難！」根叔面有難色。「我會很難做。」

「他們不出來，我就叫『反黑』[19]洗太平地掃他們場，就算他們在棺材裡也要刮出來。」

根叔雖然很不願意，但仍然帶方sir進去管理處，把其他管理員趕走後，再從抽屜裡抽出一本很有歲月痕跡的黑皮記事簿，翻了很久，才找到一個電話號碼，打電話過去說了幾句，掛線，再翻了記事簿很久，才找到另一個打過去。在整個過程裡，他的手和腳一直在顫抖。

「警方剛才不是說我自殺的嗎？怎麼又要查起來？」阿玲問John。這晚除了自己被殺外，還有很多事她也不明白。

---

19 反黑：香港警隊裡的反黑組，全名爲「有組織罪案及三合會調查科」，英文爲Organised Crime and Triad Bureau，又稱O記。

「這不容易理解嗎？死一、兩個人說是自殺就容易，一大堆人自殺怎說得通？」

「好像有點道理。」

「我好想問，妳有腦袋嗎？妳的腦袋平日用來做什麼？」

阿玲想發作，但這時願意待在她身邊、也願意幫她的，就只有他一個。

她只好忍下去。

8

第一個出現的是老虎仔，阿玲和他雖然小學同級，但從來不熟，也不知道他是在哪一年輟學。聽說他坐過牢，出來沒多久又不見了人。每次見到他都是在遠距離，身邊有幾個跟班。這次是離開小學後第一次近距離見到他。他變得很瘦，乾枯得就像五、六十多歲的人，手臂上的紋身像甩色般變淡。凶狠的眼神和在學校裡時沒兩樣。看來他即使坐了十幾年牢，監獄只是改變了他的外觀，但無法改變他的內在。阿玲聽說他爸阿虎死時不到三十歲。老虎仔至今最厲害的成就，說不定就是活得比他爸久。

老虎仔瞪著方sir，沒有開口。

沒多久，雷爺也出現。他已經滿頭白髮，挺著大肚子，但手上只有少量老人斑，阿玲覺得他實際年齡可能只有五十多歲。她自小就知道雷爺是第六座和附近幾座的大佬，但深居簡出，很難才見到他。最近一次就是在捉色狼那年，也就是十年前。當時他身穿白西裝白西褲，被一班手下簇擁著去到屋邨廣場——也就是她剛才「被墜樓」的位置附近——向街坊演講，說絕不姑息色狼和色魔在本邨橫行，他們的兄弟會努力讓禮義邨的街坊不必擔心出入安全，如果有需要，他的兄弟很樂意護送婦女平安回到家門……那口氣讓人以爲他們才是執法者，而街坊也報以熱烈的掌聲，甚至叫他們加油。「雷爺好嘢（好棒）」、「雷爺參選」的呼聲此起彼落。眞正的執法者站在九丈遠，對囂張的黑社會視而不見。如果當年雷爺眞的參選區議員，必定高票當選。

雷爺步入管理處後，用凌厲的目光掃了所有人一圈，皮笑肉不笑地道：「很熱鬧呀！」

管理處裡只有根叔、方sir、老虎仔和雷爺自己四個人，以及阿玲和John這兩個「不是人」。

方sir雙手扠腰，一臉怒氣道：「我們的伙計才剛去到樓下，那個女人就被丟下來。你們當我們警方是什麼？你們兩個打夠未？三天，兩條人命，不如我乾脆給你們每人一把刀互劈好不好？」

「是老虎仔動手。大山死得不明不白，我還沒和他計數。」雷爺正眼不看老虎仔。

「大山是我阿爸的結拜兄弟，你含血噴人！」老虎仔用手指指向雷爺，同樣沒望向對方。

方sir拍桌子問：「我不關心大山怎死，他死掉可以幫納稅人慳錢（省錢），但你們殺那個師奶[20]是什麼意思？」

「我不認識她。」兩人異口同聲道。

阿玲抗議說「我不是師奶」時，John忍不住笑出來。

「你認識那兩個人嗎？」她問。

「當然不認識，但在禮義邨混的人，或多或少聽過他們的威水史。老虎仔阿爸阿虎當年是黑社會的金牌打手，欠錢不還就上門斬人手指或切耳仔下來，後來不知被哪個仇家斬死。老虎仔遺傳了優良的戰鬥格基因，因傷人而多次被捕，已經斷斷續續坐了十幾年監，前年才出來。他們字頭在這區的揸fit人（黑幫老大）爲報答他在裡面爲阿公捱了這麼多年，所以給他一個職位，雖然只是閒角，但起碼生活有保障，就算退休後也有長糧。」

「這比MPF[21]好很多，不用自己供款。」

「妳以爲錢從哪裡來？就是收陀地（保護費）呀！老虎仔剛出冊（出獄）時，大家以爲他坐了十幾年監，和社會脫節，只會攤大手板攞錢（討錢），沒想到他自己有門路找到毒品，再招兵買馬，現在底下有三十幾四十人跟他搵食（謀生），人數在禮義邨裡不是最多，也不是最少，但勝在最後生。那門路應該是他以前的囚友。老虎仔在屋邨賣毒品，他們的揸fit人很頭痛。老虎仔的職位是揸fit人給的，他賺到的錢，也會上繳部分給字頭。對字頭來說，錢有多沒少，但老虎仔冊緊（正在搶去）雷爺的地盤。我最後知道的是，雷爺的生意在半年內跌了三分之一，一直沒止血。」

阿玲正職是連鎖藥房的店務員，對銷售數字很敏感。一間店鋪的生意別說跌三分之一，就算跌十分之一，區域經理已經要和店長開會找出理由和應對方案。如果跌四分之一，對大部分收入拿去交租、薄利多銷的店鋪來說已經響起警號，總公司會覺得沒有賺錢能力而考慮關店。在半年內就搶去雷爺這麼多生意，老虎仔這個監躉[22]很不簡單。雷爺理所當然視他爲眼中釘。

「雷爺又是什麼來頭？」

「雷爺是阿虎那代的人，也是打手，曾經在旺角的夜店做睇場（看場子），年輕時身形健碩，非常打得，年紀大了又有長期病後，阿公念他爲字頭立下汗馬功勞，就讓他做沒有那麼辛苦的工作，在屋邨裡收保護費和收嚫（小弟），雖然是人所共知的

20 師奶：指太太，視乎語境，也可以是貶稱。
21 MPF（Mandatory Provident Fund Schemes）：香港的強制性公積金計畫，簡稱強積金。
22 監躉：囚犯的貶稱。

黑社會成員，但從來沒坐過牢，算是很有辦法。他也許是住在禮義邨裡最有錢的黑社會成員。」

「爲什麼還要住公屋？」

「銀行不會接受雷爺做按揭（房貸）。除非有一千萬現金一炮過，否則根本買不到私樓。住公屋可以慳錢，才是人生勝利組，黑社會也不例外。」

「他們殺的大山又是什麼人？」

「大山當年是阿虎的跟班，阿虎死後就過面[23]，去跟雷爺時已經不年輕，也不醒目，所以一直只是行行企企（無所事事）。直到老虎仔前年出冊後不久，大山不知發了什麼神經，居然跟揸fit人說想過面跟老虎仔。揸fit人沒意見，反正雷爺和老虎仔都是自己手下。當時雷爺已經同老虎仔不和，但見大山已有去意，也不留人。」

「看來是雷爺不滿意大山，所以才殺他。」

「也有可能大山其實是雷爺派去做老虎仔那邊的針，被老虎仔發現後做低（幹掉）。臥底不是警方專利，黑社會也有。」

阿玲皺起眉頭。她一向討厭政治，包括黑社會之間的派系鬥爭。

「眞複雜。可是他們怎樣看對方不順眼，和我們這些普通人有什麼關係？我頂多就是收留了一個女仔在家裡過夜，不用殺我呀！」

「阿姐，很多事情不是看表面，妳覺得無關，不代表他們想法和妳一樣，世界不是妳想的那麼簡單，妳以爲上幼稚園嗎？」John嘆了口氣。「雖然還沒找到是誰殺妳，但妳應該猜到自己的死因吧！」

阿玲睜大眼睛，「我怎會知道？」

「可是從剛才方sir的話，答案已經很明顯了。難道妳現在還沒發現嗎？」

「是哪一句？」

「『我們的伙計才剛去到樓下，那個女人就被丟下來』。妳覺得那些警察爲什麼會出現？」

「我不知道。」

「妳可以用點腦袋嗎？他們爲了查大山被殺的案件，所以來向每個住戶落口供，而殺妳的人早就想向妳動殺機，但因爲警察快上來，只好提早動手，把妳從圍欄推下去。」

「可是爲什麼要把我推下去？」

「妳是指爲什麼要殺妳吧？大山死時，他在什麼地方？」

「在他家裡，我樓下。」

23 過面：黑幫術語，在同一字頭裡轉去不同派系。

「『我剛打完麻雀，正準備回家』。」John用高八度的聲音模仿阿玲的語氣道。

「他們不會以爲我看到是什麼人動手，所以殺我滅口吧？」

「恭喜妳終於想到了。」

「可是我什麼也不知道呀！」阿玲一臉無辜道。

「沒關係。他們覺得妳可能知道就夠了。顯然，殺大山這件事，涉及某個我們還不知道的原因，是天大的祕密，任何看到的人都要死。」

「可是他們兩幫人就知道是誰殺呀！」

「對，但只要沒有人證物證，就可以推給對方。這事說不定只有殺大山的幾個人，和落order殺大山的人知道。」

阿玲突然靈光一閃，「等一下。你應該知道阿蚊是哪一邊的人呀！」

「妳終於想到這點了，我多怕妳想不到。不過，像阿蚊這種世界女[24]，兩邊也不會得失，兩邊都願意合作。如果發現要揀一個（選邊站），她就會找藉口閃身避開，永遠靈活走位。日後不管誰勝出，她都會立於不敗之地。」

「天呀！我一直以爲她只是個讀不成書而誤入歧途的女仔。」

「人家的道行不知道多厲害，對妳出手連眉頭也不會皺。」

「他們兩幫人可以容忍這種騎牆派嗎？要是出起事來，她兩邊不是人。」

「妳以爲黑社會眞的講義氣嗎？除了一些死硬派爲了面子要打個你死我活，大部分人都只想求財。阿蚊因爲外貌出眾，可以明正言順做騎牆派，其他人想做也做不到，但不會用這個理由對付阿蚊，以免封掉自己的後路。還有最重要的一點妳別忘了，這兩幫人是同一個字頭。如果是不同字頭，就想也不用想。」

「你知道這麼多，偷聽過他們講話吧？」

「當然，但這裡聽一點，那裡聽一點，根本不知道他們兩幫人到底想幹什麼，只知道他們都有部署，準備火併。」

「警方不是叫他們不要殺人嗎？」

「妳要聽清楚，是叫他們不要再明目張膽殺人。」

「那我豈不是很無辜，成爲唯一一個被滅口的！」阿玲很不甘心地道。「我的人生還有很多事沒做。殺我的人不得好死！」

「放心，有報應的。妳以爲我們待在這個中陰身的狀態的理由是什麼？」

「開玩笑，哪有什麼意義？」阿玲很想說這小朋友的想法太天眞。「你認識那個喜歡下棋的翔叔嗎？他在這裡做什麼？」

24 世界女：和「世界仔」一樣，指人際關係手腕厲害，面面俱圓而利益至上的人。

「妳知道他爲什麼一直只下棋，而從來不去看他的家人？」

「我怎知道？」

「翔叔對外人很親切，對家人卻很嚴厲。他的兩個兒子和他政見不一樣，常常吵架，但他從來不去修補和家人的裂痕，結果矛盾越來越多越來越大，最後一發不可收拾。他說要死給他們看，去吞很多安眠藥，本來打算嚇他們，結果眞的死了。他探望他們後說，沒想到沒有他的家反而有更多歡笑聲。他維持在中陰身這狀態根本活受罪。如果他願意和兒子開心見誠講，現在就可以享兒孫福。一切都是因果。」

「原來是這樣，我根本沒聽說過。」阿玲想起剛才和翔叔下棋的禿頭老翁一直在提因果，其實是不是在暗示翔叔的事？「沒想到你死時很年輕，居然有這麼多道理。」

「我沒讀過多少書，人生很短暫，唯一一份正常的工作就是在快餐店，那時我每天都去思考怎樣才可以過有意義的人生，而不是隨隨便便過一世。我患病時，就去想怎樣好好過每一天。到我死後，就思考爲什麼會在這裡。我本來以爲七七四十九日後就會消失，沒想到還在，和很多死了幾年後仍然在這裡的人一樣。」

「你想到原因嗎？」

「不知道，應該是上天有事情要我去做吧！」

9

方sir和兩個黑社會大佬離開管理處後，阿玲和John也沒有留下來的理由。方sir根本沒有打算找出眞相，只是警告兩個黑社會大佬不要再輕舉妄動。她只想知道是誰殺自己，而不是以後他們殺不殺人、殺多少人。就算他們把禮義邨的人殺光，她也不關心，反正人死後就變鬼，稍後更會輪迴，並不是煙消雲散。

她和John剛步出管理處，就見到大山獨自在一個遠離管理處的角落裡抽菸。說是抽菸，其實只是擺出抽菸的姿勢，假裝夾香菸的食指和中指一時貼在嘴唇上，一時垂直放下，嘴唇也假裝吐煙。阿玲覺得大山如果不是被劈死，就會死於肺癌。

她氣沖沖走過去，做了鬼就不必再怕他。「是誰殺你的？」

「妳是誰？關妳屁事？又關我屁事？」他的嘴唇向她做了個噴煙的動作。

她幾乎想伸手把煙撥走。「我是被你害死的。他們以爲我看到你被他們幹掉，所以殺我滅口，可是我根本什麼也沒看到。」

「妳死妳事，唔關我事，滾開！」

「你只要告訴我，我馬上走。反正你也死了，有什麼不能說？」

大山背向她，不再理她，阿玲無可奈何，望著遠方的John向他求援，他只是聳肩。

倒是幾個死鬼黑幫向大山和阿玲走過來，雖然阿玲已經死了沒什麼好怕，但留下來被他們用言語羞辱也自討沒趣，只好回去John的身邊。這個比她小幾輪的年輕人成爲她目前唯一可倚靠的對象。要是他倆都活著，她才不會接近他免得被說閒話。禮義邨裡的人不喜歡談政治，但流言蜚語非常多，也非常有惡意。

「爲什麼他什麼也不願意說？」

「理由很簡單，他怕說出來，妳就會猜到他被殺的原因，而這會對他的名聲很不好。」

「人都死了，還怕什麼？」

「這跟生或死無關，而是關乎人的自尊。其實這是一條很大的線索呀！他有個不可告人的祕密，即使死了也不能讓外人知道。而殺他的人，同樣也不能讓殺他一事被外人知道。這一定是個驚天大祕密，單是去猜測我已經覺得很刺激。」

「很刺激又怎樣？我們根本無法查下去。我們雖然可以去任何地方，卻不能夠移動任何東西，也不能問人，只能問鬼，可是他們什麼也不願回答！」

「這就是做鬼的難處，也是爲什麼很多鬼都是怨鬼的原因。有些人死得不明不白，有些人死後掛念家人卻無法和他們溝通。」

John提議去老虎仔和雷爺的巢穴聽他們在講什麼，阿玲同意。她以前看「豉油煎蛋蛋」台的電視劇，不管是古裝劇或時裝劇，很多祕密都是靠偷聽而發現。他們做鬼可以名正言順去偷聽而不必擔心被發現。

可是，她和John在兩邊各聽了半個多小時，都只聽到他們討論怎樣幹掉對方。

「怎麼他們一點也沒提到殺我的事？」

「因爲不值一提。」

「我不是condom[25]呀！」她氣沖沖地道。

「關condom什麼事？」他摸不著頭腦。

阿玲這才想起John只能透過電視了解香港，但很多新聞和消息都是透過電視以外的渠道傳播，因此他對二〇一九年才開始發生的事所知道的就和只看電視的老人一樣，說不定更少。

John不知道她在想什麼，繼續道：「阿姐，其實妳不用灰心。妳已經見過連累妳被殺的人、進妳家偷鑰匙的人、兩個可能落order殺妳的人，人腳差不多齊了。」

「不，還欠進我家裡放毒品的傢伙，和推我下樓的混蛋！」

「妳說錯了，是進妳家裡放毒品和推妳下樓的混蛋。」

「你指是同一個人？」

---

25 condom：避孕套，引申爲用過即丟的意思。

「參與這事的人越少越好。如果阿蚊夠強壯的話，就可以一人分飾三角。可是她骨瘦如柴，妳請她吃多少碗即食麵也一樣。所以，那人應該是推妳下樓後，再潛入妳家放毒品。」

「次序不可以反轉嗎？」

「不會。推了妳下樓後，大家的注意力都轉移到妳的屍體上，方便他潛入屋內。反過來的話，他不確定妳回家途中有沒有機會下手，如果沒有，妳回家發現毒品就壞了大事。」

「好像有點道理。」

「當然，我食腦的。」John用食指敲自己的腦袋。「我一直在推測剛才警方和兩個大佬的下一步棋。警方一直在調查大山的死，若要說他們不會調查妳的死因，根本不可能，但不會再敲鑼敲鼓去查，而是暗中進行，這點兩個大佬也知道，只是不會打開口牌。現在最關鍵的就是找出進妳家裡放毒品和推妳下樓的傢伙。他進門時會被妳的貓抓傷，說不定還在臉上劃了三道疤痕，爲免在樓下撞到警察被盤問，絕不敢貿然離開。」

「對呀！我怎麼沒想到？」

「妳有腦就不會收留阿蚊啦！」

阿玲想反擊，但實在想不出話來。

John續道：「說回那個殺妳的傢伙，主使他的大佬一定會叫他盡快離開暫避風頭。」

「會是什麼時候？」

「爲免夜長夢多，今晚。」

「不會走了嗎？」

「不，還未夠時間。」

John叫她站在圍欄旁邊，俯視在對面第五座G/F[26]的「天馬快餐」[27]。

「這店晚上十一點收工，燈會調暗下來。如果我是警方，想要最慳水慳力（省力）的方式把這人找出來，就會派人坐在『天馬』靠窗的位子，見到戴帽子又行色匆匆的人就截查。反過來，如果我是殺妳的那個人，就會在十一點半後才離開。」

「爲什麼？」

---

26 G/F：即台灣的一樓（Ground Floor）。

27 天馬快餐：名字借自一九七六年起在愛民商場營業的屋邨快餐店，已在二〇二〇年四月十五日因租約期滿結業。

「警察交更，下一更最快要十二點半才來。這一個小時是『冇（沒有）警時分』。之後警察也沒有地方可以埋伏。」

10

天馬員工把燈光調暗讓不到十個食客陸續離開後，開始清潔、倒垃圾、關燈、落閘、下班。

阿玲沒發現看起來像警察的食客離開，但也有可能是她看不出來。

她和John守在第六座的正門大閘，沒去管後門。除非火警，否則沒人會推開會響的後門離開。

阿玲仔細盯著每一張出入的臉。晚上回來的人數較她想像中的多，他們不是剛消遣完仍然帶著興奮的心情回來，而是很晚才拖著疲敝的身軀下班，也有人在接近凌晨的鐘數出門上班，看樣子還沒完全清醒。大部分禮義邨居民和她一樣，在求職擇業上並沒有太多選擇能力。

阿玲估計自己已經站了半個多小時，換了在以前一定喊累。雖然鬼沒有累的感覺，但她寧願能夠真正腳踏實地做人。

樓梯響起急速的聲音，引起她和John的注意。那人即使戴了帽子、口罩和太陽眼鏡，但也看得出這張二、三十歲的臉上有四道爪痕。

她對這人毫無印象，問John：「你認得這傢伙嗎？」

John跑到他面前端詳了一陣，搖頭道：「阿蚊那種靚女我會留意，他這種沒有特色的路人甲我一點印象也沒有。」

「他會不會是從外面請回來的？」

「妳指殺手？不會，這種事要很熟悉屋邨環境的人才能做。」

那人推開大閘後急步走，她和John尾隨。去到快餐店位置時，他突然煞停腳步，左顧右盼後改變方向，跑去落閘的郵局前，再抬頭看頭頂像在找什麼。

阿玲學他般抬頭，但什麼也看不到。

「不用看了，他是怕上面有閉路電視。」John解釋道。「行蠱惑（出來混）的最忌。」

那傢伙背靠牆抽出手機，打開一個阿玲不知是什麼名堂、icon是個藍色圓形裡有白色三角形的ＡＰＰ。

明仔：你去邊？

我：澳門黑沙環，嗰邊（那裡）有屋，暫時離開幾個星期

明仔：我會好快搞掂老虎仔

我：我會頂住，雷爺唔使擔心

他把手機收起來後，走去巴士站附近。沒多久，一架黑色日本私家車把他接走。阿玲認不出牌子，只好學《警訊》教的記下車牌，但很快發現就算記下也沒有用。

「被你說中了。眞希望能親手勒死雷爺。」阿玲雙手彷彿抓著不知誰的頸，咬牙切齒道。

「等下世吧！」John用認眞的口吻道。

「開玩笑，下世我連自己在哪裡也不知道。」

「沒關係，妳只要相信冥冥中自有主宰就好了。」

11

從第二晚開始，禮義邨晚上就像內戰般出現大量打鬥場面。不過，居民生活如常，白天照舊上班，晚上回家後就把門戶關好，商舖也提早收工。老虎仔和雷爺的人馬在這裡附近幾座大廈之間互相追逐。雖然沒用刀只用鐵通和短棍，但足以把對方打到頭破血流，牙齒被打甩，手掌被扭斷，腳骨被踩斷。有些失去知覺的被敵人羞辱，剝光衣服在身上留下或咒罵或嘲諷的字句。阿玲讀書不多，但也看出錯別字。

禮義邨的單位對流窗對著走廊，只要推開就可以看到外面的一舉一動，但沒人想看。大家只想在自己的家裡安安靜靜吃飯、看電視、睡覺，活在自己的小天地裡，對這種近距離到錯肩而過的異常視而不見，彷彿一門之隔就是另一個宇宙、另一個時空。

由於沒人報警，管理員也不理，外界對禮義邨裡的激戰似乎一無所知。阿玲覺得有些人雖然知道，但認爲這是禮義邨自己的事，和他們無關。另外有些人雖然關心，但就是在手機上不斷第一時間轉發消息就算數，不管眞假消息也一樣。

雙方激戰三日後，終於有人死去。對這些屍體，黑社會有一套妥善又不露痕跡和行蹤的方法去處理。阿玲做了三十五年人，終於知道部分失蹤人口的下落。

大部分走廊裡的鬼對開戰無感，覺得是人間的事。有部分舊魂以前就是死於打鬥裡。這幾天的戰鬥製造了新鬼，數量每天都不同，有時是單位數，有時是雙位數。有些鬼會關注打鬥，甚至和其他鬼打架，但發現再也打不死對方後就收手，只能爲仍然活著的同伴吶喊助威。

戰鬥持續了五日後，形勢開始出現眉目。老虎仔的人馬雖然戰鬥經驗不多，但勝在年輕，在梯間跑得較快，力氣較大，回氣較快，逐漸佔上風。他們把雷爺的主力解決後，就封鎖雷爺住的那層，不只斷絕來自其他人的救援，也截斷了糧食補給，只有不相關的人可以自由出入，包括居民、外賣員、郵差、抄錶員和巡樓的管理員。

在禮義邨住了很多年的阿玲和John兩隻鬼雖然能繼續自出自入，但從沒見過這情況，對當下的光怪陸離感到不可思議。

「他們會打到什麼時候？」阿玲問。「老虎仔和雷爺不是同一個字頭的嗎？有必要這樣自相殘殺嗎？」

「這是圍城戰的格局。」John分析說：「他們會打到死爲止，裡面肯定有我們不知道的理由。」

「他們老大爲什麼不出手擺平？」

「當然不會。你們外人覺得黑社會打架是大事，可是，江湖中人是先看身分。老虎仔和雷爺的勢力再大，也出不了禮義邨的範圍，在十幾萬人的社團裡，只是小角色。就算揸fit人也不會阻止，就當是清理門戶吧！」

阿玲點頭，眼神充滿期待。「只要看到雷爺被打死，我就可以放心去投胎。」

「希望我也可以快去投胎，目前這個中陰身狀態我已經有點厭了。」John不只甩頭，也做了幾個甩手的動作。

12

阿儀連續兩天過來清理阿玲的遺物。

家電和罐頭都送給街坊。大部分私人物品如衣服也送走，最後只把相架和一個寫上My Dear Sister的白底藍字玻璃杯拿走。那是阿玲轉入三字頭的生日時阿儀送的，阿玲覺得它會代替自己陪伴阿儀在以後的人生路上走下去。

阿玲看到單位還原成自己搬進來前的狀態時，淚水就掉下來，她還是有眼淚的。除了阿儀，以後再也沒有人會記得自己。她這輩子的人生歷程正式結束了，也許她會輪迴，甚至再次住在禮義邨，但到時已經忘了她這輩子的事，也不再是她這個人。

如果輪迴後，上世的一切都忘了，唯有業報仍然隨身，意義爲何？

她問過很多鬼，但誰也答不上來。

阿儀沒找到黑豹。

其實阿玲死後第二天，已經沒再看見黑豹，也沒聽到牠的吼叫聲。牠不請自來，也不告而別。不，也許是牠覺得她不告而別，只好再找另一戶願意照顧牠的人。對貓來說，這大概和輪迴沒有兩樣。

13

戰鬥到第七日，雷爺那邊只剩下八個手下。老虎仔的二十多人雖然可以強攻，但傷亡必定慘重，於是放話叫雷爺的手下投降：大家都是同一個字頭的兄弟，不會虧待，否則衝到去裡面，一定把你們打到斷手斷腳。

限半個小時內回覆。

雷爺的手下祕密商議後，全部決定棄械投降，打開門讓老虎仔和三個手下步入雷爺的單位。人數不能再多，否則裡面就不夠位置站人。

雷爺的家是三人單位，供他和妻子跟兒子共住。阿玲進過來好幾次。裡面有個安放了一尊持長刀關公像的神枱。一面牆放了數十支啤酒、數十條香菸和十來罐罐頭。天花板給熏黑，無處不在的尼古丁味連她做鬼也嗅到，她以前以爲鬼沒有嗅覺。

雷爺坐在沙發上，手持一罐啤酒，臉色微紅，氣勢和一星期前完全不一樣，雖然不至於發現自己已經有半隻腳伸進棺材裡而生出挫敗感，但也不再是自信滿滿。

他把手搭在坐在左右兩邊的兒子和老婆肩上。兩人都目露凶光，但阿玲覺得，眞正不怕死的三個人是不會像連體嬰般一起坐著等待屠宰，最起碼會在沙發後面藏把刀準備打最後一仗，可是這家人沒有。阿玲這幾天一直監視這一家三口，知道他們都有痛風。雷爺和他老婆更有五十肩和糖尿病，戰鬥力近乎零。不過，他們決定好了，即使無法反抗，就算死也不會認低威（認栽），輸人不輸陣。

「這是私人恩怨，所有不關事的人都可以離開，包括你們兩個。」

老虎仔一進來就說。手指來回指向雷爺的老婆和兒子身上。兩人不願意動身，但最後被雷爺趕到走廊去。老虎仔的手下擋著路，不讓他們返回單位裡。

老虎仔抓了張摺凳坐下來，瞪著雷爺，中間隔了張摺枱，上面有幾罐啤酒和幾個菸頭和菸灰滿瀉的菸灰盅。

「我來是和你談一件事。三十五年前，一九八五年八月二十一號晚上十一點，你在做什麼？」

雷爺喉結跳了一下，「你爲什麼不問我三百年前的事？你記得三日前吃了什麼嗎？」

「那天我爸被人在舊邨三十一座三樓同四樓之間的樓梯被人斬了十九刀，因失血過多而死。」

這個答案讓阿玲吃一大驚。她本來以爲死後處於中陰身的狀態是要找出自己的死因，沒想到更大的謎團在背後。這不只比她想像中複雜，甚至，超出她可以理解的範圍，就算她仍然在生，說出來也沒人會相信。

每個人的存在都有理由。John的話是對的。

她去看John時，卻發現他不見了。他不是混入老虎仔的人裡，而是徹底消失了。看來他在中陰身的任務已經完成。

時辰到了。

那些積壓了幾十年的新仇舊恨，要在今日找數。

雖然John走了，但這小單位裡卻多了幾十個圍觀的鬼，大部分都是死去的黑社會分子，容貌各有殘缺。他們似乎對這天期待已久。

老虎仔伸出食指和中指，一個手下給他菸，另一個給他點火。

「那時禮義邨和現在一樣，每一座都屬於一個字頭，劃好界線。外人別說不敢踩界，更不可能帶開山刀去斬人，就算那天下大雨也一樣。究竟是誰殺我爸，就算三歲細路也想得到。」

他噴了口煙，讓煙吹襲到雷爺臉上時，才再悠悠地繼續道：「我放假時，見過好多人，像壁屋的『跳灰』[28]。他已經是癌症末期，只剩下半年命。他跟我說，那天斬我爸的有五個人。第一個是他。第二個是『茄喱啡』，九十年代時在一宗持械劫案裡被差佬當街打死。第三個，是我在『大祠堂』[29]裡見到的『夜車』，他信了教，即使二十幾年沒見過跳灰，但和跳灰講的話完全一樣。第四個，就是你。你年紀最大，是你叫他們一起動手，他們沒問理由，因為大家都是好兄弟。我爸根本不認識你，但你跟他說：『你出嚟行有冇畀過面人？』、『你死十次都不夠呀！』，連他們也不知道為什麼你這樣說。他們更不明白，為什麼後來他們三個死的死，坐牢的坐牢，而大山和你還可以在禮義邨安享晚年。」

雷爺面容緊繃，抓起桌上的啤酒喝了幾口。

「想不到這麼多年的事你還糾纏不清！你想郁（打）我，問過叔父未？你爸死時你還沒出世呀！」

「他們都說這麼久的事算了，下面的細路不會了解，萬事以和為貴，真是狗屁！我沒見過我爸，就是你們害的，我一輩子也不會忘記。」老虎仔把抽了一半的菸丟到雷爺身上。「跳灰有天收，夜車我可以算數，但大山和你一定要血債血償！」

「說到血債血償，有些事我也沒有忘記。」雷爺的右手食指指向地下，「你爸十幾歲在學校時已經周圍撩交打，看誰不順眼就打人。出來行後持著有字頭照（罩），更加心狠手辣，別說自己兄弟照打，有時連兄弟老婆也撩。整個字頭裡一半人看他不順眼。有次他帶人上我家追債。我爸實在還不起，他就說要斬我爸的手掌，我媽代我爸跪地求饒時被他狠狠踢了一腳，她因此小產，但我爸的手掌還是沒了。我爸連找清潔工也沒人請，最後跳海自殺，不想讓我們看到。這事很多老街坊都知道。他們不說，不代表他們忘記。你爸死後第二天，舊邨四座居民食飯加料慶祝。他們三個後悔斬死你爸，是他們蠢，所以不是坐監，就是一世二打六[30]。我沒有後悔，從來沒有。我唯一後悔就是沒有趁你小時做低你，以前有個叔父講殺人一定要絕後，那時覺得太

---

28 跳灰：黑社會術語，指「販毒」。《跳灰》、《茄喱啡》和《夜車》都是香港新浪潮電影。

29 大祠堂：即黑社會口中的赤柱監獄

30 二打六：指可有可無的角色。

絕，沒想到原來是對的。」

阿玲覺得這裡面全是John說的因果。如果阿虎不是踢到雷爺媽小產，他爸不會自殺，雷爺不會尋仇。如果雷爺沒有尋仇，或者尋仇後把小時的老虎仔做低，幾十年後就不會有老虎仔找他報仇，而自己也不會被這個因果報應牽連。

圍觀的鬼大氣也不敢出，即使沒人會聽到。他們一定沒想過，自己賣命背後，原來隱藏了兩個男人之間的血海深仇。

雷爺深深吸了口氣，攤開雙臂，換成另一副表情。「你想郁手，隨便。」

老虎仔凝視了雷爺很久。他的呼吸聲成為整個單位裡唯一的聲響。他和雷爺相對無言好幾分鐘後才站起來，轉身走向門口。

阿玲本來以為老虎仔會殺雷爺，或者把他狠狠毒打一遍，但就像老人家愛說的，冤冤相報何時了？

這場持續三十五年的恩怨終於可以寫下句號。

沒想到老虎仔離開單位前道：「你以為你這樣說，我就會原諒你嗎？你眞的以為一命可以塡一命嗎？我爸條命，你死十次都唔夠賠呀！這句話是你自己說的。」

他的手下衝向雷爺，開始瘋狂毆打。

雷爺的臉很快被打腫，眼角、鼻孔和嘴角冒出血來，但老虎仔的人沒有停手。

「不要讓他這麼快死掉，讓他自己斷氣。」直到雷爺口吐白沫時，老虎仔才制止。「用行李箱運他走時，不要讓人看到。要做得乾淨，不要像上次殺大山時被師奶看到要補飛（補救）。」

即使阿玲已經死了，不再擁有一副臭皮囊，但彷彿仍然感到心跳加速。

原來，指使殺她的，並不是雷爺。

那個把毒品放進她家而被黑豹抓傷的人，雖然和雷爺聯絡，但指使他殺自己的卻是老虎仔。他雖然在老虎仔底下，卻被雷爺收買了。那天他着草（走路）是老虎仔安排，所以雷爺才要問。

也只有老虎仔殺大山，對他們兩人都是祕密。大山自知被殺，是因為當年幹掉老虎仔的老爸阿虎，而老虎仔現在勢力越來越大，即使在鬼界裡仍然有影響力。而老虎仔雖然為父報仇，但大山是主動離開雷爺過去他那邊，要是被發現是他動手殺人，無論不知道內情的外人或者知道內情的叔父輩都會覺得他做得太過分。

老虎仔已經離開，但雷爺仍未斷氣。老虎仔的手下準備了浴簾，也推來一個大得可以把人塞進去的有輪深綠色垃圾箱，就是在路邊會見到的那種。

雷爺年輕時，有沒有想過自己會落得如此下場？

阿玲發現有兩件事是自己告別庸碌一生後才學會：第一件是John教她的，就算她不管黑社會，也從來沒有關心過，並不代表他們不會盯上自己。

第二件來自剛才的醍醐灌頂。在他們所有人所有鬼之上，有一股巨大無形的力量，沒人可以反抗，遲早都會面對因果。

阿玲終於悟透自己在中陰身的目的，準備離開這個單位，不過，已經無法再回到走廊。時辰到了，她這一輩子眞的結束，就像三十五年前那一夜。

14

阿虎死那夜，雨下得很大。

他被人伏擊倒地過了不知多久，才幽幽醒來。

——你們以爲我死了嗎？

——開玩笑，我阿虎是打不死的，等我休養好，一定把你們刮出來，再煎皮拆骨！

樓梯的燈膽全被打爛，他只能摸黑往上走。

身體幾乎沒有痛楚，說不定是神經因爲受傷太重而變得麻木。他聽過一個大佬說，即使左手被砍掉，但仍然能感受到左手手指、手掌，甚至整條手臂隱隱作痛。醫生說這是吸毒的禍害，即使戒了毒也無藥可救。那個大佬最後受不了折磨而跳樓自殺。與其這樣，阿虎寧願自己全部感覺神經死掉，起碼劈友時不會痛。

——我一定會報仇。

回到五樓，走廊裡空無一人，只有大吉在遊蕩，但彷彿看不見他，沒有停步，自己從大門的拉閘鑽進單位裡。

——見到面連招呼也不打，眞是畜牲！

阿虎用力拖著遍體鱗傷的身體回到家門前，把手伸進褲袋裡，不但摸不到鎖匙，也感受不到褲袋的存在。

就在阿虎以爲褲袋穿洞時，家門突然打開，但裡面沒有光，這不可能。就算單位沒有開燈，也可以從窗口看到對面第八座的樓梯燈。長明燈的燈光不是單薄的窗簾能遮擋。

他還沒開始想原因，一股強大的力量就把他吸進單位裡，然後把他丟進一條既深長又幽暗的隧道裡向下滑，遙遠的盡頭有一點微光。

幾分鐘後，在一間離禮義邨不遠的產房裡，一個女嬰在子宮的第二百六十六天被母體腹肌用力從陰道推出。她很快就在這個新世界吸第一口氣，雖然仍未睜開眼睛，也忘記自己上輩子的一切，不過，她長大後，會和上輩子，和上上輩子一樣，養一隻黑貓。

〈禮義邨的黑貓〉完

作者按【用字說明】

台灣作家下筆時會在書面語裡夾雜台語，中國作家會夾雜北方話，以前香港作家更揉合文言文、書面語以及粵語成爲「三及第」。我認爲通篇用書面語很好，但以香港爲背景總得有點港味才夠地道（「道地」是台灣的說法）；通篇用粵語去寫也很好，但就難倒不諳粵語的讀者。《偵探冰室》雖然有台灣版，但香港版仍獲不少中國大陸和海外讀者捧場，有些台灣讀者也會收藏港版。在書面語裡夾雜粵語，甚至英語，我認爲是較可取的處理手法，畢竟香港人平時說話就是這樣。「搞我個妹」比「找我妹妹麻煩」簡單直接。「一隻腳」和「鬼打鬼」的說法，比「一條腿」和「窩裡鬥」更符合香港人的習慣。即使讀者看不懂，但透過上文下理，也可以猜出含意，這也是讓外省人多了解粵語的方法。

不過，在台版裡，我仍然爲部分港式用語在括號裡附上台式用語（有些仍須台版編輯幫忙），而香港文化背景相關的則加註解，部分在港版裡也會附上。

世上沒有「北方話可以入文但粵語就不行」的道理，更何況粵語歷史悠久，是極富生命力的語言。在書面語裡靈活運用廣東話，才對得起廣東話。

即使是大眾小說，也可以肩負文化傳承的任務。

作者訪談

01

除了莫理斯之外，各位是第二次合作，相對於上一次，這次有沒有什麼特別的感覺或想法？莫理斯又對這次合作有什麼感想呢？

陳浩基：覺得陰風陣陣，鬼影幢幢。（這是宣傳）

譚　劍：和去年一樣，我爲自己居然交到稿而高興。

莫理斯：當然是感到十分高興和榮幸！

黑貓Ｃ：這次不是我超出字數了，嘿嘿。

望　日：在上一本《偵探冰室》中我的字數接近下限，這次竟超過上限，眞是撞鬼。但慶幸仍不是最多字那篇，突然變得心安理得（喂）。

冒　業：香港人果然是死線戰士（deadline fighters）（笑），今次大家都很遲交稿（除了黑貓Ｃ），但還是交齊了。而各人對靈異元素的運用竟然可以完全不一樣，《偵探冰室》再創奇蹟，可喜可賀。

02

傳說中，製作靈異作品的人很常在過程中遭遇靈異事件，你們在撰寫本書時有發生奇怪的事情嗎？本身又有靈異經驗嗎？

陳浩基：沒有啦，因爲太忙，鬼才有空留意有沒有奇怪事情。

譚　劍：我沒有見鬼的靈異經驗，但經歷過好幾次科學無法解釋的事。由於太離奇我就不打算公開，只能說相關體驗無可避免改變了我對人生和宇宙的看法，也讓我由堅定的存在主義者逐漸變成泛神論者，並對佛學中的「無常」、「業力」、「因果」等概念深表認同。

莫理斯：我在英國讀大學一年級的時候，住在一個很古老又有鬧鬼傳說的庭院裡，不過幸好沒有遇上任何靈異事件。

黑貓C：完全沒有。反而我想體驗看看，我想知道有什麼是科學無法解釋的，十分好奇。

冒　業：我從未經歷靈異事件，也可能是有遇過但我沒意識到。因爲疫情的關係，我連工作（寫程式）也留在家，健身室亦關門了，這段日子幾乎沒出過門，遇到靈異事件的機會就更少。

望　日：有！比起上一本《偵探冰室》，這次我們六人的協調可謂更少，大家只拋出大約會寫什麼後就各自動筆，結果正如冒業在上一道問題所說，各人對靈異元素的運用竟然可以完全不一樣，而且當中有幾篇涉及現實事件，有關的故事背景卻沒有明顯重疊，實在過於巧合，彷彿我們都受到「小說之神」的「無形之手」操控著。（這樣算靈異嗎？）

03 爲什麼會選用這次的故事題材？

陳浩基：去年讀了黑貓Ｃ的〈太陽黑子少年少女〉（收錄於《偵探冰室》），於是也想寫寫青春小說。

譚　劍：我寫故事往往都是由主題開始構思，但《冰室》和我的「貓語人」系列一樣，要連landscape也一併考慮，讓故事必須在特定場景才能發生。我在去年的Ｑ＆Ａ裡提及，希望下一篇以九龍寨城爲背景，但由於瘟疫下圖書館不開放，在網上找到的資料並沒有讓我找到獨特的角度去寫，只好作罷。倒是我童年時有親戚住在華富邨和瀝源邨，也有朋友住在愛民邨直至近年才遷出，讓我對公共屋邨的生活情況有基本的認識。〈禮義邨的黑貓〉裡舊邨的設定包括黑社會的勢力割據是參考八十年代的葵涌邨，也參考了香港電台（註：香港的官營電台，但並不是官方喉舌，反而以監察或諷刺政府施政見稱，此立場在殖民地時代已經確立）節目《鏗鏘集》的〈葵涌黑點〉（一九八五）一集，這條片在YouTube上可以找到。

輪迴是我一直很有興趣的題材。報應即使未必眞有其事，但我仍希望會發生。故事裡提及的黑幫人物「跳灰」、「茄喱啡」和「夜車」的名字來自香港新浪潮電影。「大山」的名字本來想用「山狗」，但「山狗」的分量聽起來不及「大山」。

莫理斯：之前只寫過晚清場景的短篇集，寫法也是模仿那個時代半文半白的文筆，所以很想試試另一種截然不同的風格。今年這部合集以「靈異」作主題，令我想起有如日本《金田一少年》漫畫和美國卡通片集《*Scooby-Doo*》那種青春推理故事，經常採用靈異元素來包裝實際上並不涉及超自然的案件。青春推理這個類型的小說我頗喜歡米澤穗信的作品：其中《再見，妖精》雖然是典型的校園日常推理格局，但也融入了一些九十年代的國際政治，而有位角色畢業後更當上記者，成爲另外兩部小說的主角。於是我又想到，可以嘗試利用類似的設定，從一個「後眞相時代」採訪新聞的角度，去寫一個發生在香港去年社會動盪之中的偵探故事。

黑貓C：畢竟經過二〇一九年的災難，可以預期會出現抗爭相關的題材，但我是極力迴避的。原因是自己已經寫了相關的長篇小說，我喜歡寫新的題材，所以今次我寫了跟社運無關的。我想寫迷信，不限於宗教，有時我們盲信自己是世界的中心、認爲自己的民族比其他人偉大、妄想自己的國家能夠引領人類走向光明，以上種種都可以是迷信。而且迷信最可怕是能夠傳染，好像什麼病毒似的，漸漸形成一種邪教。看見譚劍在上一條問題中提及「無常」，我想我這篇故事的主題是「無我」：不要把自己看得太重要，放下執著能避免很多悲劇。

望日：因應文善今年沒空參與《偵探冰室．靈》，我於是打算用「黃色經濟圈」和「捉鬼」這兩個關鍵字來寫點日常推理。故事中完全沒有提到「黃色經濟圈」等詞和那個人名，起初只是想抽離現實、寫一個架空世界，以及不想消費事件，最終發展出結局部分的原因，可說是神差鬼遣，更沒料到在二〇二〇年五月尾就出現了相關的政治事件……（註：本書的各篇小說於二〇二〇年三月尾截稿。）

冒業：自二〇一九年六月開始，香港經歷了一段痛苦的日子，發生了許多無法挽回的悲劇。有時忍不住會去想，如果可以重頭來過的話，會怎樣呢？於是我決定寫一個女幽靈回到過去，試圖扭轉死亡命運的故事。加上很久以前我就已經想寫時間旅行，這次終於可以圓夢。近來我在思考推理小說時間觀的問題。謎團（案件）之所以能夠推理，通常因爲它們發生在過去，或是現在進行式，而偵探會藉著搜集過去的碎片（線索）重組出眞相。但這種時間觀是不是絕對？美劇《疑犯追蹤》（*Person of Interest*）和短篇小說《未來報告》（*The Minority Report*）以科幻設定扭曲了刑偵的時間邏輯，創造出「未來的謎團」。日本動畫電影《你的名字。》和《*HELLO WORLD*》都講述男主角努力尋找拯救已死亡的女主角的方法。

以上都是我的仿傚對象，還有時間旅行作品如《*Steins; Gate*》、《*Ever17*》、〈*All You Zombies*〉、〈你一生的預言〉（*Story of Your Life*）等等，所以〈女兒之死（外傳）〉比起靈異推理，其實更接近科幻／奇幻推理。

至於取材方面，有些內容是看影片和報導，有些是親眼目睹，詳細就不講了。

04 最喜歡或印象最深刻的靈異作品是？（小說／電影／電視劇／動漫／遊戲等都可）

陳浩基：小說：乙一〈形似小貓的幸福〉

電影：《嗶鬼家族（台譯：陰間大法師）》（*Beetlejuice*）（一九八八）

電視劇：《執到寶》（一九八〇）

動漫：冨樫義博《幽遊白書》

遊戲：《猴島小英雄2》（*Monkey Island 2*）（一九九一）

譚　劍：最喜歡的是寇比力克（Stanley Kubrick，台譯：庫柏力克）執導的《閃靈（台譯：鬼店）》（*The Shining*），把恐怖片提升到藝術的層次之餘，也非常嚇人。到底主角爲什麼會撞鬼？電影最後一幕揭示的答案令人頭皮發麻。

不過，若要提印象最深刻，則非日本富士急樂園的鬼屋「戰慄迷宮」莫屬。它以被廢棄的醫院爲主題，是健力士紀錄裡全世界最長和最恐怖的鬼屋，一共有兩層。我去時的長度是七百米。排隊人龍很長，我排了超過半個小時，期間不斷看到有人一邊尖叫一邊從鬼屋飛奔出來。

進了鬼屋後，參加者需要先看一段約三分鐘長的短片介紹醫院的歷史，有些人看完後受不了直接棄械投降。日本人最厲害的是包裝和營造氣氛。這鬼屋用上電影級的化妝、美術指導和聲效。後者是用環迴立體聲讓你被種種怪聲包圍，就算你閉上眼，也避不過恐怖氣氛經過耳朵發出的致命攻擊。走畢全程需要至少四十分鐘，三分一人走不完需要由逃生門離開。我那次和不相識的三個人組成團隊，但人多了就壯膽，鬼怪變得不可怕。我還近距離對扮演鬼怪的工作人員豎起拇指說good和well done，有點可惜。

「戰慄迷宮」每隔幾年就會升級變得更恐怖，我希望有天能和兩個《冰室》的作者組隊一起去玩（每隊有人數限制，我認爲三個人一隊最理想）。人多的話就分兩隊，說不定這也適合成爲推理合集的主題。

莫理斯：我對維多利亞時代晚期的英國類型文學有所偏好，靈異故事的作者最喜歡M.R. James和W.H. Hodgson，後者創作的人物Carnacki the Ghost-Finder應算是世界上首位專門查探靈異案件的偵探。最難忘的恐怖電影是《午夜凶鈴（台譯：七夜怪談）》：二千年代初我剛回香港不久，沒聽說過這部片，有晚獨自在家裡關了燈在床上抱著貓看影碟，開始時老實說沒多大感覺，但越看越心寒，到貞子出現的時候嚇得我大叫，連貓咪也（被我）嚇跑了。已好幾年沒時間玩電腦遊戲，印象比較深刻的都是頗舊的東西，除了「*Silent Hill*」系列之外還有《*Alan Wake*》。

黑貓C：起初知道《偵探冰室·靈》的題材時，我立刻想起的是「流行之神」系列，是日本一個以都市傳說爲題材的電子遊戲。當中有兩個故事印象深刻，分別關於佛教的兩個天神。一個是鬼子母神，她很愛自己五百個子女，但爲了養育他們必須捕食人類的嬰孩攝取養分。另一個是黑闇天，黑闇天是鬼子母神的女兒，容貌極醜，專門帶來災厄；但她與姐姐吉祥天永遠形影不離，人要迎接吉祥天帶來的福氣，就必須接受黑闇天帶來的禍患，這就好像是《老子道德經》的名句「禍兮福所倚，福兮禍所伏」的擬人法。或者比起靈異題材我對裡面的佛偈故事更感興趣。

冒業：我是個不會被恐怖片嚇怕的人，因爲我覺得人類比鬼可怕太多。我很喜歡日本作家奈須蘑菇（奈須きのこ），他的代表作《*Fate/stay night*》講述七名魔術師召喚過去的英靈到現世，進行一場名叫「聖杯戰爭」的零和遊戲，其實也算是靈異作品。

望日：跟冒業相反，因爲我會很投入幻想世界，所以我很怕看恐怖故事和電影，平日極少接觸。要說最喜歡而且有靈異元素的作品，應該也是《幽遊白書》，它是我少數會重複觀看的作品（畢竟想看的東西太多）。也喜歡遊戲「*Biohazard*」系列，最近更拿了《*Biohazard Re:2*》的白金盃（Re:3都推出了我才有空玩2，哭）。

05 一般小說中的靈體，很常擁有超能力（如飛行、穿牆、附體、隔空取物等）。如果

你能夠擁有其中一項，你會希望獲得什麼能力？為什麼？

陳浩基：暫停時間的能力。WRYYYYYYY～～

冒　業：浩基似乎不想做人類了……來人，給他一個石假面！我很想獲得最近大陸聲稱「兩分半鐘可讀十五萬字」的「量子波動速讀法」，想看的書實在太多了。

譚　劍：「瞬間移動」可以讓我盡情去旅行和探險，如不容易去的極地或戰亂地區，也能住在雪地或者世界各國的舊城區，和探望新知舊雨。當然，我也不用再爲居住環境和移民問題而煩惱。

莫理斯：〈萬米高空亡者分身事件〉有提到「瞬間移動」和「元神出竅」，如劍兄所說，若眞有這種能力也不錯，不過除了旅行和探險之外，我也會有別的用途……嘿嘿嘿。「時間旅行」也是非常吸引人的異能，非常欣賞冒業兄在〈女兒之死（外傳）〉裡對這方面的處理。

黑貓C：假如我眞的變成靈體，我可以預計同時會有其他靈體的存在，這樣我應該要學習一種對付其他靈體的能力，例如驅魔的咒語或者超渡亡靈的眞言。香港是個弱肉強食的社會，有武器在手比較安全。

望　日：隱形。我總覺得街上的人太多，走路時要避開人群很費力，如果能直接穿透所有人會方便得多；也可以讓我隨時隨地觀察人們的言行而不被感到奇怪或可疑（不要誤會，只是爲作品取材而已，才不會作奇怪用途）。不過，隱形人應該是盲的，因爲光線無法聚焦到視網膜上……

06 希望《偵探冰室》還會有第三集嗎？有特別想寫的主題嗎？

陳浩基：當然。主題……Noir?

譚　劍：我希望這個系列能長寫長有，成爲香港推理的重要品牌，就像歐美類型小說的年度選集。

我暫時沒有想寫的主題，但不管什麼主題，都會以反映時代爲主。這大概是推理小說這類型的強項。

莫理斯：當然希望以後還會繼續推出《偵探冰室》——更希望大家不要介意我今年交稿交得遲，明年依然容許我參加！至於主題，我的首選和浩基兄一樣是Noir，其次便是科幻。若挑戰一下密室推理也會非常有趣，不過自問未必能夠想得出夠好的點子。

黑貓C：我之前一系列的回答已經鋪了伏線：《偵探冰室．佛》。

冒業：當然希望。最近有文學圈的朋友提出現在的香港是寫魔幻寫實的最佳時機，不知道能否與推理結合？

望日：（雙眼發光）當然希望，這是難得有錢賺的書啊！（回復認眞）誠如劍兄所言，我也希望《偵探冰室》能成爲一個品牌，繼續推廣華文推理之餘，同時讓讀者認識更多香港作家，並記錄著這個年代香港的人和事。

07 最後，有什麼想跟讀者說說或者分享嗎？

譚劍：我去年在Q&A裡提過要把〈重慶大廈的非洲雄獅〉寫成長篇。按我一貫做法，不在重慶大廈的賓館住幾天做田調（順便去吃印度烤餅）是不可能的，可惜自去年七月至今都找不到適合的時機付諸實行，希望瘟疫退散後能找到機會。

我這篇的篇名本來叫作〈禮義邨〉。我們六個作者用email討論合集裡各篇的次序時，黑貓C開玩笑說「輪迴養黑貓」，啓發我把黑貓的象徵意義寫得更明顯，我也把篇名順勢改爲〈禮義邨的黑貓〉，呼應去年的〈重慶大廈的非洲雄獅〉。

莫理斯：之前提過的卡通片集《*Scooby-Doo*》，裡面的少年偵探團由兩男兩女和一隻大丹犬組成，五個角色之中我最喜歡的是通常都要靠她來破案的四眼妹Velma。這次寫故事的時候，心目中主角和助手的原型便正是Velma和大丹犬Scooby（只不過瘦狗狗變成了胖男生）。至於這兩個角色的名字，靈感則來自島田莊司筆下的少女偵探犬坊里美，稍微轉一轉字序便是「李美芳」+「犬」了。

陳浩基：別怕鬼，因為人比鬼更可怕。

黑貓C：KEEP CALM AND CARRY ON.

冒　業：希望未來的香港有如神探登場的推理小說，真相可大白，死人得以平反。

望　日：無論之後發生什麼事情，好好活著，期望我們明年再會。

〈作者訪談〉完

國家圖書館出版品預行編目資料
偵探冰室．靈／ 陳浩基 等 著.
——初版.——台北市：蓋亞文化，2020.09
面；公分.（故事集；19
ISBN 978-986-319-501-6（平裝）
857.61 109012010

故事集 019

偵探冰室．靈

作　　者　陳浩基、譚劍、莫理斯、黑貓C、望日、冒業
封面插畫　Dawn Kwok
裝幀設計　莊謹銘
責任編輯　盧韻亘
主　　編　黃致雲
總 編 輯　沈育如
發 行 人　陳常智
出 版 社　蓋亞文化有限公司
地址：台北市103承德路二段75巷35號1樓
電話：02-2558-5438　傳眞：02-2558-5439
電子信箱：gaea@gaeabooks.com.tw
投稿信箱：editor@gaeabooks.com.tw
郵撥帳號 19769541　戶名：蓋亞文化有限公司
法律顧問　宇達經貿法律事務所
總 經 銷　聯合發行股份有限公司
地址：新北市新店區寶橋路二三五巷六弄六號二樓
電話：02-2917-8022　傳眞：02-2915-6275
初版二刷　2024年2月
定　　價　新台幣 440 元
Published and printed in Taiwan

ISBN 978-986-319-501-6

《偵探冰室．靈》台灣版由香港星夜出版有限公司授權

GAEA

GAEA